KB073461

동아
COMMUNICATION
GROUP

동아
COMMUNICATION
GROUP

동아
COMMUNICATION
GROUP

동아
COMMUNICATION
GROUP

빙의로
최강요원

빙의로 최강 요원 4권

초판 1쇄 인쇄일 | 2022년 6월 27일
초판 1쇄 발행일 | 2022년 7월 4일

지은이 | 박현수
펴낸이 | 박성면
펴낸곳 | (주)동아

출판등록 | 제406-2007-000071호
주소 | 경기도 파주시 문발동 223-1 2층
전화 | (031)8071-5201
팩스 | (031)8071-5204
E-mail | lion6370@hanmail.net

정가 | 8,000원

ISBN 979-11-6302-592-4 (04810)
ISBN 979-11-6302-578-8 (Set)

ⓒ 박현수, 2022

※ 이 책은 (주)동아와 저작자의 계약에 의해 출판된 것이므로, 무단 전재 및 유포, 공유를 금합니다.

빙의로 최강요원

박현수 현대판타지 장편 소설
DONG-A MODERN FANTASY STORY

동아
COMMUNICATION
GROUP

빙의로
최강요원

목차

빙의로
최강요원

1. 우리 한번, 만나 봅시다

빙의로
최강요원

　대통령과 그 가족들이 귀국하고, 순방을 마친 대통령 가족은 기다리고 있던 경호 인력의 호위 속에서 청와대까지 이동했다.

　그렇지만 오랜 순방을 마쳤다고 마냥 쉴 수는 없었다.

　곧장 순직한 경호원들의 장례식이 치러져서다.

　우리 또한 함께 일했던 사람들이기에 그 장례에 참석하여 모든 걸 지켜봤다.

　"정말 안타깝지만, 또 한편으로는 다행이란 생각이 들어서 너무 죄책감이 드네요."

　총상을 입어 어깨와 팔에 보호대를 찬 김지혜의 말이었다.

　고인들의 앞에서 해서는 안 될 말일 테지만, 지금 이 자리에서 그녀의 말에 공감하지 않는 사람은 없을 것이다.

차량의 순서가 뒤바뀌었다면 저기 누워 있는 사람은 저들이 아니고 우리였을 테니까.

그 순식간에 일어난 불행을 누구인들 피할 수 있었을까.

나였으면 피할 수 있었을까? 그와 같은 순간적인 위기에 대처하기 위해 손목 안쪽과 바깥쪽으로 4개의 룬을 새겼다. 아마도 운이 좋았다면 혼자나 한 사람 정도는 더 살릴 수 있었겠지.

그렇지만 죽을 확률도 무시는 못한다. 그만큼 그러한 두려운 순간은 너무도 순식간에 찾아오는 거였다.

나에게는 결코 오지 않았으면 하는 두려움이 말이다.

최소현을 보니 순직한 파트너가 떠오르는지 무척 슬픈 표정을 머금고 있는 게 보였다.

나는 쓴웃음을 머금고 말았다.

안 그러려고 했지만, 나 역시도 저기 누워 있는 게 그녀가 아니어서 얼마나 다행인지 모른다.

차라리 나였으면 하는 희생정신이 아닌, 내가 아니라서, 내가 사랑하는 이가 아니라서 다행이라는 생각을 품는 이 인간의 양면성.

그 이기적인 마음에서 벗어날 수 없다는 현실이 스스로를 부끄럽게 하여 무척 많은 생각을 하게 만들었다.

장례가 끝난 다음 날.

인사를 하는 자리에서 이담소가 소스라치게 놀라고 있었다.

"이게 지금 무슨 소리예요? 다시 원래의 자리로 돌아간다뇨. 이대로 계속 경호를 맡아 주는 거 아니었어요?"

대통령이 설명했다.

"이 사람들은 청와대 경호원 소속이 아닌 국가정보원 소속의 요원들이야, 담소야. 원래 목적은 우리의 경호가 아니라 국가의 안보를 위해 움직이는 사람들인 거지. 내 부탁으로 일시적으로 임무에 임했던 거니까 이제는 다시 원래의 자리로 돌아가야겠지."

"말도 안 돼. 그런 게 어디 있어요. 사람 정들게 만들어 놓고서는, 이렇게 가 버리는 게 어디에 있냐고요!"

7과 요원들 모두가 서로를 쳐다보며 어색해했다.

그럴 만도 하지. 그렇게나 싫다고 질색을 하더니, 이제 와서 행동을 저리 바꾸니 적응이 되지 않는 게 당연하다.

이담소는 나를 간절한 눈빛으로 쳐다보더니 최소현에게 매달렸다.

"언니, 가지 마요. 나하고 쭉 이렇게 있어요. 아빠 임기가 끝나도 경호원은 계속 붙는다고 하던데. 그때도 쭉 함께해 줘요. 네?"

최소현은 그녀의 손을 붙잡아주었다.

"담소야. 우리가 지금 이렇게 헤어진다고 해서 다신 못 보고 그러는 거 아냐. 언니 전화번호 가르쳐 줄 테니까 연락해. 근무시간 아닐 때 만나면 되지. 응?"

"그래도……."

눈물까지 글썽이는 그녀에게 7과 요원들 모두가 인사를 마치고 청와대를 떠나갔다.

대통령 관저와 멀어져가면서도 이담소가 대통령에게 떼를 쓰는 소리가 들려와 모두는 참 별일이란 표정을 머금었다.

"그렇게 싫다고 할 땐 언제고 왜 갑자기 태도가 바뀌었대? 하여간 이상한 애다. 쟤도."

장태열의 말에 나는 최소현과 시선을 마주치며 어색하게 웃었다. 그녀와 나만 아는, 우리의 비밀이 존재해서다.

* * *

국가정보원.

신우범 원장은 박명훈 기조실장에게 보고를 받으며 무척 심각한 표정을 머금고 있었다.

"아무리 초조해도 그렇지. 미쳤군, 그 사람."

"이제 겨우 10개월 남은 임기인데, 설마 그렇게 손을 쓰려고 했을 줄은 저도 예상하지 못했습니다. 저희 쪽과 관련되었다는 게 알려지면 곤란해질 텐데요. 이대로 계속 놔둬도 되겠습니까?"

"아무렴 우리 발라스가 꼬리가 밟힐 만큼 허술할까. 그 부분은 걱정 안 해. 문제는 그런 개별적인 행동이 무척 거슬린다는 거야."

"뭐 사실상 대통령이 우리 사람으로 교체된다는 것이 조직에도 더 이로운 건 사실입니다. 그렇지만 확실히 무리수였다고 판단됩니다."

"김종기 의원에겐 좋은 기회였겠지. 그로써 흐름을 자기에게로 가져와 영향력도 높이려고 했을 테고."

"어찌할까요?"

"경고 정도는 해 주도록 해. 이쪽에서 많이 인내하고 있다는 것을 알 만큼만."

"네, 알겠습니다."

그날, 저녁.

김종기 의원의 차량으로 누군가가 다가갔다가 사라지고 잠시 뒤, 김종기 의원의 차량에 문제가 생기고 말았다.

올림픽 대로를 타고 있는데, 갑자기 운전기사가 당황을 했다.

"어! 이게 왜 이래! 어……!"

"뭐야, 무슨 문제야?"

"의원님, 큰일 났습니다! 브레이크가 듣지를 않습니다!"

"뭐……!"

차는 쌩쌩 달리는데, 브레이크가 먹지 않는다고 한다.

김종기 의원은 단순한 차량 고장이 아니라고 생각에 섬뜩함을 느꼈다.

그리고 당장은 이 위기에서 어찌 살아남아야 하나 걱정부터 되었다.

"이 새끼들이……! 기어이 날……!"

끼이이이익!

콰당탕!

그날 저녁, 뉴스가 나왔다.

[유력한 대선 후보인 국민평화당 김종기 의원이 오늘 저녁 교통사고로 중상을 입었습니다. 다행히 생명에는 지장이 없지만, 대로를 달리던 중 브레이크가 듣지 않아 자칫 큰 사고로 이어질 뻔했다고 합니다.]

입원한 김종기 의원에게 밑에 있는 사람들이 하나둘 병문안을 왔다.

"이만하기를 천만다행입니다, 의원님. 올림픽 대로에서 브레이크가 나가다니, 정말 생각만 해도 끔찍합니다."

"운전기사가 정말 잘 대처했다고 하더군요. 엔진을 저단으로 놓고 사이드 브레이크를 이용해 속도를 줄여서 그나마 큰 사고를 면했다고 하던데요."

김종기 의원도 그 덕분에 살았다는 걸 알기에 그를 칭찬했다.

"그 친구가 운전 하나는 정말 잘해서 데리고 있었지. 운전대를 잡은 게 그 친구가 아니었으면 정말 어떻게 되었을지 몰라."

모두가 크게 다치지 않은 김종기 의원을 보며 안심할 때,

문이 열리며 누군가가 들어섰다.

그의 등장에 깜짝 놀란 모두가 옆으로 물러섰고, 김종기 의원도 그를 보며 흠칫 놀랐다.

"구, 국정원 원장께서 여긴 어쩐 일이십니까?"

"모르는 사이도 아닌데, 다쳤다고 하니 당연히 병문안을 와야겠지요."

주변에 있던 이들은 눈치를 보다가 밖으로 우르르 몰려나갔다.

"저희는 잠시 나가 있겠습니다. 그럼 대화 나누시지요."

그들이 모두 나간 후, 김종기 의원이 증오를 담아 신우범 원장을 쏘아봤다.

"듣자 하니 누군가가 브레이크에 손을 댔다는 것 같던데. 혹시 들으셨습니까?"

돌려 말하는 것이지만, 신우범 원장 앞에서 그 얘기를 꺼내는 것 자체가 '당신 짓이지!' 하고 묻는 거나 다름없었다.

신우범 원장이 그 말뜻을 못 알아들을 리 없었다.

"이번은 경고일 뿐입니다. 무슨 의도로 이번과 같은 행위를 했는지 나도 모르는 바는 아니지만, 이미 대세는 기울었어요. 그걸 뒤집으려는 시도는 용납하지 않을 겁니다."

"크읔! 그럼 지금 내가 이렇게 된 게 당신 짓이라는 걸 인정한다는 겁니까?! 같은 조직원을 노리는 게 율법에 어긋난다는 걸 알면서!"

신우범 원장이 매서운 눈길로 김종기 의원을 쳐다봤다.

"가만히. 섣부른 짓 말고 가만히 있어요. 그리고 떠 먹여 주는 대로 얌전히 대통령이 되세요. 시키는 것만 잘한다면 살려는 드리겠습니다."

"당신……!"

발끈하는 김종기 의원의 모습에 신우범 원장은 손을 뻗어 그의 멱살을 잡고 끌어당겼다.

"너는 내가 너를 치워 버릴 명분을 만들지 말라는 거다, 김종기. 대통령 후보만 아니었으면 당장에 치워 버렸을 너니까. 배웠다는 놈이 왜 이렇게 말귀를 못 알아먹어."

화가 나기도 했지만, 두려움이 앞선 때문일까. 김종기 의원이 마주치던 눈빛을 거두고 시선을 내렸다.

신우범 원장은 그를 강하게 밀치더니 말했다.

"몸조리 잘하고 빨리 낫기를 바라지요. 자칫 경선조차 치르지 못하고 제외되기라도 하면 그땐 당신의 위치가…… 매우 위태로워질 테니까."

신우범 원장이 나가고 나자 김종기 의원은 두 주먹을 불끈 쥐며 죽일 듯이 문을 쳐다봤다.

"신우범, 너 이 새끼……! 내 자리를 빼앗은 것도 모자라, 감히 나를 이따위로 취급해? 그래, 어디 두고 보자. 너라고 해서 나 같은 일 당하지 말란 법이 없다는 걸 보여 줄 테니까. 두고 보자고, 이 새끼야……!"

1인 병실로 들어온 나는 누워 잠든 김종기 의원을 바라보고 있었다. 그리고 그렇게 지켜보기를 잠시, 그의 침대를 발로 툭 찼다.

턱! 턱턱!

그 소리와 흔들림을 느꼈는지 김종기 의원이 천천히 눈을 떠 갔다.

"뭐야……."

"잠깐 일어나 보지, 김종기 의원."

그제야 누군가가 자신을 내려다보고 있다는 걸 알아차린 김종기 의원이 화들짝 놀랐다.

"허억! 뭐야……! 너, 누구야……!"

신우범 원장이 경고까지 하고 간 직후였다. 김종기 의원은 행여 그가 마음이 바뀌어 자신에게 손을 쓰기 위해 누군가를 보냈나 싶었다.

"해치려는 건 아니니까 안심해."

"너 누구냐고! 경호원! 밖에 누구 없어?!"

"있기는 한데. 내가 이 방 안의 소리를 죽여 놔서. 아마 아무리 소리를 질러도 듣지는 못할 거야."

"뭐……?"

"다른 건 아니고 한 가지 제안을 하나 할까 해서 찾아온 건데."

"제안이라고? 너, 내가 누군지는 알고 이러는 거야?"

"그야 잘 알고 있지. 국민평화당의 유력한 대선 후보이자, 발라스의 차기 회주였다가 팽당한 불쌍한 사람."

"네가 그걸 어떻게……! 너 뭐야? 대체 정체가 뭐냐고!"

"최강. 국가정보원 요원."

"최강? 설마, 그 최강? 네가?"

"그래. 그게 나야. 얘기는 들었을 거라고 봐. 나 때문에 발라스가 많이 곤란했을 테니까."

"끄음……. 겁이 상실한 놈이군. 발라스에 관해 알고 있다는 것만으로도 목숨이 위험하다는 걸 모르나 보지?"

"하아, 이렇게 상황 판단력이 저조해서야……. 이렇게 나오면 내가 지금 제대로 된 사람을 상대하고 있는 게 맞는지 판단하기가 어렵잖아."

"뭐?"

"당신이 지금 큰 소리로 소리쳐도 아무도 들어오지 않는 이 상황이 지금 평범한 상황 같아? 그리고 밖에서 사람이 지키고 있음에도 내가 이렇게 쉽게 들어와 있는 게 평범해 보이냐고?"

"음…….."

나는 가슴에서 총을 꺼내 보이며 말했다.

"내가 마음만 먹으면 당신은 당장 죽을 수 있어. 물론, 아무도 듣지 못할 테고."

"대체 뭘 어떻게 한 거야. 내게 원하는 건 또 뭐고?"

"들을 자세가 되었는지 좀 알고 싶은데."

"무슨 제안인지 일단 들어 보도록 하지."

"좋군."

진즉 수그러진 모습을 보일 것이지. 하여간 사람 번거롭게 하는 사람이다. 나는 곧 그의 옆으로 앉으며 말했다.

"신우범 원장. 무너뜨리고 싶지 않나?"

"그걸 네가 어떻게⋯⋯."

"믿을지 모르겠지만, 아까 여기서 신우범 원장하고 당신이 나눈 얘기를 모두 듣고 있었어. 교통사고를 당했다고 해서 얘기 좀 할까 해서 찾아왔는데, 우연히 그런 걸 들었지 뭐야."

"여기에⋯⋯ 있었다고? 진짜야?"

나는 약간의 연기를 해 주었다.

"인간들이란. 이래서 뭘 보여 주지 않으면 믿지를 않는다니까."

그러면서 손목 안쪽을 만져 사라졌고, 깜짝 놀라는 김종기 의원의 뒤쪽으로 나타나며 말했다.

"꼭 이런 걸 보여 줘야 믿으니 말이야."

"허업! 뭐야, 어떻게 한 거야? 방금 전까지만 해도 여기에 있었는데! 너⋯⋯ 대체 정체가 뭐야?"

"악마."

"뭐?"

"그래서 말인데. 나와 계약을 하는 게 어때? 계약을 한다면, 당신이 원하는 모든 꿈을 내가 이뤄 줄 수도 있을 것 같은데."

                              * * *

　병실을 나온 나는 한숨을 내쉬었다.

　"할아버지 말대로 해 보긴 했는데, 김종기 의원이 정말 믿을까
요?"

　-이곳 세상에서도 악마의 존재를 믿는다고 하니 분명 통하리라
고 본다. 그리고 그런 신기한 광경을 보여 주었으니 안 믿는
게 이상한 일이겠지.

　"아무리 그래도 악마인 척을 하라니. 아무튼 전 이제 김종기한
테는 죽은 최강의 몸을 뒤집어쓴 악마인 셈이네요.

　나는 병원을 나와 차에 올라서야 모습을 나타냈다.

　"솔직히 두 분의 제안이 마음에 안 드는 건 아닙니다. 발라스를
무너뜨릴 게 아니라, 그걸 차지하라고 해서 좀 놀라기는 했지만
요."

　케라가 말했다.

　-네가 아무리 큰 조직을 만들고 발라스에 대항하려고 해도,
그 일에는 무척 많은 시간이 소요돼. 그러기보단 차라리 안으로
침투해서 잠식해 가는 게 더 빠를 수 있지.

　케라에 이어 제라로바가 말했다.

　-물론, 그것만 해서는 안 될 거다. 뒤로는 발라스에 대항하려
했던 조직을 계속해서 성장시켜 앞으로의 일에 보탬이 되도록
하고, 간간이 너의 능력을 보여 놈들에게 공포를 심어 주는

거다. 그렇게 하면 발라스의 그 누구도 너를 우습게 볼 수 없게 될 것이야.

"욕망과 패배감에 휩싸여 있는 김종기 의원을 재료로 쓰면서 말이죠."

-놈은 네가 발라스에 들어갈 명분인 셈이지.

"하지만 그러기에 앞서, 김종기 의원의 영향력을 키워 놓을 필요가 있겠죠. 발라스의 지원 없이 대통령으로 만듦으로써 말이죠."

-전면에서 움직이지 않고서도 그를 이용해 네가 서서히 잠식해 갈 수 있을 거라고 본다. 그리고 놈들이 위기감을 느꼈을 그때는 이미 늦은 후일 테지.

"하지만 그 전에 제가 가져야 할 게 있겠죠. 신우범 원장이 발라스인 줄도 모르고 거저 넘겨 버린 그 물건 말입니다."

-네가 그걸 도로 가져온다고 해도 당분간은 모르게 해야 할 텐데, 방법이 있겠느냐?

제라로바의 물음에 나는 절로 미소가 지어졌다.

"훗, 그 부분에 대해선 이미 생각해 둔 바가 있죠. 아무 걱정 안 하셔도 될 겁니다."

* * *

평온한 나날이 이런 것일까.

산업 스파이 잡는 일로 팀원들은 무척 바빴지만, 나는 그렇지 않았다. 그 정도 일은 팀원들에게만 맡겨도 충분했고, 나는 지켜보며 한가로이 커피를 마시는 나날이 많았다.

"그래도 그렇지 자기가 개발한 기술을 다른 나라에 저렇게 팔고 싶을까."

근래 뜨는 기술이 무인 기술이기 때문일까, 교수도 직접 개발한 기술을 중국이든 일본이든 팔아먹는다.

다 함께 고생해서 개발한 동료들은 정말 어쩌라는 건지.

돈이 그렇게 좋을까.

돈.

그래, 따지고 보면 싫어할 사람은 없겠지.

많으면 많을수록 좋은 게 돈이니까.

재계 순위도 다 그 돈의 액수로 정해진다. 그들 사이에선 그것이 하나의 권력이고 영향력이다. 사람들에게 아무리 사장, 회장 소리를 들어도 더 큰 기업의 입김 한 번이면 무너지는 게 세상의 이치 아니던가.

그래서인지 많아도 더 많이 가지기 위해 무슨 짓이든 하게 만드는 것이 바로 돈일 것이다. 그쯤 되면 돈의 노예라고 해도 될 만큼.

"근데 내 통장의 잔액이 갑자기 늘어나면 그것도 문제는 되겠지?"

갑자기 왜 이런 고민을 하냐고?

앞으로 나는 어마어마한 돈을 모을 생각이다.

무슨 방법으로?

신우범 원장에게 건넸던 카드와 장치로.

["신우범 원장이 발라스의 회주가 되었다고?"

"네, 그렇습니다."

"그럼 원래 회주가 될 사람은 어떻게 되고?"

"카드와 장치를 잃어버린 일로 책임론이 제기되었고, 그사이 신우범 원장이 다른 원로들을 설득하여 회주 직을 얻어 내었습니다."]

나는 가끔 김지혜에게 마법을 걸어 신우범 원장의 동태를 살펴 갔다.

신우범은 김지혜를 통해 내 일거수일투족을 전하라고 했겠지만, 오히려 그 반대로 내가 김지혜를 통해 발라스의 움직임을 알아내고 있는 것이다. 신우범은 꿈에도 모를 테지만.

아무튼 나는 신우범이 단순히 책임을 이유로 차기 회주를 밀어낸 것만은 아닐 거라 생각했다. 그리고 그와 함께 내 눈앞에서 소각되었던 카드와 장치를 떠올리게 되었다.

만약 그 자금력으로 원로들을 설득하고, 충분한 영향력을 행사했다면?

그가 회주의 자리를 꿰차는 일도 매우 순조로웠을 것이다.

즉, 내 눈앞에서 소각된 건 가짜일 가능성이 크다는 것.

"돈을 얻는다고 해도 차명 계좌를 많이 만들어 놔야 할 것 같은데. 내 계좌 잔액이 늘어나면 곧바로 나부터 의심받을 테니까."

특정 인물의 계좌가 갑자기 늘어나면 가장 먼저 알아차리는 곳이 바로 국세청이다. 국세청 쪽에도 필시 발라스의 사람이 있을 터.

우선은 카드와 장치부터 회수한 후에 김종기 의원을 이용할 생각이다. 그렇게 한다면 몇 개의 차명 계좌에 얼마나 많은 금액이 가득 차건, 그쪽 일은 자연스레 해결될 것이다.

"그래도 일에는 순서가 있는 거니까. 자연스럽게 진행해 봐야겠지."

때마침 그때, 장태열과 최소현이 들어왔다.

물론, 기술을 팔아먹은 교수와 함께.

"잡아 왔습니다, 과장님."

"이 새끼, 그사이에 신분 세탁까지 싹 해서는 공항에서 빠져나가려고 하고 있더라고. 형석 씨가 찾아내지 못했으면 자칫 놓칠 뻔했어."

이래서 해커나 프로그램을 잘 손댈 줄 아는 사람이 필요한거다. 손가락 몇 번 두드리는 거로 뛰어난 요원들 몇 사람 몫은 해 내니 말이다.

"다들 수고 많았고, 장태열 씨와 최소현 씨는 용의자 국가정보원에 인계하는 대로 퇴근하도록 하세요. 김지혜 씨와 이형석 씨는 지금 바로 퇴근해도 좋고요."

"아싸~!"

"역시 우리 과장님. 내가 진짜 부서 옮기기를 잘했다니까."

최소현과는 눈빛이 마주칠 때마다 어색한 기운이 흘렀다.

독일에서의 그날 이후로 우린 일에 관해서만 얘기할 뿐 그때 나눈 이야기를 꺼내지 않았다.

이런 어정쩡한 관계는 딱 질색인데.

하지만 막상 말을 꺼내려고 하면 왜 그렇게나 떨리는지.

그렇다고 이런 관계를 지속할 순 없다.

그래서 나는 오늘 그녀와 따로 만나 우리의 관계에 대해 결판을 지으려 한다.

[오늘 저녁 7시.

저녁이나 함께합시다. 우리 해야 할 말이 있잖아요?]

메시지를 보내고 나니 괜히 가슴이 마구 두근거린다.

"후우~ 이렇게 설레어 보는 게 얼마 만인지. 후훗."

* * *

최소현은 차에 오르려다 말고 온 메시지에 핸드폰을 확인했다.

[오늘 저녁 7시.

저녁이나 함께합시다. 우리 해야 할 말이 있잖아요?]

그녀는 커진 눈으로 메시지를 다시 확인했다.

'해야 할 말? 혹시 그걸 말하는 건가?'

우리 한번, 만나 봅시다 25

심장이 콩탁콩탁 뛰고 머릿속이 하얗게 변해 버렸다.

만나면 무슨 말부터 해야 할까 고민도 되고, 괜히 초조해서는 손에 땀부터 쥐어졌다.

"뭐해, 안 타고?"

그사이 용의자를 차에 태운 장태열이 물어왔다.

최소현은 화들짝 놀라며 되물었다.

"네?"

"무슨 일 있어? 왜 그래, 갑자기?"

"아, 아뇨. 일은 무슨……."

"힘들고 몸이 안 좋으면 나 혼자 가도 되고."

"아니에요. 괜찮아요. 일은 끝까지 해야죠."

"그래? 그러든가, 그럼."

국가정보원에 무사히 용의자를 인계하고, 다시 7과 사무실로 돌아온 두 사람은 서로의 차를 타며 헤어졌다.

"그럼 내일 봬요."

"어~ 최 요원도 푹 쉬어~!"

최소현은 뭘 입고 나갈 지부터 걱정이 되었다.

"입던 옷들 중엔 예쁜 게 없는데. 뭘 입어야 하지?"

활동복으로 가득한 옷장을 열어볼 생각을 하니 벌써부터 암담했다. 어떤 얘기가 오갈지는 뻔한데, 그런 옷들을 입고 나갈 수는 없었다.

그래서 그녀는 오늘만큼은 정말 여성스러운 예쁜 여자가 되어 보기로 했다.

"그래, 나도 남들처럼 쇼핑 좀 하자. 최근에 통장도 넉넉해졌겠다, 돈 좀 써 보지 뭐."

얼마 전에 어마어마한 성과급을 받지 않았던가.

하여 그녀는 그걸로 오늘 하루 진짜 여자가 되어 보기로 했다.

오다가다 예쁜 옷들이 많다고 느꼈던 옷가게로 온 그녀는 옷을 고르기 시작했다.

그런데 가격을 보니 정말 숨이 멎을 만큼 놀라웠다.

"이게 얼마야? 250만······! 미친······!"

"손님? 무슨 문제라도······."

"아, 아뇨. 그냥 이 옷이 너무 마음에 들어서."

그냥 내려놓고 시장을 갈까도 했다.

이 돈이면 시장에서 마음에 드는 옷을 100벌은 사지 않을까 싶었다. 하지만 그녀는 마음을 고쳐먹었다.

"그래, 맨날 사는 것도 아닌데 한 번쯤이야······."

단 하루일지라도 신데렐라가 되고 싶은 것이 여자의 마음이다.

해서 그녀는 옷도 사고, 신발도 사고, 백도 샀다. 거기에 평소에는 안 하던 쥬얼리까지. 집에 가서 오늘 산 것들을 입고 착용하자 무척 어색한 느낌이 들었다.

"이게 정말 나라고? 오~ 괜찮은데? 헤헷. 이거 봐, 나 꾸미면 진짜 예쁘다니까."

["와, 전 진짜 선배가 웬만한 남자 선배들보다도 더 무섭다니까

요. 그 성격을 보고 누가 선배를 여자로 봅니까?"]

그런데 갑자기 왜 전 파트너였던 김동운이 입버릇처럼 했던 말이 떠오르는지.

"동운이가 봤으면 정말 깜짝 놀랐을 텐데. 그게 꼭 내 말은 안 믿었단 말이지……."

그녀는 천장을 보며 말했다.

"김동운. 보고 있나? 이 누나, 오늘 진짜 예쁘게 입었다. 내가 얘기했지! 나도 차려입으면 예쁘다고……. 나도 오늘은 여자 할 테니까, 잘 두고 봐."

안 가던 샵에 가서 머리도 하고 화장도 하고.

예쁜 옷에 미모까지 빛이 나자 사람들의 시선까지 모여들었다. 최소현 자신도 거울을 보며 자기가 맞는지 의심스러울 정도였다.

"낯설다……. 근데 진짜 예쁘네……. 나 의외로 진짜 괜찮은데?"

그녀는 이제 최강을 놀라게 해 줄 일만 남았구나 생각하며 설레는 감정으로 샵을 나섰다.

그런데 그런 그녀에게 전화가 걸려왔다.

해맑기만 했던 그녀의 표정에 갑자기 그늘이 졌다.

아는 번호이지만 반갑지 않은 전화.

번호 위로 강남서 서장님이란 글귀가 쓰여 있어서다.

"서장님이 내게 왜……."

저녁 6시 반.

한 고급스러운 레스토랑에서 기다리고 있던 최경준 서장은 자신을 향해 걸어오는 최소현을 보고 살짝 놀랐다. 평소 보던 딸과는 다르게 너무도 세련되고 예쁜 모습이어서였다.

"소, 소현아……."

최소현은 맞은편에 앉으며 퉁명스럽게 말했다.

"왜 보자고 했어요?"

"그게…… 본 지가 꽤나 오래된 것 같아서. 잘 지내고 있는지 궁금했다."

"그러니까 그게 왜 궁금했는데요."

여전히 싸늘한 눈빛, 그리고 원망 어린 목소리. 익숙하지만 그럼에도 볼 때면 가슴을 비수로 후벼 파는 기분이다.

"하려고 했던 일은 이미 마친 거로 아는데. 이제 슬슬 돌아와야지. 계속 거기에 있을 순 없는 거지 않냐?"

"이쪽에서 딱히 나가라는 말을 안 해서, 그래서 아무 말 없으면 쭉 있어 볼까 해요."

"국가정보원 요원을 계속하겠다고?"

"네. 해 보니까 경찰 일과 별반 다를 것도 없고, 일도 잘하고 있어요. 오늘도 산업 스파이 잡다가 국가정보원에 인계했고요. 저는 잘 적응하고 있으니까 혹시라도 걱정 같은 거 하고 계시면, 하지 말라고 말하고 싶네요."

"잘하고 있다고 하니 다행이구나. 최 과장이 잘 챙겨 주는 모양이고."

"저, 그런 얘기 불편한데요. 제가 어떻게 살건, 제 주변 사람들과 어떻게 어울리건, 신경 끊어 줄래요? 저도 아……!"

그녀는 말을 하려다가 말고 한숨을 푹 내쉬었다.

"후우……. 저도 아버지 하시는 일에 신경 끄고 사는 것처럼요. 지금까지 우리, 그게 편했던 거 아닌가요?"

"너에겐 내가 미안한 게 많지. 네가 나를 원망 많이 하는 거, 나도 안다. 네 엄마 그렇게 된 이후로 우리가 대화를 제대로 나누지 못해 온 것도 다 내 잘못이겠지."

"그만하죠. 저 오늘은 나쁜 소리 하고 싶지 않으니까."

최경준 서장이 딸을 보며 흐뭇하게 웃었다.

"그렇게 차려입으니 정말 예쁘구나. 한 번쯤은 그런 모습을 보고 싶다고 생각해왔는데. 오늘에서야 소원을 푼 것 같구나."

"서장님 소원 풀어 드리려고 입은 거 아니고요, 저 이제 약속 있어서 가 봐야 해요. 더 할 말 없으면 일어날게요."

"잠깐만 소현아……!"

"아 왜요, 또?"

"혹시 말이다. 최강, 그 친구와 가까운 사이인 거냐?"

최소현이 신경질적으로 답했다.

"제가 말씀드렸죠. 제 일에 참견하지 마시라고요."

"그런 게 아니라면, 선을 한 번 보는 게 어떨까 해서. 아비 노릇은 못 해 왔지만, 그래도 좋은 곳에 시집가는 모습 정도는……."

"지금 뭐 하시는 거예요?"

"그게, 도명기업이라고……."

"서장님!"

최경준 서장이 주변의 시선에 무척 난처해했다.

"소리 지르지 말고 앉아서 내 얘기 좀 들어."

"됐고요, 그런 얘기하실 거면 저 다시는 부르지 마세요. 지금까지 아버지 노릇 못 한 거 알면, 선 넘지 마시라고요. 아니 어떻게 저를……! 아버지 인맥에 끼어 파시려고 하세요?"

"너는 무슨 말을 그렇게 하느냐? 끼어 팔다니?!"

"그런 게 아니라면 더는 말하지 말자고요. 더 할 말도 없고요. 그리고 돌아가신 거 아니면, 웬만하면 연락하지 말아 주세요."

자신을 보는 것이 죽기보다 싫다는 말이었다.

그 노골적인 말에 가슴이 찢어지지만, 자신의 해명이 딸의 가슴에 더 큰 못을 박을까 한마디도 하지 못했다.

"후우……."

그는 예쁜 모습으로 사라지는 딸의 뒷모습을 가만히 지켜보다가, 천천히 전화를 꺼내 들었다.

"어, 염 사장. 난데……. 이거 미안하게 되었구먼. 딸하고 얘기를 해 봤지만, 녀석이 싫은가 봐. 내 딸을 예쁘게 봐주어 말해 준 걸 텐데, 정말 미안하게 되었군. 어, 그래. 내가 다시 연락하지."

* * *

나는 최소현을 기다리며 김종기 의원에게 전화를 넣었다.

"퇴원하셨다고 들었는데. 몸은 괜찮으십니까?"

[어…… 괜찮아.]

"조만간 계약서 들고 찾아가겠습니다."

[내가 어디에 머무는지는 알고?]

나는 핸드폰을 통해 김종기 의원을 지켜보고 있었다.

"지금 당장이라도 눈앞에 나타날 수 있는걸요. 당신이 지금 마시고 있는 그 커피의 향이 얼마나 좋은지도 알고……. 간만에 아끼는 찻잔을 쓴다는 것도 말이죠."

핸드폰 속에서 김종기 의원은 주변을 두리번거리며 섬뜩해하고 있었다. 악마 연기로 사람을 놀리는 재미가 참 쏠쏠했다.

"아, 그리고 말입니다. 이제 경선이지 않습니까?"

[그, 그렇지.]

"자금은 어떻게 확보하실 생각이십니까?"

수많은 인터넷 매체와 광고들에는 큰돈이 소모된다.

당내에서 벌어지는 경선이라고 할지라도 그 치열함은 대선 못지않기에 얼굴을 알리고 인지도를 유지하기 위해서는 많은 수단이 필요했다.

[그야…… 발라스 쪽에 얘기를 해 봐야겠지.]

"그럼 내일 하십시오."

[내일?]

"네. 꼭 내일이어야 합니다. 될 수 있으면 오후였으면 싶고요."

[꼭 그래야 하는 이유라도 있는 건가?]

"신우범 원장이 가지고 있는 그 영향력을 내일 빼앗을 작정이거든요."

[카드와 장치를 훔칠 생각이구먼!]

뭐야. 신우범 원장이 카드와 장치를 가지고 있다는 걸 김종기 의원도 아는 거야?

이쯤 되면 신우범 원장이 가짜를 소각하는 척, 진짜를 빼돌린 것이 확실시되는 거였다.

"마음만 먹으면 손가락만 튕겨도 가능하지만, 그가 당황하는 걸 제대로 지켜보려면 당신과 내가 손발을 잘 맞춰야 할 것 같아서. 그러니까 내일 오후, 꼭 그때 말해야 할 겁니다."

[그런 거라면 얼마든지 따르도록 하지.]

전화를 끊으면서도 나는 절로 미소가 지어졌다.

"이거 묘하게 재밌네요."

-흘흘, 악마인 척하는 연기가 꽤나 잘 어울리는구나.

"아무튼 김종기를 움직여 두었으니 신우범 원장이 카드를 쓸 건 분명할 겁니다. 굳이 소모시키지 않아도 될 발라스의 자금을 건드리기보단, 카드를 사용하는 게 쉬울 테고요."

케라가 말했다.

-그냥 몰래 숨어들어서 최면 마법을 써도 되지 않았을까?

"최면에서 깨어났을 때 느낄 그 이질감, 그것이 의심으로 바뀔 수도 있는 거니까요. 그리고 요 며칠 힘들게 모조품도 만들었는데, 그 노력을 날려 버릴 수야 있나요. 오로지 그가 당황하는 그 모습 한 번 보려고 한 고생인데, 끝은 봐야죠."

그러한 기대감으로 시야를 올리는데, 흰색 바탕의 예쁜 옷을 입은 천사가 식당으로 들어서고 있었다. 최소현이 예쁘게 차려입고 수줍은 미소로 걸어오고 있는 거였다.

"와……."

-어우…….

-저 아이가 저렇게 예뻤다고? 천사가 따로 없구나.

"그러게요……."

평소에도 참 예쁘다고 생각해 왔지만, 그것은 그녀가 여자로서의 매력 발산을 전혀 하지 않았던 거였다.

이렇게 여성스러운 옷을 입고 예쁘게 꾸며 놓고 보니 정말 그녀 주변이 온통 빛으로 휩싸인 것만 같이 광채가 번졌다.

그 순간, 내 머릿속에 퍼지는 생각은 오직 하나.

"안 되겠다. 이 여자가 아니면."

천사의 걸음걸이에 넋이 쏙 빠진 나는 퍼뜩 정신을 차리며 그녀가 앉을 의자를 빼 주었다. 그리고 다시 맞은편에 앉아서 그녀를 보는데, 어쩜 이렇게 흐뭇한 기분이 드는지.

"소현 씨, 오늘 정말 예쁜데요. 이거 반칙 아니에요?"

"반칙이요?"

"이럴 줄 알았으면 나도 좀 꾸미고 오는 건데. 혼자서만 완전 예쁘게 와서는. 누가 보면 뭐라고 하겠어요? 소현 씨 옆에 웬 거지가 하나 앉아 있다고 할 게 아니냐고요."

"아니, 무슨……! 누가 그런 소리를 한다고 그래요. 최강 씨도 충분히 멋지고 깔끔하게 입었으면서."

"아냐, 아냐. 반칙이야, 이거. 이럴 줄 알았으면 나도 오늘 쫙 명품으로 두르는 건데."

"에이, 그렇게 과소비하는 사람 아닌 거 뻔히 아는데."

"훗, 그래요?"

"나 그만 놀리고 이만 식사나 하죠?"

"식사를 하긴 해야겠는데, 너무 예쁜 사람을 앞에 놔둬 놔서 코로 들어가면 어쩌나 걱정이네요."

"뭐라고요? 호호호!"

우린 식사를 함께하며 얘기를 나눴다.

최소현은 경찰이기 때문인지 많은 일을 현장경험과 매치시켜 이야기하고는 했다. 반면 나는 현장요원들을 지켜봤던 상황들을 떠올리며 공감대를 만들었다.

"범인하고 대치하는 상황이 가장 긴장되기는 하죠. 지켜보는 것도 얼마나 손에 땀을 쥐는지."

"요즘은 그래도 법이 많이 바뀌어서 테이저건도 쏴도 되고 하는데, 예전엔 정말 칼 든 범인을 맨몸으로 상대한 적도 많다니까요."

"방검복 같은 거 안 입어요?"

"대대적인 조폭 검거하러 가는 일 아니고서야 그런 걸 평소에도 입고 다니진 않죠."

"그래도 시중에서도 방검복은 많이 파는 것 같던데."

"맞아요. 통기성 좋은 매쉬로도 나오고, 그게 또 방탄도 된다고 하는데. 문제는 움직임이 많이 뻑뻑하다는 거예요. 그리고 칼은 얼굴로 날아들고 목으로 날아드는데, 몸만 방검복 입으면 뭐 하냐고요. 제대로 피하지도 못하게 불편만 하지."

"흠, 하긴."

"저기 근데요. 국가정보원에서는 움직이기도 편하고 방검 방탄도 되는 소재로 된 옷도 있다는 것 같던데. 진짜예요?"

"글쎄요. 그건 저도 들어 본 적이……"

"호호, 아무래도 그냥 도는 소문이었나 보네요. 하긴, 무슨 영화도 아니고. 아직은 그런 기술이 무리겠죠?"

무리는 아닐 것이다. 문제는 자금인 거지.

그러고 보면 일전에 김지혜가 총에 맞았던 것도 그렇고, 한 번쯤 그에 관해 알아보는 것도 좋겠다 싶었다.

돈이 좀 든다고 할지라도, 그걸로 팀원들의 생명을 구할 수 있다면 그다지 아깝지 않을 것 같았다.

거기다가 곧 엄청난 돈이 생길 거라고 한다면, 직접 제작을 하는 한이 있더라도 시행해 보고 싶은 생각도 있었다.

우리는 식사를 마치고 밤거리를 걸으며 대화를 이어 갔다.

"나 궁금한 게 하나 있는데요. 그 마법이라는 거, 어디까지 가능해요?"

"음, 어디까지 가능하냐고 물어보면 답하기가 좀 어렵고요. 여러 가지가 가능하다고 말할 수 있겠네요."

"예를 들면?"

"음……. 눈앞에서 감쪽같이 사라지는 거?"

"정말요? 투명인간?"

"그런 셈이죠."

"그리고요?"

"어떤 벽이든 통과하는 거."

"진짜요? 우와, 완전 대박. 그럼 은행도 마음대로 털 수 있겠다. 그죠!"

"어허! 이거 경찰이란 사람이 너무 불손한 생각 하는 거 아닙니까? 그게 다 시민들이 믿고 맡긴 돈인데."

"아니, 그냥. 왜 사람들이 그런 능력 생기면 다 이런 생각부터 하잖아요."

"홋, 그렇긴 하죠."

"그리고 또 뭐가 있는데요?"

"그리고 또……."

나는 이왕 다 말해 주고 알려 주는 거, 하나 정도 보여 주는 것도 좋다고 여겼다.

"이쪽으로 와 볼래요?"

"왜요? 뭐 하게요?"

"나, 소현 씨 살짝 안을 건데. 이상하게 보진 말고."

"어어, 이러면서 은근히 수작 거는 거 아니죠?"

"에이, 그런 거 아닌데. 마법 보여 주려는 건데."

"좋아요, 그럼. 허락할게요."

나는 높은 빌딩 옆으로 돌아서는 그녀의 허리를 팔로 감았다. 그리고는 오른쪽 손목 위를 만지고 벽에 손을 대었다.

그 순간, 우리는 고속으로 하늘을 날 듯이 빌딩 꼭대기까지 순식간에 쏘아져 올라갔다.

"꺄아아아악-!"

벽을 타고 쏘아져 오르다가 옥상 위로 불쑥 올라온 우리.

최소현은 눈을 깜빡이며 놀란 표정을 머금었다.

"바, 방금 뭐였어요, 그거?"

"벽을 타고 건물을 통과해서 옥상으로 올라온 건데. 혹시 무서웠어요?"

"아뇨? 엄청 짜릿했어요. 헐……! 나 또 해 볼래요."

"그건 내려갈 때. 자, 여기 어때요?"

빌딩 옥상에서 확 트인 시야로 세상을 바라본다는 것.

가슴이 뻥 뚫리고, 머리까지 상쾌해지는 기분이었다.

"진짜 좋다……."

"그죠."

"서울이 한눈에 다 보이는 것 같아요. 와, 지금껏 내가 왜 이런 곳에 한 번도 안 와 봤지?"

"그야 평소엔 출입이 금지된 곳이니까."

"허업! 그럼 우리 이러다가 큰일 나는 거 아니에요?"

"저쪽에 카메라가 있는 걸 보니 경비가 곧 올라오긴 할 것 같지만, 잠시는 괜찮지 않을까요?"

"호호, 경비가 보면 엄청 놀라겠다."

"그 전에 도망가야죠."

최소현은 잠시 눈을 감고 바람을 느끼는 듯 미소를 머금고 있었다.

그 모습이 얼마나 예뻐 보이는지. 나는 절로 그녀의 새빨간 입술에 입을 맞추고 싶은 충동을 느꼈다.

참자. 아무리 그래도 본능부터 앞세우는 건 아닌 거다.

그런데 대뜸 그녀가 눈을 뜨더니 나에게 물어왔다.

"근데요. 우리 해야 할 말이 있다면서요. 그건 언제 하려고 그래요?"

"그야…… 지금?"

"그래서 어떻게 할 건데요?"

"소현 씨는 어떻게 하고 싶은데요?"

"어어, 내가 먼저 물었는데. 리드 제대로 안 하면 실망할 건데."

"훗, 그럼 제대로 해야겠네요. 음음!"

나는 잠시 목을 가다듬은 다음, 내 마음을 전했다.

"우리 한번, 만나 봅시다. 진지하게 교제를 신청합니다, 최소현 씨."

그녀는 싱그럽게 웃더니 몸을 비비 꼬며 답했다.

"좋아요. 그래 봐요, 우리."

그 말을 듣는 순간 온 세상을 다 가진 것만 같은 행복감을 느꼈다.

그녀도 내게 마음이 있다는 건 진즉에 알았지만, 이렇게 막상 말하고 관계를 개선하고 나니 모든 게 달라 보였다.

"후……! 말해 버리고 나니까 엄청 후련하네요."

"호호, 저도요. 사실 요 며칠 최강 씨 반응이 영 없어서 잠시 스쳐 지나가는 감정이었던 건 아닌가 싶었지 뭐예요."

"미안해요. 내가 이런 거에는 소질이 없어서."

"괜찮아요. 능숙한 것보단 나으니까."

"에이, 요즘 여자들은 능숙한 걸 더 좋아하던데."

"내가 그런 여자들보단 좀 특별하잖아요?"

"하긴. 우리 소현 씨는 조금 보수적 취향이니까."

"오오~ 우리~?"

"이상……한가요?"

"아뇨? 호호, 듣고 보니까 뭔가 막 달달한 것 같아서. 히힛."

바로 그때, 옥상 문이 열리며 누군가가 소리쳤다.

"이봐요, 거기! 거기 누구 있어요? 여기 함부로 들어오고 하면 안 돼요!"

그에 우리는 즉시 손을 잡고 아래로 푹 하고 꺼지며 사라졌다.

"뭐지? 방금 전까지만 해도 여기에 누가 있었는데……."

* * *

우린 손을 잡고 함께 집으로 왔다.

최대한 느릿하게 집에 가려고 여기저기 서성였지만 결국 집 앞까지 오게 되었다.

"벌써 집 앞이네요."

"그러게요."

"아…… 엄청 들어가기 싫다."

"그래도…… 언제까지 이러고 있을 순 없으니까."

"뭐야……. 최강 씨는 나하고 떨어지는 게 좋아요?"

"그건 아니지만, 그렇다고 하루 만에 진도를 다 뺄 순 없잖아요. 음음."

"그거야……."

그러던 중 최소현이 대뜸 수줍게 말을 꺼냈다.

"근데요, 사실 나……. 지난번의 일 기억 나는 거 있죠."

"지난번?"

뭘까 싶어 생각하는 순간, 술에 취해 격하게 키스를 했던 기억이 뇌리를 스쳤다.

"아……! 그거……."

"뭐야, 그 반응은? 그럼 설마……! 최강 씨도 다 기억하고 있었던 거예요?"

"그게 기억이 순간순간 스치긴 하는데, 술에 너무 취했던 나머지 꿈이 아니었나 싶기도 하고. 그랬죠, 뭐……."

"그럼 뭐……. 안 해 본 것도 아니니까."

그러더니 대뜸 그녀가 내 입술에 입을 맞췄다가 멀어졌다.

그리고는 부끄러운지 도망치듯 자기 집 문을 열었다.

"자, 그럼! 잘 자요! 안녕~!"

맨정신에 촉촉한 그 입술이 닿을 때의 느낌이란.

맨탈이 순간 확 나갔다가 돌아왔다.

마구 웃음이 나오고 행복에 겨운 이 상황을 어떻게 해야 할까.

"아이, 참……. 하핫!"

내 집 문을 여는데도 왜 이리 웃음만 나오는지.

"내가 진짜…… 나쁜 놈이었으면 집에 안 보냈다. 휴~!"

남자를 욕망의 덩어리라고 누가 그랬던가.

사랑하는 여자를 앞에 두고 하루아침에 만리장성을 쌓고 싶어하는 것은 모든 남자의 공통된 생각일 것이다.

그렇지만 참자. 지켜 줄수록 더 애틋해지는 거니까.

그런데 씻고 옷도 갈아입고 잠에 막 들려고 하는데, 최소현에게서 메시지가 왔다.

[자요?]

[이제 막 자려고요.]

[난 잠이 안 와요. 잠을 못 잘 것 같아. 이러다가 뜬 눈으로

아침을 보면 어쩌죠?]

[아무래도 나도 소현 씨도…… 설레는 하루였으니까요.]

[오늘 고마웠어요. 먼저 고백해 줘서.]

[너무 늦게 해서 내가 미안하죠. 서로의 마음을 알았는데, 뭘 그렇게 머뭇거렸나 싶어요.]

[아, 방금 헤어졌는데 또 보고 싶다.]

[얼굴 보여 줄까요? 나 바로 넘어갈 수도 있는데.]

[아뇨.]

[뭐야…… 보고 싶다고 해서 설레었는데.]

[나 사실 지난번에 했던 행동들 때문에 엄청 부끄럽고 민망하단 말이에요.]

[그건 술에 취했던 거잖아요.]

[그래도 부끄러운 건 부끄러운 거예요.]

[내가 많이 좋아해요.]

[갑자기?]

[네. 갑자기.]

[힛, 저도요.]

[잘 자요.]

[네, 최강 씨도 잘 자요.]

연애 세포가 팡팡 터진다는 느낌이 뭔지 오늘 제대로 느낀 것 같았다.

"후우……. 암만 보고 싶다고 해도, 투시를 하는 건 역시 아닌 거겠지……."

* * *

아침이 밝았다. 눈을 뜬 나는 축축한 머리의 감촉을 느끼며 전날 저녁도 케라가 힘껏 움직였구나 하는 걸 알 수 있었다.

그럼에도 언제나 개운한 몸.

기분은 상쾌했고, 몸의 근육들은 잔뜩 성이 나 있었다.

힘까지 넘치는데, 기분까지 좋으니 하루의 시작이 좋았다.

"전날도 고생하셨습니다, 케라 형님."

-일상인 것을. 별소리를 다 하는구나.

"음? 근데 어째…… 배가 좀 부르네요. 혹시 어제 나가서 뭐 드셨어요?"

-아, 하하……. 아이스크림을 좀…….

"너무 많이 먹으면 속 아픈데. 요즘 그거 너무 자주 드시는 거 아니에요?"

제라로바가 말했다.

-속은 걱정 마라. 탈이 날 것도 체력을 회복할 때 전부 괜찮아졌을 테니.

"이러다가 저 살찌는 건 아니겠죠? 그건 싫은데."

케라가 그럴 일은 없다는 듯이 말했다.

-그건 걱정 안 해도 돼. 내가 움직인 양이면 그쯤은 금방

소화될 일이니까.

요즘 케라가 베스킨라빈스31의 아이스크림에 아주 푹 빠져 있었다. 종류도 많을뿐더러, 각양각색의 맛을 띠고 있으니 그에게 있어선 완전 신세계였던 모양이다.

그중에서도 톡톡 터지는 슈팅스타를 얼마나 좋아하는지.

케라나 제라로바나 내가 잠이 들 때면 거길 가는 것이 낙인 모양이었다. 그래, 뭐라도 즐거움을 찾았으면 됐지.

늘 도움만 받는 나이니 그 정도의 기쁨은 주도록 하자.

사실 최소현과의 알콩달콩에 아무 소리 안 하고 참견 안 해 주는 것만도 얼마나 고마운지 모른다.

배려에는 당연히 배려로 돌려주는 게 맞는 것이다.

출근할 준비를 마치고 잠시 후, 최소현이 나오며 활짝 웃었다.

"어! 혹시 나 기다렸어요?"

"잘 잤어요?"

"네. 헤헤, 못 잘 줄 알았는데, 완전 꿀잠 잔 거 있죠."

"잘됐네요. 아침은?"

"솔직히 잘 안 먹어요."

"가다가 간단히 커피에 도넛 어때요?"

"좋죠."

"갑시다, 그럼."

오늘은 차를 타고 가는 것도 함께였다.

최소현이 손을 톡톡거리다가 은근슬쩍 손을 잡아 오는데,

그 부드러운 손길 하며 따뜻한 체온에 내 가슴 속도 마구 온기가 번져 왔다.

우리는 서로를 보고 웃었고, 함께 있을 수만 있다면 아무것도 필요 없을 것만 같았다.

"근데요, 우리……. 팀원들한테는 말하면 안 되는 거겠죠?"

"그래도 이것도 사내 연애인 건데, 사람들이 말하는 문제가 우리한테도 생기지 않을까요?"

사내 연애를 함으로써 오는 문제.

물론, 헤어졌을 경우가 가장 큰 문제일 테지만, 그것 말고도 알려질 경우 많은 문제가 생긴다.

특히 상사와 부하 직원의 연애가 더욱 그렇다. 평소 대하던 대로 행동해도 다른 직원들에게는 모든 게 편애라고 느껴질 수 있었다. 칭찬 한마디, 쓴소리 한마디 하는 것에도 둘 사이의 관계를 가져다 붙일 건 당연지사.

서로 괜히 눈치도 보고 신경 안 쓸 것도 쓰게 되니 사내 연애가 알려지게 되면 많은 불편함을 감수해야 했다. 여러 가지 예를 들던 우리는 결국 알리지 않고 비밀 연애를 하기로 결정을 내렸다.

"역시 안 알리는 게 낫겠네요."

"몰래 하는 게 더 재밌지 않겠어요?"

"헤헷, 그러게요."

탕비실에서 몰래 손도 잡고, 오붓하게 대화도 나누고.

누가 오갈 때면 깜짝깜짝 놀라긴 해도, 묘한 스릴에 그녀와의 관계가 더욱 애틋해지는 느낌도 있었다.

하지만 언제까지나 연애에만 빠져 있을 순 없다.

그녀와의 행복도 중요하지만, 휘둘리는 삶에서 벗어나고자 한다면, 모든 걸 쟁취할 계획을 진행해야 했다.

"납니다, 최강. 지원금은 요청하셨습니까?"

[어, 했어. 발라스 쪽에 해 두었으니 곧 회주의 귀에도 들어갈 거야.]

"잘하셨습니다."

[근데 신우범에게서 그것들을 어떻게 빼앗을 생각이지?]

"제 능력을 아직도 의심하시는 겁니까?"

[아니, 뭐……. 그런 건 아니지만, 궁금해서 말이야.]

"그에게서 그것들을 가져올 테지만, 정작 그는 빼앗긴 지도 모를 겁니다. 제가 재미있는 장난을 준비했거든요. 그러니 지켜보세요. 그가 얼마나 당혹스러워하는지."

[그래, 알겠어. 나는 자네만 믿지.]

전화를 끊은 나는 가방 속에 있던 것들을 꺼냈다. 바로, 신우범에게 넘겼던 장치와 카드. 그것들의 모조품이었다.

"그럼 어디 시작해 볼까? 후훗."

* * *

김종기 의원의 요청이 신우범 원장에게도 전달되었다.

"경선 자금을 달라고 했다고."

"거슬리는 게 많은 자이긴 합니다만, 당장 차기 대통령으로는 김종기 의원 외에는 다른 대안이 없습니다. 저희 발라스에서 진행하는 여러 사업상, 다음 대통령이 저희 사람이 되는 건 더할 나위 없이 큰 이득이 될 테고요."

그도 박명훈의 말에 동감하는 바이다.

뜯어보면 욕심만 많고 별 볼 일 없는 자이나, 선전을 잘해서인지 서민을 보살피는 이미지로 참 잘 만들어져 있었다.

"그 정도 지지율이면, 굳이 광고나 다른 선전 같은 건 필요 없는 거 아닌가?"

"그렇다고는 해도, 같은 당의 하태만 의원도 지지율이 만만치 않아서요. 김종기 의원의 가족 일을 네거티브 하기 시작하면 그에 대항할 선전 정도는 해 줘야 합니다."

"훗, 아내가 뇌물을 받았다는 이유로 청렴함을 위해 이혼을 했다고 알려졌더군. 그 덕에 지지율은 더욱 치솟았고 말이야."

"하지만 하태만 의원은 그것을 보고, 자기 정치 생명을 위해 가족도 버리는 매정한 자라고 벌써부터 네거티브를 시작하는 모양입니다."

"그렇군."

박명훈 기조실장이 신우범의 눈치를 살폈다.

"한데, 원로들 사이에선 은근히 이번 자금을 회주께서 처리해 주길 바라는 눈치던데요."

"경선에 대선까지 쭉 치르려면 수백억 이상은 드는 일이니까."

사실 그들 사이에선 수백억 정도의 자금은 아무것도 아닌 돈이었다. 이미 몇천억 정도의 손실도 손실로 보지 않을 만큼 거대한 자금력을 형성하고 있어서다.

하지만 신우범 원장이 회주가 된 결정적인 이유가 있는 만큼, 원로들 사이에서도 어찌 하나 두고 보는 눈들이 있어 자신의 손아귀에 있는 물건을 한 번쯤은 시원하게 써 줘야 할 필요가 있었다.

"아무튼 알았네. 이번 경선과 대선 자금은 내가 대도록 하지."

그날 저녁, 신우범 원장은 일과를 마치고 집으로 향했다.

경호원들이 지키는 저택으로 홀로 들어간 그는 내부의 적막함을 잠시 느끼며 거실의 불을 켰다.

딱.

아무런 온기도 없이 그대로인 집.

가족. 그에게 유일하게 없는 것이 바로 그것이었다.

부인은 진즉에 암으로 죽었고, 하나뿐인 딸도 수년 전에 결혼을 하여 출가를 했다.

하여 그는 몇 년째 이렇게 홀로 살고 있었다.

간혹 딸이 오가고는 했지만, 정말 가끔이다.

게다가 최근엔 아이까지 낳아 육아에 바빠서 못 본 지도 꽤나 되었다.

그래서인지 그에게 외로움이란, 익숙함이란 단어와도 비슷하게 되어 버렸다.

"흠."

사람을 두어 청소와 음식을 해 놓고 가도록 하긴 하지만, 그걸로 매일같이 느끼는 냉기를 걷어내기란 어려웠다.

그는 익숙하게 옷을 벗고, 씻은 다음 저녁을 먹었다.

간단하게 식사를 끝낸 그는 잠시 뉴스를 보았지만, 곧 해야할 일이 있기에 서재로 향했다.

잠긴 서랍을 열어 비밀번호 키패드에 번호를 입력하자 한쪽 옆으로 책장이 열렸다.

그가 다시 일어나 책장을 여는 순간, 그곳에는 작은 방이라고 해도 충분할 거대한 금고가 나타났다.

여러 미술품과 금괴가 양쪽으로 있었다.

대충 봐도 그 가치는 족히 수백억의 가치.

그러나 그는 다른 것들은 보지 않고 가장 끝에 온전히 모셔둔 두 개의 작은 상자를 잡아 금고를 닫고 다시 책상 앞에 앉았다.

"흠."

이미 한차례 시범 삼아 수십억을 옮겨 보았기에 어떻게 하는지는 방법을 알고 있었다.

그는 익숙한 듯 카드와 장치를 결합, 컴퓨터와 연결해서는 각각의 은행과 증권사에 자동으로 연결되는 걸 지켜봤다.

한데 바로 그때였다.

"저쪽으로 가 봐!"

갑자기 밖이 소란스러웠다. 중요한 일을 하던 차에 생긴 밖의 소란은 그의 신경을 무척 날카롭게 했다.

당장 일어나 밖을 살펴보려고 했으나, 연결해 둔 장치가 마음에 걸렸다. 다시 연결해야 하는 귀찮음이 있을지라도 이렇게 두고 갈 수는 없다고 여긴 그는 얼른 다시 장치를 빼내 금고에 다시 넣고는 밖으로 나가 소란의 원인을 알아보았다.

"무슨 일인가?"

그러자 경호를 하는 요원 하나가 검은색의 귀여운 고양이 한 마리를 들어 보였다.

"이상한 소리가 나서 쫓아가 봤더니 이 고양이가 들어와 있지 뭡니까."

몇 달에 한 번 이런 일이 있고는 한다.

도둑고양이들이 담을 타고 들어와 감시 카메라를 건드리고 경호원들을 혼란에 빠뜨리는 건 흔한 일이다.

"개체 수를 줄이게 하든가 해야지, 안 되겠구먼."

평소보단 조금 날카로운 반응이다.

하필 중요한 일을 하려다가 방해를 받았기 때문일 것이다.

"얘는 밖에다 풀어 주겠습니다."

별일 아니라는 걸 안 그는 다시 서재로 와 금고를 열고는 같은 일을 반복하였다.

그런데 막 다시 장치를 연결하고 접속을 시도하는데, 갑자기 컴퓨터 화면이 깨지기 시작했다.

"뭐야, 이거 왜 이래?"

뿐만 아니라, 장치에서 지직거리는 소리까지.

불안한 마음에 그가 얼른 장치를 빼려고 했으나 그 순간, 장치에서 전기불꽃이 튀었다.

퍼석! 피슈우우우욱…….

거기에 연기까지.

"아, 안 돼……!"

당황한 그는 얼른 장치를 뺐지만, 탄 냄새가 역하게 올라왔다.

"뭐야…… 왜 이러는 거야……!"

행여 장치가 고장이라도 났을까 당황한 그는 무척 난처한 얼굴이 되어서는 얼른 전화를 걸었다.

"어, 나야. 지금 당장 와. 내 집으로 당장 오라고!"

그는 여전히 탄 연기가 나는 카드와 장치를 보며 무척 곤란해했다.

"이런, 겨우 한 번밖에 못 써 봤는데……. 대체 갑자기 왜 이러는 거야?"

* * *

나는 신우범 원장이 퇴근할 때부터 그의 차의 뒷자리에 앉아

내내 그와 함께 움직였다.

처음엔 15분이 한계였던 투명 마법의 지속시간은 지금은 늘어 몇 시간도 가능해져 있었다. 하여 난 그가 집으로 들어가고 식사를 할 때에도 한쪽에 서서 그의 모든 행동을 지켜봤다.

"미리 와 보긴 했지만, 정말 외롭게 사는군."

뉴스를 보던 그는 일어나 서재로 가더니 비밀금고를 열었다.

그럼에도 난 놀라거나 하지 않았다.

사실 이미 이곳을 방문하여 모든 위치를 파악해 뒀기 때문이다.

그리고 그곳에서 카드와 장치를 발견했지만, 굳이 손을 대진 않았다. 당장 가져갈 수도 있지만, 나의 계획을 성공시키려면 신우범 원장이 직접 손대게 할 필요가 있었다.

그리고 그가 장치를 연결하려 할 때, 옆집 옥상에 미리 잡아두었던 고양이를 신우범 원장의 서재와 가까운 곳에 풀어두었다.

왜냐면 신우범 원장의 신경을 다른 곳으로 옮길 잠시의 틈이 필요했기 때문이다.

그러나 그는 신중했다.

설마 다시 카드와 장치를 금고에 넣어 두고 확인하러 나갈 줄은 몰랐기 때문이다.

하지만 상관은 없다.

금고에 도로 넣는다고 해서 못 바꿀 것은 없으니까.

하여 난 그사이에 내가 가져온 모조품과 진짜를 바꿔치기했다.

"방금 전까지만 해도 정상 작동하는 걸 확인했으니 바뀌었다고는 의심하지 못하겠지."

다시 들어온 신우범 원장이 가짜를 연결하다가 합선처럼 연기가 나는 장치를 보고 놀라는 모습이란. 얼마나 통쾌한지, 옆에서 웃음소리를 참느라 정말 곤욕스러웠다.

'당신이 나를 속인 것처럼, 나도 똑같이 속이고 싶었어. 당시 나는 그렇게 속이 시원할 수가 없었는데, 반대로 당신은 공허함만 느끼겠군.'

그냥 갈까도 했지만, 그가 어찌하나 궁금하여 좀 더 지켜보기로 했다.

신우범 원장은 사람을 불러 장치를 살펴보라고 하고 초조한 기색으로 지켜보았다.

"어떻게, 고칠 수 있겠나? 아니, 반드시 고쳐야 하네. 절대로 고장 나서는 안 될 물건이야!"

그의 부름으로 온 기술자는 긴장한 듯 세세하게 장치를 해체하고 내부를 살펴 갔다.

하지만 곧 난감해하며 신우범 원장을 쳐다봤다.

"과전류로 인해 내부가 완전히 녹아내렸습니다. 내부에 자료가 있다면 일부 건질 수는 있겠습니다만, 이래서는 온전히 고치기는 불가능합니다, 원장님."

"뭐……! 그럼 이 물건이 이제 더 이상은 제 역할을 못 한단 말인가?!"

"죄송하지만, 그렇다고…… 말씀을 드려야 할 것 같네요. 어떤 물건인지는 모르겠습니다만, 폐기를 하심이 맞다고 봅니다."

"허……."

큰 충격을 느낀 그는 휘청거리며 넘어지려 했다.

"원장님!"

기술자의 부축을 받으며 낙담하는 그의 표정을 지켜보고 있자니 얼마나 흐뭇한지. 내 얼굴에서 미소가 떠나질 않는다는 걸 내 스스로도 절로 느낄 수 있을 정도다.

'당신을 회주로 만들어 준 물건을 잃었으니 앞으로 많이 곤란해지겠군. 이걸 잃은 것을 당분간은 숨길 수 있겠지만, 과연 그게 얼마나 갈까. 그리고 그게 뽀록났을 때, 원로들의 표정은 어떨지……'

밖으로 나온 나는 투명화를 풀며 차에 올랐다.

-그럼 이제 끝난 것이냐?

"아뇨. 이제 시작이죠."

* * *

나는 집으로 가서 가장 먼저, 해킹을 통해 새로운 위장 신분을 하나 만들었다.

생김새는 간단한 위장으로도 비슷하게 보일 수 있는 얼굴로 만들고, 생년월일도 비슷하게 만들었다.

새로운 신분과 주민등록까지 완벽하게 생성시킨 나는, 장치를 연결하여 여러 은행으로 들어갔다.

애초에 모든 금융기관의 방어벽을 뚫을 수 있기에 해당 금융기관의 전산을 건드리는 것도 무척 쉬웠다.

하여 난 장치의 기능을 이용해 각 금융기관의 통장을 만들고, 그곳 통장들로 돈이 들어가는 것에 문제가 없도록 만들었다.

보통의 경우라면 아무리 해커인 나라고 해도 금융기관 해킹은 조심스럽고 위험한 부분이 많았지만, 애초에 침투가 목적인 장치이다 보니 그 모든 걸 쉽게 만들어 줬다.

"정말 이 장치만 있으면 어디든 못 뚫는 게 없구나. 대체 이런 걸 어떻게 만든 거야……."

그야말로 천재들이 모여 만든, 세계 유일의 물건일 것이다.

뿐만 아니라, 내부의 기능을 살펴보는 것만으로도 나에게도 많은 공부가 되었다.

물론, 단시간 내에 모든 걸 습득하기는 어렵겠으나, 차차 살펴 가다 보면 언제고 이해하는 날도 오지 않을까.

그 과정에서 머리에 과부하가 생길 건 당연하다. 그렇지만 이런 분야에 관심이 많고 좋아하는 나에게 있어선 그 또한, 나름의 재미도 될 수 있을 것 같았다.

"엄청난 지식이 집대성된 판도라의 상자. 나라고 해서 변심하지 말란 법은 없겠지만, 그래도 최소한 좋은 일에 쓸 거라는 다짐은 하마."

그런데 막 장치를 정리해 갈 때, 문을 두드리는 소리가 있었다.

"최강 씨. 안에 있어요?"

최소현이었다.

아무래도 저녁 내내 내가 연락이 없다 보니 궁금했던 모양이다.

"벌써 9시구나. 언제 시간이 이렇게 갔지."

우린 옥상으로 올라가 함께 맥주를 마시며 대화를 나눴다.

"오늘 하루 종일 뭐했어요? 연락도 안 받고?"

"바쁘게 해야 할 일이 있었어요."

"무슨 일인지 물어도 되나?"

"음, 비밀."

"어어, 비밀 많은 남자는 싫은데."

"왜 싫은데요?"

"보통 비밀이 많은 남자들이 바람도 많이 피운다고 하잖아요."

"그런 소리는 또 어디서 들었데."

"종종 나와요, 티비든 어디든."

"그 티비 안 되겠네. 앞으로 그런 거 보지 마요. 나에 대한 의심만 키우는 아주 못된 물건이니까."

"내가 알면 안 되는 비밀이에요?"

"위험하고 머리 아픈 일이에요. 내가 사랑하는 사람이 이런 일에 관여되지 않았으면 싶고."

최소현이 갑자기 나를 붙잡더니 몸을 돌려 자신을 보게 만들었다.

"이거 봐요, 최강 씨."

"네?"

"내가 위험한 일을 하고 있으면 당신은 그 일에 관해 알고 싶어요, 안 알고 싶어요?"

"그거야……."

"같은 마음일 거, 알고 있죠?"

"훗, 그러네요. 내가 너무 내 생각만 했네요."

"빠른 인정 마음에 드네요."

사랑은, 서로의 마음만 나누면 되는 건 줄만 알았다.

그런데 최소현의 말을 듣고 보니 생각이 달라졌다.

그녀가 위험한 일에 처해 있다면 나는 어떻게 했을까?

아마도 수단 방법을 가리지 않고 알아내어 그 위험으로부터 그녀를 빠져나오게 만들었을 것이다.

내 마음이 이렇다면 상대의 마음도 같은 거다.

누구나가 사랑하는 상대가 그 위험을 함께하지 않았으면 싶겠지만, 생각해 보면 그것은 배려로 위장한 거짓말과 숨김이며, 언젠가 서로에게 상처만 되는 것이다.

영화나 드라마에서도 보면 늘 이런 거로 오해를 하고 싸우는 장면들이 어김없이 등장한다.

그 답답한 상황 연출을 굳이 나까지 할 필요는 없는 거 아닐까?

"훗."

"왜 웃어요?"

"방금 전에 뭔가 큰 걸 배운 것 같아서요. 지금까지는 몰랐던

새로운 것."

"그게 뭘까……. 그것도 궁금하네."

"내 비밀. 말할게요."

"정말?"

"이미 소현 씨도 아는 거여서. 굳이 숨길 것도 없는 겁니다. 일전에 제가 누명을 쓰고 그 누명을 씌운 조직을 일망타진하여 모두 잡아 들이게 했다는 거, 그건 알고 있죠?"

"네, 알아요. 그런데요?"

"그들이 사실은 빙산의 일각이었다고 한다면 믿겠어요?"

"정말요?"

"세상에는 세상을 움직이는 정말 거대한 조직이 존재하더라고요. 이름만 들어도 알 법한 기업과 나라를 움직일 만큼의 그런 조직이요. 그리고 세상엔 그 조직의 자리와 권위를 빼앗으려는 다른 수많은 조직들도 존재해요. 그리고 나도 그런 그들 중에 하나가 되려고 합니다."

최소현이 대뜸 심각한 표정을 머금더니 양어깨를 만졌다.

"어우, 소름."

"무섭죠."

"뭐야, 이 남자? 원래 이렇게 야망이 큰 사람이었어?"

"최근에 정말 사람을 아무렇지도 않게 암살하는 걸 봤어요. 그리고 불쌍하게 죽어 가는 아이들도 봤죠. 근데 만약에 말입니다. 그런 일이 결코 일어나지 않도록 정말 거대하고 큰 조직이 관여한다면 어떨 것 같아요?"

"그런 조직이 선한 일로 움직인다면야, 당연히 좋은 거겠죠. 근데 그런 조직을 만드는 게 쉽겠어요?"

"만드는 게 아니라 바꿀 겁니다. 목적을 위해서라면 무슨 짓이든 하는 조직을 내가 뜯어고치려고요."

"후⋯⋯."

"미안해요. 갑자기 너무 심각한 얘기를 꺼냈죠. 아휴, 그래서 내가 비밀로 간직하려고 했던 건데. 그러다가 보면 계속 거짓말 같은 걸 해야 해서. 그건 또 신뢰를 깨뜨리는 걸까 봐."

"머리가 조금 복잡해지는 것 같긴 하네요. 그냥 한 남자를 좋아하고⋯⋯ 평범하게 연애하고⋯⋯ 그런 걸 꿈꿨는데."

"걱정 마요. 당신한테는 항상 그런 남자가 될 테니까."

"그런 엄청난 부업까지 가진 사람이, 나 같은 거 신경 쓸 겨를이나 있겠어요?"

"내가 누구인지 잊었어요? 나 마법사예요. 그러니까 믿어 봐요. 뭐든 할 수 있는 나를."

"보통 사람이 아니라는 어필은 참 잘도 하네."

"내 사랑을 항상 1순위로 두겠습니다. 믿어 줘요."

"그 말은 마음에 드네. 상 줘야겠다."

쪽.

최소현이 나에게 뽀뽀를 했다.

"그 상, 항상 너무 짧다고 생각하지 않아요?"

"호호, 뭐라고요?"

나는 자신감 넘치게 그녀를 끌어안았다.

그리고 진하게, 행복하게 그녀의 입술에 키스를 했다.

그녀는 순순히 나를 받아들였고, 나는 내 품 안에 있는 이 소중한 여자를 결코 놓을 수가 없었다.

지금 이 순간의 행복이 언제까지나 계속되었으면 싶어서였다.

* * *

아침 출근부터 표정이 어두운 신우범 원장에게 박명훈 기조실장이 다가와 물었다.

"좋은 아침이라고 말씀드리기에는 뭔가 기분이 언짢아 보이시네요. 무슨 일 있으셨습니까?"

"그게 말이야. 일이 복잡하게 되었어."

사무실로 들어온 신우범 원장은 따라 들어온 박명훈 기조실장이 문을 닫고 나서야 천장을 보며 한숨을 푹 내쉬었다.

"하아……."

"대체 무슨 일이기에 땅이 꺼져라 한숨이십니까?"

"장치가 고장 났어."

"장치라면……. 설마……!"

"어, 그거."

"그럼 어떻게든 고쳐야지요?"

"과전압으로 내부가 과열되어서 싹 녹아내렸다는군. 일부 자료나 겨우 건질 수 있다고 하는데, 자네도 알다시피 그 물건이 그런 게 아니지 않나."

"그럼 완전히 못 쓰게 되었다는 겁니까?"

"그런 셈이지."

"그럴 수가……. 갑자기 왜 그렇게 되었단 말입니까?"

"사용하기 직전까지도 정상 작동이 잘되던 걸 확인했는데. 정말 갑자기 그렇게 되더군. 분명 접합도 잘 시키고 했던 것 같은데. 뭐가 문제였는지 모르겠어."

"큰일이군요. 그걸 알게 되면 원로들이 죄다 돌아서 버릴 텐데요."

"일단은 내가 가진 재산에서 활용해 볼까 해."

"원장님 재산이요? 개인이 감당하기엔 액수가 클 텐데요."

"크지. 하지만 어쩌겠나. 지켜보는 눈들의 의심은 거둬야지. 돈은 다시 모으면 돼. 자리만 지키면 얼마든지 쉽게 모일 수 있는 금액이니까."

회주라고 해서 발라스의 자금을 마음대로 쓸 수는 없었다.

관리자도 따로 있었고, 큰 금액에 관해서는 원로회의를 통해 결정되기도 한다.

그러나 발라스 내에서도 정치가 존재했다.

기업의 이득을 위해 힘을 실어 주기를 원하는 이들이 대가성으로 바치는 금액도 만만치 않은 것이다.

신우범 원장은 당분간 그런 것들을 통해 자신의 자리를 지켜 보고자 했다.

* * *

오후 무렵, 김종기 의원으로부터 연락이 왔다.

[이게 어찌 된 거야? 발라스에서 선거자금을 모두 보내 왔어. 장치를 훔친다더니, 뭔가 문제라도 생긴 게야?]

"그럴 리가요. 그건 지금 내 손에 있는데."

[그럼 이 돈이 어떻게 내게 들어와? 원로회의도 없이 바로 내 차명 계좌로 입금이 되었단 말이네.]

그 순간, 금고에 있던 신우범 원장의 재산들이 떠올랐다.

"훗, 그렇군. 그렇게 된 거로군."

[뭐가 그렇게 되었다는 거야?]

"아무래도 신우범 원장이 자기 고혈을 짠 모양입니다."

[뭐?]

"자리를 지키고자 한다면 어쩔 수 없는 일이었겠죠."

[아무튼 장치가 자네 손에 들어간 게 확실하다 이거지.]

"이제 당신은 사사건건 신우범 원장이 자금을 대도록 유도하시면 됩니다. 그럼 결국 밑천이 드러날 것이고, 원로들도 점차 의심을 하기 시작하겠죠."

[흘흘, 그거 재밌겠군. 그의 피를 말릴 수 있다고 생각하니,

벌써부터 기분이 좋아지는데?]

"계좌를 하나 불러 주시죠. 거기로 여유 자금을 조금 넣어
드리겠습니다."

[그래? 음음, 알았네.]

김종기 의원이 나를 믿도록 100억을 입금했다.

나는 마르지 않는 우물을 손에 쥐었다.

이제 나에겐 그 정도 돈은 그저 숫자에 불과한 것이다.

"언제든 줬다가 빼앗을 수도 있으니까. 잠깐 선심 좀 쓰는
거야 상관없겠지. 이런 물건이 해커에게 있었을 때의 파급력이란,
대단한 거거든."

언제든 은행 시스템에 침투하여 누구의 계좌든 건드릴 수가
있다.

흔적도 없이 빼는 것도 가능하지만, 많던 금액을 완전히 지우는
것도 가능했다.

"일단은 김종기 의원을 대통령으로 만들자. 차차 신우범 원장
의 영향력을 줄여 가고, 그 틈에 나를 발라스에 데뷔시키면
돼. 그걸로 잠식이 시작되는 거야."

그사이 노크 소리가 들려왔다.

똑똑.

최소현이 사무실 사람들 눈치를 보더니 문을 빼꼼 열었다.

"바빠요?"

"아뇨. 안 바빠요."

그러자 그녀가 안으로 들어오며 물어왔다.

"방금 전까지 막 웃고 있던데. 좋은 일 있으면 공유도 하고 그래요."

"발라스라는 조직을 무척 곤란하게 만들고 있거든요. 거기에서 오는 만족감?"

"혹시 변태는 아니죠?"

"어어, 이 여자 보게. 못 하는 소리가 없네."

"남 괴롭히는 거에 희열을 느끼는 사람이면, 보통 그렇다고 하던데."

나는 창에 가림막을 치고는 그녀의 손을 잡아끌었다.

"나쁜 사람들 괴롭히는 일에서 오는 정의실현의 만족감을 꼭 그렇게 표현해야겠어요?"

"그러고 보면 그런 말은 참 상대적인 것 같아. 그들 입장에선 최강 씨가 완전 악인인 거잖아요."

"서로 적이라고 표현을 해야죠. 상대가 무조건 악이라는 표현은 방금 전 소현 씨 말처럼 너무 상대적이니까."

그런데 바로 그때였다.

갑자기 노크 소리가 들리더니 문이 확 하고 열렸다.

그 순간, 최소현이 반쯤 기대서 안고 있던 나를 확 하고 밀쳐 버렸다.

"억!"

책상을 넘어 굴러떨어지는 나였고, 장태열이 그런 나를 보며 깜짝 놀랐다.

"뭐야? 왜 그래? 괜찮아?"

나는 얼른 멀쩡한 척 일어나 답했다.

"아, 네. 그냥 간단한 훈련을 좀 하고 있었습니다."

"이 사람들이 말이야. 바로 옆에 문만 열면 훈련장이 있는데 그걸 왜 사무실에서 해?"

"어떤 환경에서든 대처는 필요하니까. 그리고 장태열 씨도 알다시피 최소현 씨가 얼마 전, 혼자 잡혔을 때 위기가 좀 있었지 않습니까? 해서 근접 전투를 좀 가르치고 있었습니다."

장태열이 서류를 내밀었다.

"그놈의 훈련, 정말 지겹다, 지겨워. 자, 여기 활동비 내역이야."

나는 결재를 하려다가 말고 잠시 내역을 살폈다.

"어어……. 비싼 커피에 비싼 밥을 먹는 것까지는 참겠는데, 담배까지 여기에 끼워 넣는 건 좀 아니지 않나?"

"에이, 그냥 좀 넘어가 줘."

"안 됩니다. 돈도 많이 주는데, 이렇게까지 해야겠습니까? 잘 먹어야 잘 움직일 수 있으니까 음식을 얼마나 비싼 걸 먹든 관여치 않겠다고 했지 않습니까. 하지만 이건 안 됩니다. 선은 좀 넘지 말아 주시죠."

"쩝, 빡빡하긴."

"다시 해 오세요."

"알았어."

장태열이 나가자 최소현이 토끼 눈으로 다가왔다.

"괜찮아요? 미안해요. 나도 모르게 그만."

솔직히 삭신이 쑤시긴 한다. 넘어지며 팔을 잘 짚어 확 떨어지진 않았지만, 정말 예측불허한 공격이었다.

"네, 괜찮아요."

"아팠겠다. 정말 미안해요."

"장태열 씨도 참. 노크를 하고, 안에서 허락하면 문을 열어야지 말이야. 휴, 깜짝 놀랐네."

"그러게요. 하여간 예의라고는 요만큼도 없다니까요."

* * *

7과로 다음 임무가 하달되었다.

"이번에 우린 베네수엘라에서 열리는 무기상들의 블랙마켓에 참여하게 될 겁니다."

"블랙마켓은 왜? 대한민국은 이미 정상적으로 무기를 수입할 만큼 충분한 자격과 자금력을 갖추었잖아?"

"세계 유일의 분단 국가이기 때문에 많은 무기를 수입하더라도 걸고넘어지는 나라가 없기는 하죠. 하지만 그럼에도 우리나라에 유일하게 없는 게 있지 않습니까?"

이형석이 눈을 크게 떴다.

"설마……! 핵?"

"맞습니다. 각국의 제재로 북한이 어려움을 겪고 있다는 건 다들 잘 알고 있을 겁니다. 그래서 북한은 가상화폐 해킹 공격이나 은밀한 석탄 수출로 자금을 끌어모으고 있죠. 하지만 나라의 재정을 원활하게 하기에는 무리가 있습니다. 그래서 이번에 핵탄두를 팔았던 모양입니다. 무기상 중 하나가 거액의 금액을 들여 그 핵탄두를 샀고, 이번에 블랙마켓에 내놓는다는군요."

장태열이 혀를 내둘렀다.

"미쳤군. 그럼 테러 조직도 마음대로 핵을 쓸 수 있다는 거잖아? 북한 그것들, 너무 막나가는 거 아냐?"

"그래서 미국 쪽에서 차라리 그걸 우리나라에서 가져가는 게 낫지 않겠느냐 하여 그 정보를 전달한 모양입니다."

"미국에서?"

"대외적으로는 한반도 비핵화라는 명분으로 이 나라에 핵을 허용할 순 없겠지만, 비공식적으로는 핵을 보유하고 만일에 대비하는 것을 허용하겠다는 것이죠."

김지혜가 말했다.

"솔직히 핵이 파괴력이 대단하긴 하지만, 우리나라도 탄두의 화력을 증대시켜 비슷한 파괴력을 내게 할 수 있지 않나요?"

"미국에서 제재를 풀어 준 덕에 발사 거리의 제한도 없어지고, 추진력에 관해서도 더 발전을 이뤘으니 그렇다고 할 수는 있겠죠. 그렇지만 우리나라에도 핵이 있다는 거 하나만으로도 북한에게 는 상당한 억제력이 생기지 않을까요?"

"드러내서 핵을 보유하고 있다고는 못해도, 은밀한 루트를 통해 북한에 그러한 사실을 흘린다는 거로군요."

나는 모두에게 말했다.

"이번 일, 위험한 일이 될 겁니다. 만약 그 블랙마켓에서 핵탄두를 사는 게 우리라는 게 알려지면 북한에서는 기를 쓰고 막으려고 할 테니까요."

회의를 마친 후, 퇴근을 한 나는 최소현과 함께 가벼운 술자리를 가졌다. 함께 있을 땐 계속 달달하고만 싶지만, 일을 같이 하는 특성상 일에 관한 이야기가 안 나올 순 없었다.

"그런데요, 정말 우리가 그런 임무를 위해 해외도 나가고 그런 일을 맡게 되네요. 사실 좀 믿기지가 않아요. 내가 무슨 첩보영화의 주인공이 된 것만 같아서."

"솔직히 걱정이 되기는 합니다만, 이번 일은 소현 씨가 전담해서 맡아 줘야 합니다."

"제가요?"

"아시다시피 장태열 씨는 어디로 튈지를 몰라서. 그 성질머리 알잖아요. 이전에 잘린 것도 앞뒤 안 보고 사고를 쳐서 그랬던 거고요."

"그런 사람하고 파트너라니, 하여간 그 사람, 나보다 더 센 캐릭터라니까. 적응 안 돼."

"후방지원은 걱정 말아요. 늘 내가 소현 씨를 지키고 있을 테니까."

"훗, 최강 씨가 그렇게 말하니까 엄청 든든하긴 하네요."

"아, 그리고 그동안 알아본 건데, 일주일 후 출국 전까지 의상은 준비될 수 있을 것 같다고 하네요."

"의상?"

"그 외 있잖아요. 소재는 부드러우면서 방탄, 방검이 되는 옷."

"허업! 진짜? 정말로 그런 게 있다고요?"

"저도 몰랐는데, 알아보니까 있긴 하더라고요. 근데 이게 단점이 있다고 해요. 뚫리진 않더라도 충격까지 막을 순 없다고 합니다."

"뼈를 맞으면 부러지는 건 어쩔 수 없다는 거네요."

"그래도 출혈보단 생명을 보장하기 좋으니까."

"그게 어디에요. 나 진짜 기대된다. 와, 내가 그런 것도 다 입게 되고. 진짜 첩보원이 된 것만 같은 기분이 들 것 같아요."

"그런 일을 하러 가는 거니까, 너무 기분 내진 말고요."

그런데 잠시 화장실에 다녀오겠다던 최소현이 다른 테이블에 앉아있던 남자와 부딪치는 일이 일어났다.

"어머, 죄송해요."

"아~ 진짜. 짜증나게."

그 때문에 술잔이 테이블로 쏟아지고 남자의 바지까지 살짝 젖었다.

"미안해요. 세탁비 필요하시면 드릴게요."

근데 남자가 최소현의 얼굴을 보더니 표정이 변했다.

"뭐야, 이 언니? 예쁘네?"

"네?"

"세탁비는 됐고, 여기 술 한 잔만 따라봐? 그럼 그걸로 퉁칠게. 예쁜 여자 술을 받으면 또 기분이 좋아질 수도 있잖아?"

"허, 뭐라고요?"

나는 얼른 그 광경을 보고 자리에서 일어나 최소현에게 다가가려고 했다.

그런데 그녀가 날 보더니 손을 내민다.

오지 말라는 소리다.

알아서 해결하겠다는 무언의 뜻이었다.

-아무래도 재밌는 광경이 벌어지겠구나.

-저 여자 성격도 보통은 아니니까.

내심은 가서 멋지게 해결해 주고 싶은 마음이 굴뚝같지만, 최소현도 보통은 아니었다.

뛰어난 실력에 여느 여자들과는 다른 야생마 같은 부분이 있다고 해야 할까.

그래서 어떻게 상황을 해결하는지 지켜보기로 했다.

"저기요. 저 때문에 술 잔 엎은 건 미안한데요. 지금 그 말, 굉장히 모욕적이라는 거 알아요?"

"그게 싫으면 내 앞에 무릎 꿇고 사죄를 하던가. 다른 사람의 즐거운 시간을 이렇게 망쳐 놓고 그냥 가겠다고? 난 그건 못

보겠는데."

남자의 앞에 있던 사내들이 킥킥대고 웃었다.

"야, 그만해라. 불쌍하다. 저러다가 울겠다."

최소현은 황당해하는 표정을 머금더니 그들에게 말했다.

"이 누나가 말이야. 오늘은 기분이 좋거든? 그러니까 적당한 선에서 끝내자. 응?"

그녀는 지갑에서 5만 원권 지폐 두 장을 꺼내 테이블에 올린 후 남자를 지나쳤다.

"아~ 이 미친년이 사람을 개 무시를 하네. 야, 너 거기 안 서?"

남자가 일어나 최소현의 어깨에 손을 올린 그 순간, 나는 순간적으로 가슴에 있는 총을 잡았다.

"저게 감히 누굴 잡아."

저걸 확 쏴 버려?

그렇지만 그럴 필요가 없다는 걸 곧 보게 되었다.

최소현이 어깨에 닿은 손을 잡더니 확 꺾고는 그대로 당기며 엎어치기를 해 버렸기 때문이다.

콰당!

"쿨럭!"

"한 번만 더 까불어 봐라. 그땐 어디 하나 부러질 테니까."

나는 피식 웃고는 얼른 계산을 한 후에 그녀를 술집에서 데리고 나갔다.

"하핫, 그래도 나설 기회라도 주지. 혼자 그걸 그렇게 해결하고 싶어요?"

"별것도 아닌 일로 양아치들이 황당한 요구를 하잖아요. 그게 어디 무릎 꿇고 사과할 일인가? 나 어이가 없어서."

"폭력은 안 좋은 거지만, 그래도 잘했어요. 휴, 내 속이 다 시원하네."

"여자 몸에 손을 댔으면, 저 정도 일은 감수해야죠. 그리고 저쯤 당했으면 다신 함부로 행동하지는 않을 테고요. 예방 차원에서라도 저도 잘했다고 생각해요."

"하여간 이런 거 보면 우리도 보통 커플은 아니에요. 그죠?"

"그래서 싫어요?"

"그럴 리가요. 딱 내 스타일이라. 당신이란 사람이."

"호호, 그럼 됐어요."

그런데 바로 그때였다.

뒤에서 헐레벌떡 뛰어오는 소리가 들려오더니 말소리가 들려 왔다.

"야! 너희들 거기 서. 이것들이 뒤지려고!"

뒤를 보니 아까 전, 최소현에게 엎어치기를 당했던 남자가 서 있었다.

그가 근처에 있던 친구까지 모았는지 다섯 사내들과 함께 우리를 보며 손가락질을 해 댔다.

"너희들 일로 와. 일로 안 와? 이것들이 감히 내가 누구인 줄 알고!"

우린 서로 어이가 없다는 웃음을 머금었다.

"최강 씨라면 이런 상황 어떻게 할 것 같아요?"

"뭘 물어요, 딱 봐도 손봐주지 않으면 안 갈 것 같은데."

"그죠? 이럴 땐 매가 답이더라. 정신 못 차리고 한 대라도 더 맞고 싶은 분은 사양 말고 오세요~!"

우리의 대화에 상대들은 더욱 화가 치밀었고, 그렇게 우리와 그들 간에는 격한 격돌이 시작되었다.

퍼억-!

2. 대한민국의 비밀병기

빙의로
최강요원

　최강과 최소현이 어색한 표정을 머금고 있는 가운데, 윤석준 반장과 강력 3팀 팀원들이 그들 두 사람을 황당하다는 듯이 쳐다보고 있었다.

　"너 뭐냐……."

　"호호, 어쩌다 보니 그렇게 되었네요."

　윤석준 반장이 이번엔 최강을 쳐다봤다.

　"그것도 최강 씨도 함께 말이죠."

　"불의에 대항하다 보니 이렇게 되었네요."

　"불의라고요?"

　윤석준 반장이 저 뒤편에서 몸 곳곳에 붕대를 감고 있는 사람들을 쳐다보며 말했다.

"국가의 안보에 힘써야 할 분들이 말이야. 선량한 시민을 저 지경으로 만들어 놓고는 불의를 찾는다고요? 이거, 참……."

"보시는 것과는 조금 다릅니다. 엄연히 쌍방 폭행이고요."

바로 그때, 첫 시비의 발단이 되었던 사내가 깁스한 목을 만지고 절뚝거리며 다가왔다.

"뭐가 쌍방 폭행이야! 아이고, 목이야."

그는 최강과 최소현에게 눈을 부라리더니 윤석준 반장에게 자신의 목과 다리를 가리키며 하소연하듯이 말했다.

"여기 이거 좀 보세요. 저기 제 친구들 좀 보란 말입니다! 이것들은 이렇게 멀쩡한데, 우리만 이 지경이 되었지 않습니까? 형사님들은 이게 쌍방 폭행으로 보이십니까?"

최강이 앉아 있다가 무릎을 탁 치고 일어났다.

"그럼 설명을 해 줘야겠군."

그는 핸드폰을 잠시 만졌다. 미리 만들어 둔 해킹에 용이한 어플로 접속하여 당시 길거리를 찍고 있던 영상을 찾았다. 그에겐 무척 쉬운 일이었고, 곧 그가 그 영상을 모두에게 보여 주었다.

"자, 보십시오. 여기 저 사람들이 처음 우리한테 달려들던 이 장면."

사내가 주먹을 날리는 순간, 최강이 팔로 막는 모습에서 화면이 정지되었다.

"자, 형사님들? 반장님? 이 사람이 먼저 주먹을 날리고, 그게 제 팔에 맞는 거. 여기 딱 보이시죠?"

다친 사내는 펄쩍 뛰었다.

"이게 어떻게 맞은 거야, 막은 거지!"

"모르는 모양인데, 상대의 손이 신체 어디든 맞았으면 모두 폭행으로 간주하거든. 즉, 1차 첫 폭행은 너희 쪽에서 행한 거라는 거."

윤석준 반장도 영상을 보더니 거들었다.

"그러네. 먼저 주먹을 날린 건 저쪽이 먼저였네. 게다가 뒤따라온 것도 폭행을 가할 목적으로 뒤따라온 것 같고 말이야. 뭐야, 이 사람들. 깡패야 뭐야?"

최강은 보안업체를 해킹하여 술집 내부 CCTV를 찾아 사내가 최소현의 어깨에 손을 얹는 장면도 보여 주었다.

"그리고 여기, 이 사람이 소현 씨의 신체에 손을 댐으로써 성추행을 한 장면, 보이시죠? 폭행은 물론, 성추행까지 포함하여 여기 이 남자, 당장 고소하겠습니다."

"무슨 성추행이야, 어깨에 손 좀 얹은 것 같고!"

"당한 상대가 그와 비슷한 피해 의식이나 모멸감을 느꼈다면 충분히 성추행에 속한다는 거, 모르나 보지?"

사내는 떡하니 증거 영상까지 입맛대로 보여 주고 있어 부정할 수가 없었다.

"아이, 씨…… 아니, 근데. 그런 영상을 어떻게 이렇게 마음대로 보여 주지? 싸움도 겁나게 잘하고, 당신들 대체 뭐 하는 사람들이야?"

그 순간, 최강과 최소현이 동시에 신분증을 꺼내어 사내의 앞에 내밀었다.

"국정원이다, 왜……!"

"허억!"

* * *

나는 최소현과 함께 휴게실에서 윤석준 반장과 대화를 나누었다.

"오랜만에 얼굴 비추는 줄 알고 퇴근하다 말고 돌아왔더니, 이게 뭐냐?"

"그럼 어떻게 해요. 저렇게 대놓고 시비를 거는데."

"저쪽에선 서로 없던 일로 하자고 하는데, 넌 어떻게 할 거야?"

최소현은 실실 웃었다.

"충분히 다져 놓았으니까, 그러라고 하세요. 어디서 만나면 조심하라고 전해 주시고요."

"으이그! 경찰이란 녀석이, 사람 때려서 경찰서까지 와 놓고는 참 잘 하는 말이다."

윤석준 반장은 이미 내가 다시 국가정보원에 들어갔고, 최소현도 그곳으로 합류시켰다는 것까지 모두 알고 있었다. 썬 아이즈 검거의 합동 작전까지 함께 했으니 모를 수가 없었다. 곧 그가 나에게 물어 왔다.

"소현이, 이 녀석. 어떻게 일은 잘합니까?"

"네, 적합한 위치에서 맡은 업무를 문제없이 잘 해내고 있습니다. 따로 훈련도 받고 있어서 요원으로서의 능력도 날로 일취월장하고 있고요."

"나, 참. 경찰이 갑자기 국정원 요원이 되는 건 내 생전 처음 보지만, 아무튼 좋은 자리에서 일을 잘하고 있다고 하니 다행이네요."

최소현이 입술을 삐죽 내밀며 윤석준 반장을 쳐다봤다.

"이거 왜 이래요? 내가 경찰 일 하면서도 일 어설프게 하는 거 봤어요?"

"허허, 그래. 네가 범인 하나는 참 잘 잡아 왔지."

"여기서도 마찬가지로 범죄자들 잘 잡고 있으니까, 걱정 같은 건 넣어두셔도 됩니다."

"근데 다시 돌아올 생각은 없는 거냐?"

최소현이 잠시 나를 쳐다봤다. 그녀는 살며시 웃었고, 윤석준 반장을 보며 환한 얼굴로 답했다.

"이쪽에서 쫓겨나는 순간이 오면, 그때 생각해 봐야죠."

집으로 돌아오는 길, 나는 최소현에게 물었다.

"아까 그 말은 무슨 뜻이죠? 쫓겨나면 경찰로 돌아간다는 말."

"뭐……. 그래도 사람 일은 모르는 거니까."

"설마, 내가 소현 씨를 쫓아낼 거라고 생각하는 거예요?"

"어떤 위치에서건 사람은 실수라는 걸 할 수 있는 거니까. 책임 질 일이 생긴다면 어쩔 수 없는 거 아닐까요?"

"그럴 일 없을 거고, 혹시라도 책임 질 일이 생긴다면 그건 온전히 내 책임입니다. 그러니까 잠시라도 그런 생각을 했다면, 하지 말아요."

최소현이 나를 빤히 쳐다봤다.

"오~ 자기 여자는 어떻게든 지킨다. 뭐 그런 거예요?"

"그 정도도 못하면 차라리 내가 관두고 말아야죠."

"호호, 나 방금 살짝 심쿵한 거 있죠. 가만 보면 은근히 내 마음 설레게 하는 법을 잘 아는 것 같아."

"훗, 그랬다면 성공했네요. 근데 그 마음 끝까지 가져갈 수 있었으면 좋을 텐데."

"무슨 뜻이에요?"

"내일부터 일주일 후 임무에 임할 때까지 특훈을 할 생각이거든요."

최소현이 팔짱 끼던 팔에서 벗어나 기겁을 했다.

"네에에에……?!"

"다 두 사람, 다치지 말라고 하는 훈련이니까 힘들어도 잘 참고 견디도록 해요."

최소현이 어깨를 축 늘어뜨렸다.

"아웅……. 죽었다……. 꼭 그래야겠어요?"

"네. 꼭."

* * *

일주일 후. 나는 온갖 장비를 챙긴 7과 팀원들과 함께 비행기에 올라 베네수엘라로 향했다.

현지에 도착하자 미국 측 CIA 요원이 접선해 왔고, 우리에게 초대장을 건네주며 조언을 해 주었다.

"블랙마켓 경매에 관한 위치는 좌표로 알려 주게 되어 있습니다. 위치는 카라카스 외곽의 창고입니다. 참여에는 초대장이 있어야 하며, 함께 참석할 수 있는 인원은 2명까지만 가능합니다. 무기는 가지고 들어갈 수 없고, 내부인이 신체 곳곳을 꼼꼼하게 살핀다고 하니 감지가 안 되는 무기라도 절대로 가져가지 마십시오. 들켰다간 참여는커녕, 목숨이 위험해질 겁니다."

"혹시 북한에서도 이번 경매에 관심을 두고 있습니까?"

"북한 쪽 사람들이 이미 들어와 있고, 확인을 목적으로 경매에 참여할 거라는 첩보가 있었습니다. 아무래도 자기들 물건이다 보니 어디로 흘러가는지 파악할 생각인 것 같습니다. 그래서 당신들을 중국 쪽 무기상으로 위장해 두었는데. 문제없겠습니까?"

"그건 문제가 되지 않습니다."

"저희가 해 줄 수 있는 건 여기까지입니다. 이곳 현지에서 문제가 생겨 붙잡히면 거기서부터는 당신들이 알아서 해결해야 할 겁니다. 그러니 절대 잡히지 말고, 잘 빠져나가십시오."

"그럴 것입니다. 정보와 초대장에 대한 지원, 감사드립니다."

"꼭 성공하길 바라겠습니다."

"네, 고맙습니다."

CIA 요원이 돌아가자 나는 모두를 모아 회의를 했다.

"다들 들었다시피 블랙마켓은 3일 후, 이곳 창고에서 열립니다. 돈이 얼마나 들건 우린 반드시 그것을 얻을 것이며, 건네받게 되는대로 최단 루트를 타고 개인 항공을 이용해 귀국하게 될 것입니다."

"그 전에 공격받게 되면 어떻게 하지?"

장태열의 물음에 나는 답했다.

"그 전까지 위험 요인과 변수를 잘 체크해야겠죠. 북한에서 직접 공격을 해 올 수도 있겠지만, 이곳 베네수엘라 쪽에 고의로 정보를 흘려 방해를 놓을 수도 있을 겁니다. 아무래도 위험한 무기가 이동 중에 있다고 한다면 베네수엘라 정부도 가만히 있지는 않을 테니까요. 자, 그럼 지금부터 일들 시작하시죠."

모두가 바쁘게 움직일 때, 나는 CIA 요원이 넘겨준 북한 쪽 사람들의 자료를 살펴보고 있었다.

그런데 사진을 보던 중, 케라가 말해 왔다.

-위험 요인에 대비하기보단, 애초에 그 위험을 제거하고 시작

하는 것이 어떻겠느냐?

"미리 저들을 찾아서 제거하기라도 하란 겁니까?"

-그래. 뭐든 보호하고 지키는 상황에선 대응하기가 어려운 법이니까. 하니 몸이 가벼울 때 가서 미리 처리하는 게 훨씬 수월하지 않을까?

-케라의 말에는 나도 동의하는 바이구나. 방해를 할 자들을 이처럼 미리 알고 있는데, 가만히 놔두는 건 바보 같은 일이지.

북한 측 요원들을 미리 찾아서 제거한다. 그래, 좋은 생각이긴 하다. 그들을 제거한다면 그들로부터 방해도 받을 필요도 없을뿐더러, 우리가 핵탄두를 옮기는 과정에서도 베네수엘라 정부에 그러한 정보가 흘러들지도 않을 테니까.

지금 걱정하는 모든 게, 그걸로 해결이 될 것은 분명했다.

"근데 문제는, 죄 지을 것 같은 사람이라고 해서 미리 처벌을 할 수는 없다는 겁니다. 모두가 피해 없이 넘어갈 수도 있는데. 방해가 될 거라는 심증 하나로 전부 죽이면, 너무 잔혹한 살인마 같지 않을까요?"

-나약한 소리 마라. 지금 너희가 옮기는 핵탄두라는 물건은 어마어마한 폭발을 일으키는 살상무기라고 들었다. 그거 하나면 도시 하나가 순식간에 사라진다고 하던데. 그런 물건을 얻고 이동시키는데, 그런 위험 요인을 놔두겠다고?

-같은 생각이다. 네가 정 마음이 쓰인다면, 최소한 놈들이 방해를 못하도록 미릴 수를 써 두기는 해야 한다고 본다.

죽이는 건 좀 아니지 싶지만…….

그래, 미리 손을 써 두는 것쯤이야.

"경매야 누가 더 돈을 많이 쓰나에 따라 달린 문제니까. 낙찰
받고 이동해서 비행기까지만 타면 아무 문제가 없을 거고…….
쓰읍, 그럼 어디, 놈들이 어디에 있는지 정도만 알아볼까요?"

나는 팀원들의 눈치를 살짝 살핀 후에 가방에서 장치를 꺼냈다.

어디든 방어벽을 허물 수 있는 만능 침투 장치.

그걸 이곳까지 가지고 온 거다.

왜? 지금처럼 어디든 쓰임이 있지 않을까 싶어서.

물론, 이 중요한 물건을 잃어버리면 큰일이겠으나 그럴 일은
안 생기게 하면 된다는 게 내 생각이었다.

거기다가 미리 장치에 룬을 새겨 두어서 아무 곳에나 놔두어도
투명하게 만들어 버리면 누구도 찾을 수가 없을 터였다.

아무튼, 나는 장치를 이용해 베네수엘라 수도의 감시 카메라
관제 센터에 침투했다.

이곳은 대한민국과는 다르게 한 곳에서 감시를 하지 않고,
각 지역마다 감시하는 곳이 따로 있었다. 그리고 CCTV 공화국인
대한민국과는 다르게 그리 많은 감시 카메라가 있는 것도 아니었
다. 특정 우범지대나 기득권층의 안전을 위해 호텔이나 공연장
같은 특정 지대에만 배치가 되어 있었다.

"그렇게 많지는 않네. 이걸로 찾을 수 있으려나."

CIA에서도 특정 인물에 대한 자료는 주었어도, 그들이 어디에

머무르고 있는지는 알려 주지 않았다.

이왕 알려 주는 거, 좀 자세히 알려 주면 좀 좋아?

"아무튼 프로그램을 돌려 놨으니까 인상착의와 60%이상 매치가 되면 자동으로 추적이 되겠지."

한 번 뚫어 놓은 구멍에 장치는 더 이상 필요치 않았다.

하여 잘 챙겨 둔 후에 팀원들을 살짝 살폈다.

팀원들은 큰 지도를 보며 비상 상황을 대비해 세 가지 루트를 정하고, 모든 루트가 막혔을 때 핵탄두를 어떻게 이동시킬지 상의하고 있었다.

대부분 장태열이 진두지휘를 했는데, 역시 경험 많은 베테랑을 섭외한 건 잘한 일이구나 싶었다.

"경험 있는 사람을 두니까 일이 척척 돌아가는군."

밖을 보니 야경이 좋았다.

호텔에서 바라보는데, 저만치 먼 곳에서는 축제가 열리는지 무척 소란스러웠다.

듣자 하니 4일 동안 축제가 열린다고 한다. 이 시기에 이곳에서 블랙마켓 경매를 여는 것도 어쩌면 한참 축제의 분위기가 고조되었을 때를 노린 걸 것이다. 모든 경계가 허술해졌을 때가 가장 좋은 기회일 테니까.

아무튼, 타국의 축제를 볼 수 있는 좋은 기회일 것 같아서 최소현을 은밀히 데리고 나갈까 하는 생각을 해 보았다.

그런데 바로 그때, 컴퓨터에서 알림 소리가 들려 왔다.

삐빅! 삐빅! 삐빅!

"음?"

가서 확인해 보니, 89%의 매치로 누군가가 모습을 나타냈다.

"8군단 125경비여단 1대대 소속 리경춘 소위. 뭐야, 위치가 여기서 멀지도 않잖아?"

그래, 저들이라고 해서 생각이 다를까. 블랙마켓이 열리는 가까운 곳에 위치를 잡고 일을 도모할 계획을 세우고 있을 것이다. 누구나 생각은 비슷한 것이다.

그런데 카메라를 다시 살펴보니 금방 어디론가 사라지고 없었다. 카메라가 많지 않고 사각지대도 많아 완벽하게 쭉 추적하기에는 무리가 있었다.

"뭐야, 어디로 간 거지?"

하지만 곧 리경춘이 다시 카메라에 잡혔다.

처음과는 다르게 무언가를 손에 들고 있는 모습이었다.

아무래도 음식을 사서 동료들이 있는 곳으로 돌아가는 중인 듯싶었다.

그리고 잠시 뒤, 어느 건물로 들어가는지 확인을 마친 나는 몸을 바로 세우며 팔짱을 꼈다.

"후훗, 거기로군. 일반 숙소는 아닌 것 같고, 아무래도 가정집 같은 걸 얻은 모양이네요."

-잘됐구나. 전부 쓸어 버리자!

"그건 상황을 좀 지켜보고 나서요. 우리가 서로 적이긴 해도,

각자 나라를 위해 일하는 입장이지 저들이 죽어 마땅한 악인인 건 아니거든요. 방해된다고 막 죽이고 할 순 없단 말이죠. 지금은 상황 감시만. 알았죠?"

기껏해야 서너 블록만 가면 되는 위치에 적이 있었다. 하여 잠시 방문을 목적으로 그곳에 가 볼까 했다.

나는 오른쪽 손목 위를 만졌다. 그 순간 내 몸은 그대로 밑으로 꺼지고는 호텔 옆 벽에서 튀어나왔다.

그리고는 어둠에 휩싸여 가는 거리를 미소 띤 얼굴로 홀로 걷기 시작했다. 길을 걸으며 현지의 중년인을 지나친 나는 오른손 안쪽 손목에 손을 대었다.

그 순간, 나는 방금 전에 지나친 사람의 모습으로 바뀌어 있었다. 엄마의 모습을 변화시켜 준 것처럼, 침투나 도주에 있어 꼭 필요한 마법이라고 생각해 미리 새겨 둔 거였다.

"후."

오른쪽 손목 바깥에는 무엇이든 통과하는 관통 마법, 안쪽에는 모습 변환 마법. 왼쪽 손목 바깥에는 투명 마법, 그리고 안쪽에는 투시 마법이 새겨져 있었다.

살면서 가장 급하고 활용이 많을 것 같은 네 가지 마법을 각 손목의 바깥쪽과 안쪽에 새겨 둔 거였다.

그렇게 현지인으로 변한 나는 자연스럽게 북한 첩보원들이 있는 건물로 들어가 주변 분위기부터 살폈다.

복도식 아파트의 복도에서는 사람들이 저마다 어울려 차를 마시고, 술을 마시며 대화를 나누는 광경을 볼 수 있었다.

한국과는 다르게 매우 친숙한 모습이다.

물론 시골은 다르겠지만, 요즘의 현대인들은 아파트 옆집에 누가 살며 어떤 사람인지도 관심을 두지 않게 되었다.

어쩌다 보게 되면 가볍게 인사하는 정도랄까.

그런데 이곳 사람들은 지나다녀야 할 복도에다 탁자를 내어놓고 하며 함께 어울리고 식사도 하고 있었다.

"건물로 들어가는 것까진 확인했지만, 이 많은 집 중에서 그들을 어떻게 찾는다……."

현지인의 모습을 하고 있기는 하지만, 나는 베네수엘라 말을 하지 못한다. 그렇다고 현지인의 모습으로 영어로 물으면 그것도 이상할 것 같고.

해서 제라로바 할아버지에게 물어보았다.

"할아버지, 혹시 다른 나라 사람하고 수월하게 대화할 수 있는 마법은 없나요?"

-흠흠, 당연히 있지! 이 마법을 쓰면 서로가 어떤 언어로 말하건, 자신에게 가장 친숙한 언어로 들리게 될 게다.

"오오~ 그럼 당장 해 줄 수 있을까요? 아무래도 물어보는 게 빠를 것 같아서요."

-좋다.

곧 내 입에서 주문이 흘러나왔다.

"드라쉴라프 아뤼아."

잠시였지만, 머리가 띵한 느낌이 들었다.

"아…… 이거. 부작용이 좀 있네요."

-처음이라 그럴 거다. 익숙해지면 뇌가 울리는 증상도 점차 줄어들게 돼.

누군가 뒤통수를 빡 하고 한 대 친 것 같은 느낌이었다.

하지만 불편함에 비하면 편의성이 더 흡족하니 사소한 것은 제쳐두자.

"저기, 말 좀 묻겠습니다."

"네, 말씀하세요."

다른 나라 사람이 말하는데 익숙한 한국말로 들려왔다.

순간적으로 묘한 이질감이 느껴지긴 했지만, 정말 신기한 경험이었다.

"혹시 이 건물에 동양인이 살고 있습니까?"

"아, 네. 얼마 전부터 동양인 몇이 보이긴 했어요."

바로 옆 중년 여인이 곧바로 말했다.

"그 사람들 5층에 살아요. 내가 5층에 살아서 잘 알고 있어요. 하루에도 몇 번이나 마주치는데, 인상이 사나워서 조금 무섭더라고요. 원래 그 집엔 20년 넘게 아쉬프 씨가 살고 있었는데, 정말 갑자기 사라지고 그 동양 사람들이 살고 있더라고요."

인상이 사납다고 한다면 그들이 틀림없을 것이다.

"네, 고맙습니다."

물론, 관통 마법을 통해 건물을 쭉 돌아다녀도 찾기는 할 것이다. 그렇지만 이렇게 말 한 번 물으면 쉽게 찾을 것을, 굳이 그 고생을 할 필요가 있을까.

"이거 좋은데. 이제 이거 하나면 다른 어떤 나라를 여행 가든, 어려움이 전혀 없겠어."

-마법의 효능은 무궁무진한 것이지.

"그러게요. 정말 겪을수록 최고네요."

잠시 수고해 준 제라로바에게 맞춰 준 나는 5층 계단을 오르며 원래의 모습으로 돌아왔다. 그리고는 다시 오른쪽 손목 바깥쪽과 왼쪽 손목 바깥쪽을 한 번씩 만졌다.

관통 마법과 투명 마법을 동시에 사용하는 것이다.

두 마법을 동시에 사용하면 효과가 짧아지고, 머리의 압박도 살짝 느껴지긴 한다. 그렇지만 어디든 유령처럼 돌아다닐 수 있고, 들키지도 않기에 약간의 부담은 감수할 만했다.

그렇게 난 5층의 몇 집을 지나치다가 동양인들이 있는 곳으로 들어오게 되었다.

'여기군.'

몇몇 사람들이 컴퓨터를 만지며 여기저기 해킹을 하는 모습을 볼 수 있었다. 누군가는 총기를 손질하고 있었고, 방금 들어온 것으로 보이는 리경춘은 탁자에 음식을 꺼내며 동료들에게 말하고 있었다.

"준비 다 됐어! 먹고들 해!"

"알았어, 조금만!"

리경춘이 슬쩍 보더니 컴퓨터를 하는 동료에게 다가와 말했다.

"우리 목적이 지금 그게 아니잖아. 가상화폐 업체 해킹에 너무 몰두하지 마. 그러다가 역추적 당하면 어쩌려고 그래?"

"여기 놈들이 우릴 역추적? 웃기지 말라 그래. 추적당하면 내가 내 손가락을 다 자른다."

"그렇게 자만하다가 똥물 제대로 뒤집어쓰지."

"그래도 이왕 타국 땅 밟은 거, 뭐라도 건져서 가면 좋잖아. 근데, 여기 방어벽이 은근히 만만치가 않네. 뚫기가 쉽지가 않아. 어째 보안체계가 미국 쪽이랑 비슷한데? 혹시 그쪽 놈들이 와서 손을 대 준 건가? 아~ 짜증 나네."

영화에서 보던 북한 첩보원들은 무척 차갑고 냉정한 모습이던데. 이들의 대화를 들어 보니 이들도 보통의 사람이구나 싶다.

한쪽에 놓인 반쯤 열린 지갑 속에서 가족사진이 보였다. 두 아이와 한 부부의 모습은 무척이나 화목한 모습이었다.

그런데 잠시 그들을 살피다가 거실 쪽으로 나갔을 때, 방에서 인상 거친 사내가 하나 걸어 나왔다.

'강우철 대위…… 였던가?'

눈매와 눈빛이 호랑이를 연상시킬 만큼 매서운 자였다.

그는 탁자에 놓인 음식은 쳐다도 안 보더니 차갑게 말했다.

"집합."

꽤나 중저음의 작은 목소리였다.

그래가지고 들리겠나 싶어 피식 웃는데, 모두가 후다닥 방에서

뛰쳐나와 그의 앞으로 줄지어 섰다.

뭐냐, 갑자기 이 살얼음판은? 나는 강우철을 다시 보게 됐다. 그가 수하들에게 보이는 위엄과 군기가 얼마나 대단한지 알게 되어서다.

강우철은 방에서 나온 수하들에게 정보를 공유했다.

"방금 전 본국과 통화를 했다. 우리가 팔아치운 물건에 남조선 놈들이 냄새를 맡았다고 하는군."

"그럼 그 간나 새끼들이 경매에 참여할 수도 있단 겁니까?"

"다른 곳은 몰라도 남조선만은 절대로 그 물건을 가지게 해서는 안 된다. 당장 최근 입국자 명단 살펴보고, 머무는 곳을 찾게 되면 즉시 사살한다."

"네!"

"경매까지 가게 되면 상황이 복잡해져. 어떻게든 찾아서 그 전에 처리해야 해."

"알겠습니다."

나는 쓴웃음을 머금었다.

'그래, 이게 맞는 건데.'

나는 잠시나마 내가 헛된 감성에 빠졌다는 걸 깨달았다. 서로 적인 이상, 기회가 있을 때 치는 게 옳은 것을.

강우철에 비하면 나는 얼마나 나약한 정신체인가 싶었다.

이런 마음가짐이 팀원들까지 위험에 빠뜨릴 것도 모르고 말이다.

내 스스로도 반성 중인데, 케라가 말해 왔다.

-너보다는 훨씬 정신무장이 잘되어 있는 놈들이구나. 그래, 할 거면 이렇게 확실하게 대응을 해야지.

안 그래도 쓰린데, 마구 소금을 뿌려 댄다.

나도 알거든요? 그래서 방해를 좀 해 볼까 합니다.

나는 그들이 식사를 하는 사이 1층에서 봤던 기름통을 가져와 즉시 무기와 그들이 쓰는 컴퓨터에 퍼붓고는 불을 질렀다.

그리고는 다시 1층으로 내려와 걸음을 걸었다.

피융! 피융!

열이 가해진 총탄과 탄약들이 마구 날뛰는지 요란한 소리가 쉼 없이 들려왔다. 그런 상황에 불을 끄는 건 목숨을 걸어야 하는 일이다.

아니나 다를까, 잠시 밖에서 지켜보니 예상대로 다급하게 건물을 빠져나오는 5명이 보였다.

곧바로 사이렌 소리가 들려오기 시작했고, 그들은 외투조차 제대로 챙기지 못한 채 그곳을 벗어나는 모습이었다.

그에 나는 룬이 새겨진 추적 장치 하나를 마법으로 날려 리경춘의 허리에 박아 놓고는 그들이 사라지는 걸 지켜봤다.

* * *

강우철이 거리의 여관으로 들어오더니 외투를 벗어 바닥에 집어 던졌다.

파라락!

"빌어먹을……!"

그는 총을 꺼내어 동료들을 향해 겨누었다.

"어떤 새끼야. 이게 대체 어떻게 된 일인지 똑바로 설명해야 할 거야. 안 그러면 누구 하나 여기서 죽어 나가야 할 테니까."

모두가 총구가 닿을 때마다 눈을 살며시 감았다.

그들이라고 해서 왜 갑자기 불이 났는지는 알 방법은 없었다. 한데 이리 추궁하니 모르는 걸 답할 수도 없고 그들도 속이 타들어 갔다.

그런데 그때, 불을 끄러 갔다가 튀는 총알에 어깨를 스친 한보선 중위가 이상하다는 눈빛으로 말했다.

"강우철 대위 동무."

"말해."

총구가 눈앞으로 향했지만, 여자인 한보선 중위는 눈 하나 깜짝이지 않고 말했다.

"아까 그 불길, 보셨습니까?"

"불길?"

"잘 떠올려 보십시오. 갑자기 그렇게 불이 확 번진 것도 이상하지만, 우리 장비들 위주로 뭔가에 묻어나듯 불이 붙어 있었습니다."

"그러고 보니……."

"휘발성 물질. 그런 게 묻었을 때 나는 불이었습니다, 분명."

"그럼 우리 중에 누군가가 고의로 방해를 하기 위해 장비에 기름을 뿌렸다는 거야?"

강우철의 날카로운 시선이 다른 셋에게로 향했다.

그들은 하나같이 억울한 눈빛이었다.

"아닙니다, 대위 동무!"

"총기손질 오일이 있기는 했지만, 대위 동무도 아시지 않습니까? 그거로는 그렇게 확 불이 번지기 힘듭니다!"

"그리고 저희가 다 함께 방에 있었지만, 그런 냄새는 조금도 맡지 못했습니다!"

"맞습니다! 서로가 같이 있는 방에서 어떻게 냄새 없이 그런 짓을 저지르겠습니까?"

가장 먼저 의문을 나타낸 한보선이 강우철에게 말했다.

"생각해 보면 방을 나오기 직전, 대위께서 집합을 시키지 않으셨습니까? 그 때문에 거의 동시에 방을 나왔습니다. 이들 중에 누가 남몰래 그런 짓을 하려고 했어도 그럴 여유가 없었다는 거죠."

"그럼 누가 침입해서 불을 지르기라도 했다는 거야?"

"구멍이 작은 뭔가를 짜듯이 짓눌렀으면 열린 창문 밖에서도 충분히 인화성 물질을 뿌리고 불을 지를 수 있지 않겠습니까? 아무래도 우리 모두가 거실에 나와 식사를 하고 있던 그사이를 노렸으리라 추정됩니다."

"젠장! 그럼 일이 더 심각해진다는 거잖아. 우리가 노출되었고, 누군가가 우리를 노리고 있다는 거니까!"

한보선이 심각한 목소리로 현재의 상황을 정리했다.

"그보다 지금 저희는 필요한 장비들을 모두 잃고 말았습니다. 급하게 나오느라 활동비 가방도 가지고 나오지 못했고요. 게다가 경찰과 소방수들이 불을 끄고 나면 총기들을 발견할 텐데, 그곳 주민들이 저희들 인상착의를 보았으니 금방 수배가 떨어질 겁니다."

"후우……. 앞으로 돌아다니는 것도 골치 아프겠군."

"아무래도 인종이 다른 만큼, 밖으로 돌아다녔다간 금방 걸릴 겁니다. 지금 여기도 안전할 거라는 보장이 없고요."

강우철은 뜻하지 않은 갑작스러운 일에 머리가 아팠지만, 정신을 다잡고 명령을 내렸다.

"활동비와 무기 조달은 내가 본국에 연락을 넣어 해결할 테니까, 너희는 어떤 새끼가 우리를 이렇게 만들었는지 어떻게든 찾아."

"네! 대위 동무."

강우철이 밖으로 나가자 모두는 한숨을 푹 내쉬었다.

"휴우, 어떤 놈이 불을 질렀는지 찾으라고? 장비도 없는데 무슨 수로 그걸 하냐……."

"야, 돈 가진 것 좀 있나?"

"외투에 있었는데 가지고 나오질 못했으니 뭐가 있겠냐. 내

주머니엔 먼지도 없다, 야."

"그럼 활동비 받기 전까지는 거지꼴이라는 건데. 미치겠구먼, 아주."

한보선은 굳어진 얼굴로 그들의 대화를 듣다가 미간을 찌푸렸다.

"이상하단 말이지. 분명 창문은 내가 잠가 두었는데. 바깥쪽에서 대체 어떻게 침투를 했던 걸까……."

* * *

북한 첩보원들이 허름한 여관에서 겨우 끼니를 걱정하고 있을 때, 나는 화려하고 시설 좋은 호텔로 돌아왔다. 그런데 막 입구로 들어서는데, 누군가가 폴짝하고 눈앞으로 나타났다.

"최강 씨!"

"아유, 깜짝이야. 소현 씨?"

"뭐야. 나 빼놓고 어디 갔다가 와요?"

"아, 그냥. 요 앞에요."

"최강 씨는 은근히 거짓말하려고 하면 어색해하는 게 다 티나던데. 그러지 말고 솔직히 다 불지 그래요?"

"정말……로요?"

"어, 어……! 이거 봐. 진짜 뭐 숨기는 거 있는 거예요?"

"아……."

넘겨짚은 것에 넘어갔다는 걸 깨달은 나. 또 휘둘렸다는 걸 깨달은 나는 어쩔 수 없이 솔직하게 상황을 설명해 주었다.

근처 카페의 야외 테이블에 앉은 우리는 함께 음료를 마시며 대화를 나눴다.

"정말요? 진짜 북한 첩보원들이 이 근처에 있었다는 거예요?"

"아까 화재 때문에 사이렌 들렸을 텐데."

"맞아요! 나, 들었어요. 창밖을 보이니까 가까운 곳에서 불이 났던데. 설마, 거기였어요?"

"네."

"그럼 혹시 그 불, 최강 씨가 지른 거였어요?"

"그 덕분에 그들은 장비도 잃고 맨몸으로 도망치듯 빠져나갔죠. 그냥 놔두긴 좀 방해가 될 것 같아서."

"그랬구나……."

"아무튼 그쪽에선 이미 우리를 발견하면 사살하려 들 겁니다. 그러니까 조심해야 해요. 저쪽이든 이쪽이든 이곳 사람들과는 워낙 다른 인종이라. 얼굴 보면 딱 알아볼 거니까요."

"그럼 우리도 그쪽을 발견하면 바로 총을 쏴야 하는 건가요?"

나는 잠시 고민을 하다가 입을 열었다.

"일단은 그래야 한다고 봅니다."

"그렇지만, 위험한 무기를 소지한 용의자 같은 것도 아니고 ……. 다짜고짜 먼저 쏴야 한다고 생각하니까 선뜻 방아쇠는 못 당길 것 같네요."

"될 수 있으면 안 마주치는 게 좋긴 하죠. 어쩌면 그런 일이 안 일어날지도 모르겠고."

"왜요?"

"화재가 난 집에서 총기와 수상한 물건들이 다량 발견되었을 거거든요. 그리고 내일 내가 그들 생김새를 풀어 버릴 생각이고요. 그럼 베네수엘라 경찰들에게 수배가 내려져 쫓겨 다니게 될 텐데, 우릴 신경 쓸 겨를이나 있겠어요?"

"오오…… 그러네."

"그럼 서로 피해 보는 일 없이 무사히 넘어갈 수 있겠죠."

"근데 그쪽 입장에서는 진짜 황당하겠다. 그쪽에선 최강 씨가 자기들한테 그랬다는 거 하나도 모르고 있을 거 아니에요?"

"그야 당연하죠."

"그러니 얼마나 황당하겠어요. 누가 그랬는지, 왜 그런 일을 겪어야 하는지도 모르고 당하는 입장에서."

나는 그녀의 머리를 쓰다듬었다.

"이봐요, 최소현 씨?"

"왜요? 아, 근데 이 손짓 뭐지? 왠지 막 무시하는 것처럼 느껴지는데."

"그쪽이 우릴 발견하면 죽이려 들 거라는 말 잊었어요? 최대한 발 묶어 두며 서로 안 다치게 하는 거면, 제 입장에선 정말 엄청 배려를 해 준 거라고 생각하는데."

"그것도 그런가……."

"서로 부딪치면 결국 누군가는 죽습니다. 머릿속에선 미리 손을 써서 그들을 제거하면 마음 편히 임무를 마치고 돌아갈 수 있을 거라고 하는데, 적어도 마지막 인간성은 잃고 싶지가 않아서. 그래서 그 사람들을 곤란하게 하는 거로 끝내려고 한 건데. 이런 내가 잘못하는 걸까요?"

최소현이 나를 빤히 쳐다봤다.

"영화나 드라마에서 봤으면 정말 짜증 나는 첩보원이라고 생각을 거야. 보는 입장에선 답답해 보일 테니까. 근데 전 왜 그런 최강 씨가 더 매력적으로 보이는 걸까요?"

"음…… 잘생겨서?"

"아뇨. 정도라는 게 있어서."

"정도?"

"네. 최강 씨는 당신만의 정도라는 게 있는 것 같아요. 그리고 그 지키는 선이 당신을 잔혹하게 만들지 않는 절제가 아닐까 싶고요. 화가 난다고 해서 아무나 막 죽이고, 방해가 된다고 죽이고 그러면 그게 살인마이지 뭐겠어요? 아무리 국가를 위해 그런다고 해도, 그건 정말 싫을 것 같아요."

나는 피식 웃었다. 정도. 절제라고. 별거 아닌 것 같은데, 그 말이 참 마음에 들었다.

"근데 참, 우릴 보면 이런 일엔 정말 안 어울리는 것 같긴 해요. 그죠?"

"사람한테 총도 쏴 보고, 안 죽여 본 것도 아니지만……. 그래도 그런 일에는 한 번쯤 주저함은 있어야 한다고 생각해요. 최소한의 인간성은 잃으면 안 되니까."

"역시 생각이 비슷한 사람과 같이 마시는 차가 더 맛나네요."

"호호, 나도 동감."

하지만 나는 안다. 북한 쪽에서 이대로 포기하지 않을 거라는 걸. 일어나지 않았으면 하는 마찰이지만, 어쩔 수 없는 마찰이라면 그때는 정말 냉철해지고자 했다.

그러니까 제발 건드리지만 마라. 너희를 위해서라도.

* * *

강우철은 활동비를 전해 받으려고 나왔다가 한 무리의 사람들을 만나며 뜻하지 않은 말을 들어야 했다.

"그게 무슨 말이야? 우리가 임무에서 배제되었다니?"

"말 그대로야. 니들 팽 당했어. 그렇게 일처리를 잘했어야지. 여기저기 얼굴 팔리고 다녀서야 일이 되겠니?"

"얼굴을 팔리다니?"

"여기저기 니들 얼굴 모르는 곳이 없단 소리야. 그리고 오늘 아침 뉴스 봤니? 니들 수배 내려졌어. 일을 이 지경으로 만들어 놓고도 고개 빳빳한 거 보소. 돌아가면 징계받을 생각부터 하는 게 좋을 거야."

강우철은 팀원들이 있는 곳으로 와 그늘진 얼굴로 전달받은 지시사항을 전해야 했다.

"그런 관계로, 우린 이번 임무에서 배제되었다. 수배가 되어버린 것도 문제지만, 이미 그 전부터 CIA는 물론, 각국의 정보국에 우리 얼굴이 돌았던 모양이야. 이런 상태로는 임무 못 맡긴다고 그만두라고 한다."

"그럼 저희는 곧바로 본국 소환인 것입니까?"

한보선의 물음에 그가 답했다.

"일단은 수배된 위치에서 벗어나라는 지시가 있었다. 몸부터 피해서 지시사항을 기다리라고 하는군. 그러니까 그렇게 알고, 여긴 정리한다."

김철민이 텔레비전을 끄려던 리경춘을 말렸다.

"잠깐만! 가만히 있어 보라."

그는 오히려 소리를 높이며 모두에게 말했다.

"이것 좀 보십시오! 정말로 우리 사진이 다 공개되어 버렸습니다!"

정말이었다. 어디에서 찍혔는지 모를 자신들의 사진들이 모두 공개가 되어 수배가 내려져 있었다. 방송으로 공개 수배가 되었으니 이곳을 빠져나가는 건 더욱 어려워진 상황.

모두의 표정이 돌처럼 굳어지고 말았다.

"어떤 새끼가 정보를 팔아넘긴 게 틀림없습니다. 그렇지 않고서야 화재 다음 날 이렇게 사진이 떡하니 공개가 되진 않을 테니까요."

강우철이 주먹을 불끈 쥐었다.

"불을 지른 그 어떤 놈의 농간이겠지."

리경춘이 말했다.

"이래가지고는 억울하고 분해서 그냥은 못 가겠습니다! 그놈은 어떻게든 잡아야겠습니다!"

강우철이 리경춘을 쏘아봤다.

"불복은 즉결처분이다. 본국의 지시에 거부하겠다는 거냐?"

"그, 그런 게 아니라……. 너무 분해서 그만. 죄송합니다. 잘못했습니다."

이들의 답답함을 자신이라고 왜 모를까. 자신도 이렇게 열불이 나서 미치겠는데. 강우철은 쓰린 가슴을 뒤로 하고 다시 명령을 내렸다.

"우리 임무는 리성우 대위에게로 넘어갔으니까, 당장 철수 준비부터 해."

* * *

적당한 시간에 일어나 몸을 씻은 나는 수건으로 머리를 말리며 창을 열었다. 에어컨으로 시원해졌던 공기가 싹 밀려 나가고 밖으로부터 더운 공기가 훅하고 밀려들었다. 순간 숨이 턱 막히는 느낌이 들긴 했지만, 그 마른 공기가 어쩐지 더 상쾌하게 느껴졌다.

"해도 따듯하고, 좋군."

텔레비전을 틀어 보니 수배된 내용이 뉴스로 나오고 있었다.

역시나 알아들을 수가 없어 답답했다.

그렇지만 내겐 이제 만능 통역기가 있지 않던가.

"할아버지, 어제 그 통역 마법 좀 부탁드릴게요."

-알았다.

"드라쉴라프 아뤼아."

마법을 펼친 순간, 텔레비전에서 한국어로 된 말이 들려오기 시작했다.

[화재를 일으키고 도주한 테러리스트들의 몽타주입니다. 모두가 북한 공작원으로 알려진 이들은, 일주일 전부터 들어와 작전을 수행 중이었던 걸로 알려졌습니다. 화재 현장에는 당시 이들이 쓰려던 걸로 추정되는 무기들이 다수 발견되었고, 현재도 위험한 무기를 소지했을 거라고 보고 있습니다.

매우 위험한 자들이오니 혹시라도 이런 사람들을 발견했다면 잡으려고 하지 마시고 즉시 신고 부탁드립니다.]

혹시나 하여 핸드폰을 확인해 보았다.

리경춘에게 달았던 추적 장치의 위치가 점차 멀어지고 있었다.

보아하니 이곳 도시를 떠나는 것 같았다.

"내가 원하는 대로 잘 풀렸군. 그럼 이제 안심하고 경매를 낙찰받아 여길 뜨면 되겠어."

그렇게 이틀이 지나 블랙마켓 경매 날짜가 다가왔다.

김지혜와 이형석이 외부에서 지원하였고, 그들은 예전에 투기장에 설치했던 것처럼 근처로 휴대용 카메라를 달아 주변에 위험 요소는 없는지 세심히 살폈다.

"와, 카메라 각도가 정말 좋은데요? 대체 어떻게 가셔서 이런 걸 설치하신 거예요, 과장님은?"

"뭐…… 감시가 소홀해진 틈을 타서?"

물론, 감시가 소홀할 리가 없다.

이미 며칠 전부터 준비를 해 오던 개최자들은 주변으로 사람을 풀어 철저하게 감시를 하고 있었다.

그렇지만 난 마법사다. 모습을 감추고서 주변을 자유롭게 돌아다녔고, 동네 산책 나가듯 카메라를 잘 보이는 각도에 설치해 두었다. 내가 유유히 떠날 때까지도 내가 다녀갔다는 사실을 알아차린 사람은 아무도 없었고, 그 덕분에 우린 블랙마켓 주변을 상세히 지켜볼 수 있었다.

[내부로 진입하겠습니다.]

잠시 뒤, 장태열의 무전이 들려오더니 검사를 받는 모습이 보였다. 그런데 검사를 받던 장태열이 살짝 몸을 움찔하며 검사를 하던 이를 째려보는 모습이 포착되었다. 검사를 하던 사내가 씨익 웃으며 그의 중요 부위까지도 만졌기 때문이다.

"참아라, 제발……."

저 욱하는 성격에 사고라도 치면 곤란했다.

그러나 불안해하던 것과 달리 두 사람은 초대장을 보이며 안으로 무사히 들어가는 모습이었다.

"휴……."

나와 심정이 같았을까, 이형석과 김지혜도 어색한 미소를 머금었다.

"다행히 불상사는 피했네요."

"그러게요. 저 사람, 아무리 검사를 철저히 한다고 해도 말이야. 거기를 만지면 쓰나. 음음."

"형석 씨 좀 이상하다? 아니, 바로 옆에 여자가 있는데 말이야. 그런 말을 노골적으로 하는 이유는 또 뭐지?"

"아니, 난 그런 뜻으로 말한 게 아니라, 저 사람이 너무했다는 뜻으로……."

"그런 것도 은근히 성희롱일 수 있어요. 조심해요."

"그런 게 아닌데……."

"쓰읍!"

"네, 잘못했습니다. 쩝."

둘을 잠시 재미나게 지켜보던 나는 카메라의 장면이 내부로 바뀌는 걸 보며 자리에서 일어났다. 두 사람이 잘하기야 하겠지만, 예전의 정보요원이 아닌 관계로, 가만히 지켜보고 있자니 답답해서 도저히 견딜 수가 없었다.

"난 잠시 나갔다가 올 테니까, 주변으로 뭔가 급박한 일이 벌어지지는 않는지 잘 지켜보도록 해요."

김지혜가 놀란 얼굴로 내게 물었다.

"지금 나가신다고요? 어디 가시게요?"

"저기 안에. 나도 들어가 보려고요."

"초대장은 한 장뿐이잖아요."

"훗, 내가 알아서 할 테니까 걱정 말아요."

* * *

밖에서야 출입하고자 하는 사람들의 검사가 철저하지, 이미 들어온 사람들은 그 활동이 무척 자유로웠다.

사람들은 저마다 아는 이들을 만나며 인사를 나누었고, 내부는 파티장을 연상시키듯 여러 음식과 술도 마련되어 있었다.

그런데 놀랍게도 그들 중에는 리성우가 있었다. 그뿐만 아니라, 그의 수하들도 다수 들어와 주변을 감시하는 모습이었다.

"잘 살펴. 동양인들이 있으면 주시해야 해. 알았어?"

"네, 대위님."

그러던 중 리성우의 시야가 문 쪽 입구에 서 있는 누군가에게로 닿았다. 그곳에 동양인 하나가 서서는 자신들을 빤히 쳐다보고 있어서였다.

그는 바로 최강.

둘은 서로 시선이 중간에서 부딪쳤고, 마치 서로를 알아본 듯한 눈빛이 오갔다. 둘 모두 동양인을 가장 경계해야 할 대상으로 생각하고 있는 바, 서로를 발견했을 때 갖는 생각은 같았던 것이다.

"어이, 저기."

리성우가 턱짓을 하자 수하들도 최강을 발견했다.

그러나 그들이 다가옴에 따라 최강은 천천히 한쪽 구석으로 걸음을 내딛으며 사라져 가고 있었다.

"뭐야, 저 새끼……."

그사이 주최 측이 진행을 알려 왔다.

[지금부터 경매를 진행할 예정이오니, 참석자분들께서는 자리에 착석해 주시기 바랍니다.]

리성우는 수하들이 뒤따라갔기에 아무런 문제가 없으리라 보고 경매에 참여하기 위해 자리에 착석했다.

하지만 그럼에도 아까의 최강의 시선이 무척 마음에 걸리는지 표정이 좋지 못했다.

"그 새끼, 우릴 깔보는 눈빛이었는데, 분명……."

잠시 뒤, 최강은 창고 밖에서도 구석진 곳에서 서 있었다.

뒤쫓아 오던 다섯 사내들은 최강이 막다른 곳 앞에 서 있자 피식 웃으며 다가왔다.

"왜, 더 도망칠 곳도 없는 모양이지?"

누가 들어도 북한 말투였다.

최강은 분명 임무에 임했던 이들은 떠나보냈는데, 이들이 왜 여기에 있을까 잠시 생각했다.

"원래 있던 놈들은 어딜 가고, 너희가 여기에 있는 거지? 혹시 교체된 건가?"

"아, 걔들. 얼굴 팔렸으니 끝난 거지. 이 바닥에서 얼굴 한 번 팔리면 일 제대로 못 하거든. 근데 너는 남조선 놈인 것 같은데, 왜 여기에 있지? 혹시 우리가 판 물건에 관심이 있어서 와있는 건가?"

"나? 나는 주체 측 관리자인데."

"간나 새끼처럼 생긴 게 어디서 수작질이가? 저 새끼 잡아!"

그들은 우르르 몰려왔으나 최강이 총을 빼어 겨누는 순간 하나같이 그 자리에서 우뚝 멈춰야 했다.

"뭐야, 너. 분명 들어올 때 철저히 검사를 했을 텐데, 어떻게 총이 있지?"

자신들은 총도 칼도 아무것도 들고 들어오지 못하였기에 묻는 말이다.

"너희와 나는 들어온 루트가 다르거든."

"이 씨······."

아무튼 상대는 총을 가졌다.

아무리 수가 많기로서니 다가가기도 전에 전부 죽을 게 뻔했다. 작전상 후퇴라고, 그들이 뒤로 물러서며 뒷걸음질 치기 시작했다. 그러나 최강은 즉시 소음기를 낀 총을 바닥에 몇 발 쏘기 시작했다.

피육! 피육! 피육!

사내들 모두가 뜨거운 무언가를 밟듯 팔짝 뛰었고, 최강이 그런 그들을 향해 웃으며 말했다.

"보내 준다는 말은 없었는데."

옆을 보니 밧줄이 보였다. 최강은 그것을 그들에게 던져 주고는 씨익 웃어 보였다.

터억.

"묶어."

"뭐?"

"시신이 되어 바다에 빠지는 것보단 낫지 않을까?"

리성우는 잡으러 간 수하들이 소식이 없자 점차 표정이 굳어졌다.

"뭐야, 이것들. 왜 이렇게 안 와?"

그렇지만 지금은 경매가 진행 중이다.

그리고 아까부터 팻말을 자꾸만 들어 보이는 동양인 둘이 신경이 쓰였다.

경매가 진행될수록 가격은 놀랍게 올라갔다.

"자, 10억 달러 나왔습니다. 지금부터는 1억 단위로 올리겠습니다."

가격은 자신들이 팔아치운 가격을 넘어 40억 달러까지 나왔고, 결국 신경 쓰이던 동양인 둘이 낙찰을 받게 되었다.

"40억 달러에 낙찰되었습니다! 지금까지 경매에 참여하신 분들, 모두 수고하셨습니다."

최소현은 묘한 흥분감을 느끼며 장태열을 보았다.

"휴, 왠지 떨리네요. 너무 엄청난 돈을 쓴 것 같아서."

"그거야 국가에서 알아서 할 몫이고. 우린 얼른 물건이나 챙겨서 여길 뜨자고."

주변에서 바라보는 시선들이 곱지가 않았다. 북한만 위협이 된다고 여긴다면 오산이다. 돈으로 안 되면, 무력으로 물건을 빼앗고자 하는 이들도 분명히 있을 것이다.

하여 두 사람은 서둘러 주최자와 만나 거래를 진행했다.

"보냈습니다. 확인해 보십시오."

"입금 확인되었습니다. 그럼 물건을 내어드리지요."

물건은 검은 박스 안에 들어 있었다. 꽤나 두꺼운 박스였는데, 그 무게가 족히 30킬로그램은 나갔다. 다행히 밑에 바퀴가 있고, 손잡이도 있어 가지고 나가는 데 무리는 없어 보였다.

"외부 충격에 의해 물건이 손상될 위험은 없는 겁니까?"

"방탄 소재 케이스에 압력 장치가 내장되어 있으니 웬만한 충격에서는 보호가 될 것입니다."

"그렇군요."

"좋은 거래였습니다. 그럼 안전히 돌아가시길. 고객의 편의를 위해 항구 바깥쪽까지는 저희들이 에스코트를 해 드리겠습니다."

아마도 주최 측의 배려일 것이다. 품 안에서만큼은 보호를 해 주겠다고 하는. 방탄이 가능한 트럭까지 내어준 그들은 말한 그대로 항구 바깥쪽으로 나갈 때까지 보호를 해 주었다.

하지만 이후부터는 갈라지며 서로 갈 길을 가는 모습이었다.

"창고를 나와 항구를 벗어났어요. 곧장 공항으로 가겠습니다."

[지원팀도 곧장 뒤를 쫓아가고 있으니까 정해진 루트대로 쭉 가세요.]

그러나 그사이 차에 올라 추격 중이던 리성우가 그들을 바짝 뒤쫓고 있었다.

"아까 안에서 사라진 새끼들은 대체 어디로 간 거야!"

"잘 모르겠습니다. 연락이 되질 않습니다."

"이런 미친 새끼들이⋯⋯!"

"근데 낙찰받은 놈들이 남조선 새끼들인 건 맞습니까?"

리성우가 한참 컴퓨터를 두드리던 사내를 쳐다봤다.

"중국 쪽에선 뭐래? 놈들 신원 알아봤어?"

"무기상이라는 정보는 나옵니다. 이력도 의심할 게 없고요."

"그거야 얼마든지 조작할 수 있는 거니까, 저 새끼들 어느 나라에 속해 있는지부터 알아내라고!"

곧 다급하게 알아보던 사내가 답했다.

"대위님! 중국 쪽에선 자기들 국적의 사람들이 아니라고 합니다!"

"그래, 그렇단 말이지. 이럴 때는 정보보다도 촉이 우선이야. 저것들 잡아. 내가 보기엔 저 새끼들, 분명 남조선 새끼들이야."

부아아아앙-!

그런데 바로 그때였다. 차량 3대로 뒤쫓고 있던 그들 머리 위로 불꽃을 내뿜으며 빠르게 날아가는 물체가 있었다.

푸스스스스-!

그리고는 장태열과 최소현이 탄 차의 바로 옆으로 가서는 폭발했다.

콰광-!

"뭐야……?!"

놀란 리성우가 옆을 보자 중동 쪽 사람으로 보이는 이들이 짐차 위에서 다시 바주카포에 탄을 삽입하고 있었다.

"타, 탈레반인 것 같습니다!"

"크윽! 이거 일이 복잡하게 돌아가는구먼. 끄음."

차가 뒤집힐 뻔한 것을 간신히 모면한 장태열은 기어를 변경하면서 더욱 액셀을 밟았다.

"이런 미친 새끼들……!"

"뭐 하고 있어요! 더 밟아요!"

"지금 최대한으로 밟고 있잖아! 야, 최강! 어디에 있어? 이것 좀 어떻게 해 봐! 이러다가 통구이로 뒤지게 생겼어!"

바로 그때, 두 사람의 귀로 최강의 무전이 날아들었다.

[지금 바로 처리할 거니까 거 징징대지 좀 맙시다.]

* * *

복면을 쓴 나는 경쾌한 노래와 함께 붉은색 스포츠카를 타고 차들 사이를 누비며 앞으로 쏘아졌다.

부아아아앙-!

어느 갑부의 차를 훔쳐 타고 질주를 하는 거였다.

근데 복면은 왜 썼냐고? 지금부터 사람들이 믿기 힘든 짓을 좀 할 생각이기 때문이다. 어디든 카메라가 있는 세상에서 얼굴이 알려지고 싶지는 않기에 취한 나름 최소한의 조치였다.

-그래, 이거다! 가서 놈들을 쓸어 버려라!

-속도 좀 줄여라! 이러다가 큰일 나겠어!

케라는 희열에 가득 차 흥분을 했지만, 제라로바는 지난번에도 그러했듯 이런 빠른 속도에는 두려움을 느끼는 것 같았다.

"걱정 마세요, 이번엔 제가 알아서 할 테니까."

나는 바주카포를 장전하는 이들의 짐차와 차를 나란하게 달리게 했다.

얼른 크루즈 컨트롤과 속도 유지 기능을 지정했고, 그와 동시에 제라로바에게 말했다.

"할아버지, 제어 마법 부탁드립니다."

-아, 알았다!

"아카브로 레이브리아."

차 천장에 룬을 새긴 나는 곧장 오른손 손목 위를 만졌다.

그대로 차를 뚫고 나가 옆 차의 짐칸 뒤로 옮겨 탔고, 한 명을 곧장 차에서 밀어낸 후에 다른 하나는 그대로 후려쳐 기절을 시켰다.

투엉-!

그 과정에서 바주카포가 쏘아졌는데, 건너편 차에 타고 있던 북한 공작원들의 차 *하나가 불길에 휩싸이며 날아갔다.

"어우, 실수."

하지만 어차피 저지해야 할 자들 중 하나. 지금 팀원들의 목숨이 위험할 판에 적의 목숨까지 걱정하는 수고는 하지 말자.

짐칸의 두 명을 처리한 나는 곧장 안으로 스며들었다.

그들은 총을 겨누며 격하게 저항했다.

하지만 두 사람 사이로 앉은 나다.

타다다다당!

나를 쏘려고 했겠지만 내 몸을 관통한 총알들은 그들이 서로를 향해 총을 쏘도록 만들었다. 모든 걸 관통할 수 있는 상태인 것이 천만다행이다. 그렇지 않았다면 내 몸도 온통 피범벅이었을 테니까.

"너 뭐야!"

"저승사자. 니들 말로는 뭐라고 들릴지 모르겠지만."

운전을 하던 자는 나를 향해 총을 쏘았다.

탕! 탕! 탕! 탕!

그는 내게 아무리 총을 쏴도 맞지 않자 매우 놀란 얼굴이다.

나는 두 손을 양쪽으로 들어 보였다.

소용없다는 걸 보여 준 나는 마법을 해제하고는 총을 쳐 내고 운전사의 고개를 돌려 버렸다.

그리고 다시 손목을 만져 원래 내가 타고 있던 스포츠카로 옮겨 탔다.

콰광! 쾅! 쾅!

미러를 통해 확인하니, 바주카포를 쏘던 차는 옆으로 기울어져 다른 차들과 부딪쳐 대굴대굴 구르고 있었다.

"한 대는 처리했고."

그 순간, 뒤쪽에서 또 다른 차량이 달라붙어 총을 쏘기 시작했다.

타닥! 탁! 탁! 탁!

유리가 깨지고 차체에 구멍이 송송 났다.

"비싼 차 다 망가지네."

나는 그 즉시 속도 조절을 맞춰놓고 다시 마법을 펼쳐 천장으로 올라갔다.

"목표 확인."

내 몸에서 카우라가 불길처럼 휘돌았다.

신체 능력을 극대화시킨 나는 그대로 몸을 놀려 차 한 대를 밟고서는 쏘아지듯 그들의 차로 스며들었다.

나는 그들을 있는 대로 후려 패 주었다.

그 과정에서 왼손이 따로 놀았는데, 가슴 속에서 칼을 빼더니 날만 살짝 꺼내어 모조리 도륙하고 있었다.

"제가 알아서 한다니까요!"

-같이 좀 놀자!

"지금 제가 노는 거로 보이세요? 거 참!"

내가 여기저기 붕붕 날아 차를 옮겨 탈 때마다 차들은 도로를 이탈하여 사고를 당했다.

한 번은 차에 오르자마자 주문이 흘러나오기도 했다.

"아루투무카!"

빠지지지직!

제라로바가 전기 발생 마법으로 차 내부에 타고 있던 이들을 전부 감전을 시켜 버린 거였다.

"어우, 씨. 이건 도무지 혼자 하게 놔두질 않는구나."

크루즈 컨트롤은 오래 지속되지 않는다.

하여 나는 다시 스포츠카로 돌아가 팀원들의 뒤로 따라붙으며 무전을 보냈다.

"뒤는 내가 맡을 테니까 루트 변경 없이 공항까지 쭉 가세요!"

* * *

장태열은 뒤에서 차들이 저절로 폭발하며 날아가고 굴러 대는 걸 보며 눈을 치켜떴다.

"뭐야……? 뒤에서 지금 무슨 일이 벌어지고 있는 거야?"

최소현은 미러를 통해 누군가가 차와 차 사이를 넘나드는 걸 보며 씩 웃었다.

"최강 씨네요. 지금 뒤쪽에서 우릴 공격하는 전부를 저지하고 있어요."

"혼자서?"

그럼에도 여전히 총알이 날아들었다.

경매에 참여한 자들 중에 일부가 자신들이 가진 물건을 노리는 것 같았다.

경매가로도 4천억이 넘는 엄청난 가치의 물건. 빼앗을 수만 있다면 그야말로 대박이었다. 목숨이 위험해질지언정, 위험을 감수하기엔 충분한 가치가 있었다.

리성우는 바로 눈앞에서 벌어지는 일들을 보며 믿을 수가 없었다.

"저 새끼, 뭐야……. 어떻게 저럴 수 있는 거지?"

복면을 한 누군가가 다른 차로 스며들 때마다 내부에서는 피가 튀고 총이 난사되었다.

스며들었던 복면인은 다시 다른 차로 넘나들며 똑같은 행위를 반복했고, 믿을 수 없는 도약력을 보이며 도로 곳곳을 누비고 다녔다. 그에 따라 추격하고 공격하는 차량들은 현저히 줄어들고 있는 게 눈에 보였다.

리성우와 함께 타고 있던 북한의 다른 공작원들도, 지금 자신들이 보고 있는 것이 현실이라고 믿기가 어려웠다.

"저 새끼, 저거! 사람 맞습니까?"

그렇게 적대시하는 후미 차량을 모두 처리한 복면인은 다시 붉은 스포츠카로 옮겨 타더니 앞으로 질주했다.

그리고는 다시 쑥 하고 빠져나와 배송 차량을 향해 총을 쏘고 있는 차량 위로 올라탔다.

천장 위에서 밑으로 몇 번 칼을 쑤셔 넣는 거로 모두 도륙한 그는 다시 뒤로 뛰어올라 한 바퀴 휘돌더니, 정확히 스포츠카로 스며들며 물건을 옮기는 차량 뒤로 붙어 보호하는 모습이었다.

"미친…… 저게 정말 사람이라고? 그럴 리가…….

북한에서도 인정하는 것 중에 하나가 바로 대한민국은 세계도 놀라게 하는 첨단기술을 지니고 있다는 거였다.

리성우는 혹시 인간과 흡사한 로봇을 만든 것이 아닌가 싶었다. 영화에서나 볼법한 그런 첨단 로봇 말이다.

그렇지 않고서는 도저히 이해할 수 없는 광경이었다.

그렇지만 방금 전에 스며들듯 다른 차량으로 들어갔던 모습은 뭐로 설명을 해야 할까?

초능력? 마법? 어떻게든 과학적인 접근으로 이해를 해 보려고 하지만, 자신이 본 것은 그 무엇으로도 설명이 되질 않았다.

장태열이 놀란 눈으로 밖을 보더니 최소현에게 물었다.

"야, 최소현! 너도 방금 봤어? 방금 놈들 차 위로 올라탔던 거 말이야. 봤냐고?!"

"네, 봤으니까 앞이나 잘 보고 운전해요. 우리가 사고 나면 다 끝이니까."

"저거 뭐야. 설마 최강이야?"

"그럼 우리를 돕는 사람 중에 저만한 능력을 보일 사람이 또 있어요?"

"아무리 능력이 대단해도 그렇지……. 저렇게 칼로 차를 두부 자르듯이 자르고는 뒤로 날아간다고?"

"날아간 거 아니고, 뒤에 있던 차로 올라타서 지금 우리 뒤따라 오고 있거든요?"

"헐……. 대체 얼마나 훈련을 하면 저렇게까지 할 수 있다는 거야? 아~ 나 이거, 보고도 못 믿겠네."

최소현은 자신만 알고 있는 비밀이 있기에 히쭉 웃어 보였다.

"우린 백날 훈련해도 저만큼은 못 할걸요?"

리성우가 탄 옆 차량에서는 총을 들어 올리는 사내를 모두가 째려보듯 쳐다보고 있었다.

"그 총 뭐니?"

"음?"

"그 총 당장 내려 놓으라우. 앞에 차들 어떻게 되는지 못 봤니?"

"끙……."

아무리 난다 긴다 하는 훈련을 받아온 그들이라지만, 방금 전에 그들이 목격한 것은 그야말로 악마가 활개 치는 모습이었다.

그나마 공격하는 차량만 저지하고 있어서 다행이랄까. 그들은 리성우가 행여 공격을 명령할까 봐 속이 타들어 가고 있었다.

"내 지금껏 작전 수행하며 목숨 아까워해 본 적은 단 한 번도 없었지만, 저런 거 잘못 공격했다간 그냥 개죽음이라지. 방금 저건 사람이 아니었다고."

최강은 김지혜와 이형석이 탄 차량으로 붙으며 무전을 날렸다.

"두 사람은 최단 루트로 먼저 공항으로 가서 곧바로 출발할 준비를 하세요."

두 사람은 바로 옆 차량으로 붙은 스포츠카 안에서 복면인을 보았다. 무전과 함께 시선을 주고 있으니 그가 최강일 건 당연한 거였다.

"네, 과장님. 준비해 두고 있을 테니까 모두들 안전하게 오십시오."

두 사람은 도심 지역으로 차를 돌렸다.

공항까지 직선거리를 가고 있는 거였다.

반면, 배송 차량은 외곽도로를 통해 돌듯이 공항으로 향했다.

도심으로 가게 되면 차량을 멈추는 일도 있을뿐더러, 어디서 어떤 공격을 받을지 알 수 없기 때문이었다.

하여 넓고 빠르게 달릴 수 있는 외곽도로를 선택한 거였다.

[장태열 씨. 공격이 없을 지금이 기회입니다. 최대한 속도를 냅시다.]

무전을 받은 장태열이 다시 기어를 바꾸며 액셀을 꽉 밟았다.

"나도 안다. 안 그래도 지금 최대한으로 밟고 있는 거니까 보채지 좀 마라."

그런데 바로 그때였다. 맞은편에서 오던 커다란 트럭 한 대가 갑자기 작정하고서는 가드레일을 구겨 버리고 배송 차량을 향해 돌진해 오고 있었다.

조금도 예측하지 못한 상황에 모두가 당혹감을 감추지 못했다.

"엇!"

"위험해욧!"

짧은 순간, 장태열은 눈을 크게 뜨며 다급히 차량을 옆으로 돌렸다. 하지만 정면으로 돌진해 오는 트럭을 피하기엔 불가능해 보였다.

"이런, 염병-! 으아아악-!"

그 순간, 최강이 걱정하는 건 오로지 최소현뿐이었다.

"소현 씨……! 안 돼……!"

놔두면 그녀가 죽는다.

그는 오로지 그 생각만으로 번개같이 움직였다.

즉시 오른손 손목을 만지며 스포츠카에서 튀어나간 그는 곧장 배송 차량 뒤로 스며들더니 왼손으로 오른 손목을 꽉 쥔 채로 뒷좌석 손잡이를 강하게 붙잡았다.

"으으으윽!"

그리고 그 순간, 거대한 트럭이 그들 차량을 덮쳐왔다.

콰당! 탕! 쿠다당!

눈을 질끈 감았던 장태열은 눈을 뜨고는 뒤로 구르는 트럭을 미러를 통해 확인했다.

"뭐야……! 우리 멀쩡한 거야? 어떻게 된 거지? 방금 부딪칠 뻔한 거 아니었어?"

그는 눈을 감고 있어 몰랐을 것이다.

최강의 마법 덕분에 부딪히려던 트럭이 차를 관통해서 지나갔다는 것을.

"다들…… 괜찮아요?"

최강이 복면을 내리며 묻자 장태열이 화들짝 놀랐다.

"아유! 깜짝이야! 뭐야, 너 언제 여기에 탔어?"

"방금요."

최소현이 최강을 보더니 눈을 크게 떴다.

"최강 씨, 피……!"

"피……?"

최강은 코로 뭔가가 흐른다는 걸 느끼며 쓴웃음을 머금었다.

-멍청한 놈아! 자칫 잘못했으면 네 머리가 터졌을 것이다! 갑자기 그런 무리한 마법을 쓰면 어쩌자는 거야!

"그럼 어떻게 합니까, 다 죽게 생겼는데……."

물질계에 영향을 주는 마법은 2단계 마법이다.

그런데 그런 마법을 사람 하나를 포함시키는 게 아니라 차 전체로 시행했다.

그 범위가 한 번도 시도해 보지 못했던 만큼 컸기에 그의 목숨도 위태로울 뻔했던 것이다.

왼손이 최강의 가슴으로 향하더니 회복 마법을 펼쳤다.

"라울 스미라가 가이라스 코나디아."

정신이 혼미해지고 당장 기절할 것만 같았던 몸이 순식간에 정상으로 돌아왔다.

다행히 운전에 신경을 쓰고 있던 장태열이라 뒤에서 무슨 일이 일어나고 있는지는 아무것도 몰랐다.

"뭐야? 쟤, 뭐라는 거냐?"

"최강 씨, 괜찮아요?"

최소현이 물었고, 최강은 한숨을 푹 내쉬며 답했다.

"네, 일단은요. 아무튼 처음부터 경매 물건을 노리려고 했던 자들도 있는 것 같으니까 조심합시다."

* * *

리성우는 공항으로 들어간 차량을 보았음에도 고민에 빠진 채 움직이지 않았다.

돌진하는 트럭을 배송 차량이 환영처럼 지나치는 것까지 보고 났을 땐, 정말이지 현실과 상상의 틀이 완전히 무너져 내렸다.

그리고 자신들이 저런 자를 상대로 다시 물건을 탈환할 방법이 있을까 하는 부정적인 생각마저 들었다.

"리성우 대위. 어쩌실 생각이십니까?"

"가만히 있어. 생각 중이니까."

"그렇지만, 더 놔뒀다간 저놈들이 여길 뜰 텐데요."

그러자 리성우가 총을 꺼내어 질문을 던진 사내의 머리에 겨누었다.

"가만히 있으라고, 이 새끼야. 나도 지금 니들 목숨을 걸어야 할지 말지 고민하고 있으니까!"

이를 꽉 다문 그의 말에 수하는 끽소리도 못하고 고개를 숙였다.

"아, 알겠습니다. 알겠습니다, 동무."

리성우는 다시 바로 앉으며 고민했다.

'이대로 포기하면 여기 있는 놈들 중에 누가 위에 일러바칠 게 틀림없다. 그렇게 되면 나는 명령 불복으로 처형당하거나, 지위를 박탈당하겠지. 어차피 막장 인생. 그래, 끝까지 가 보자. 언제는 목숨 아깝다고 일 안 했던가.'

그는 권총을 내려놓고 소총을 집으며 말했다.

"가자. 가서 우리 물건을 되찾……!"

그런데 바로 그 순간, 그들이 탄 차량의 바닥으로 누군가가 쑥 하고 올라오더니 운전석으로 손을 들어와 운전사를 밖으로 끄집어내고 안으로 쑥 하고 들어왔다.

"엇!"

"뭐, 뭐야!"

복면을 쓰고 있지만 역시나 최강이다.

리성우는 즉시 최강의 머리에 총을 겨누었다.

"너, 이 새끼……. 뭐 하는 짓이야, 이게? 우리가 그렇게 우스워?"

아무리 능력이 대단해도 그렇지. 이렇게 대놓고 접근하는 건 자신들을 그만큼 하찮게 봤다는 것이기에 하는 말이다.

"이름."

"뭐?"

"이름이 뭐냐고."

최강은 그를 가만히 쳐다보며 물었다.

"그러는 넌? 대체 정체가 뭐야?"

"나? 대한민국의 비밀병기."

"이 새끼가 어디서 장난질을……!"

최강은 진지한 눈빛으로 그를 쏘아봤다.

"장난 같아? 내가 지금 마음만 먹으면 니들이 그렇게 칭송하고 모시는 국가원수 모가지 따는 것도 무척 쉬울 것 같은데."

"끄음……."

"가서 꼭대기에 앉아있는 돼지 새끼한테 전해. 앞으로 도발도 말고 조용히 꼬랑지 말고 있으라고. 행여 미사일 도발 같은 개수작을 부렸다간 내가 찾아갈 거라고 말이야. 알아들었어?"

"이 새끼가 감히 국가의 자존심을 모독을 해?"

"그렇다면 어쩔 건데? 여기서 다 죽을 텐가?"

"이잇……!"

총구가 옆과 뒤에서 머리로 겨누어져 있었지만, 최강은 조용히 품에서 칼 하나만 꺼냈을 뿐이었다.

"늘 작은 선택 하나가 목숨을 좌지우지하지."

공격에는 공격으로 대응하겠다는 의지를 본 리성우는 수하들을 한 번 쭉 둘러보더니 이내 총구를 내렸다. 이 자신감을 보고 나니, 도저히 상대를 죽일 수 없을 것 같아서였다.

"빌어먹을……."

"이름. 아직 대답을 안 했는데."

"리, 리성우다."

"리성우. 현명한 선택 칭찬하지. 방금 당신이 수하들 전부를 구했어. 그럼 또 보는 일 없도록 하자고."

최강은 운전석 밑으로 쑥 하고 꺼지며 사라졌다.

모두는 긴장감이 사라지자 축 하고 처졌다.

등줄기로 흐른 땀이 등을 모두 적신 것 같았다.

"꿀꺽."

거기다가 갑자기 나타났다가, 갑자기 사라진 그의 모습을 보았기에 정말이지 귀신에라도 홀린 기분이었다.

"방금 그놈, 대체 뭐였을까요?"

"그러게 말입니다. 귀신도 아니고, 대체 뭐란 말입니까?"

리성우는 창밖을 쳐다보며 중얼거렸다.

"썩을……. 난들 알겠냐……. 저런 걸 보고한들, 누가 믿겠냐고. 후우……."

* * *

대통령의 집무실로 간 7과 요원 전원이 대통령으로부터 비공식 훈장을 받게 되었다.

"비록 외부로 알려 크게 치하할 순 없겠지만, 여러분들은 이 나라의 안보를 더욱 굳건히 하는 데 이바지하였습니다. 목숨을 걸고 이 나라를 위해 힘써 준 모두에게 한 나라의 대통령으로 깊은 감사를 전하며 이 훈장을 수여합니다."

한 명씩 훈장을 달며 모두가 저마다 뿌듯한 감정을 품었다.

-영광스러운 순간이로구나. 나라의 수장에게 훈장을 수여받다니.

영광? 그건 사람 따라 다른 게 아닐까? 솔직히 난 별 감회가 없다. 훈장? 이딴 거 솔직히 보여 주기 식의 쇼라고 생각한다. 있어 봐야 돈이 되나 밥이 되나. 뭐 어쩌면 진급에는 조금 영향이 있겠지. 그렇지만 애초에 진급 따위에 관심이 없어서인지 가슴에 달려 봐야 별 느낌도 없었다. 그저 이 형식적이고 귀찮은 시간이 빨리 지나갔으면 싶었다.

잠시 후, 밖으로 나온 김지혜는 무척 뿌듯한 듯 두 손을 모으며 감격했다.

"우리가 훈장을 받다니, 정말 대단하지 않아요? 아마 동기는 물론이고, 선배들 중에서도 훈장을 받은 사람은 몇 없을 거예요. 아, 내게 이런 날이 오다니."

이형석이 모두에게 제안을 했다.

"이럴 게 아니라, 오늘 축하의 자리를 마련하는 게 어떨까요? 이렇게 좋은 날을 그냥 지나칠 수 없잖아요."

장태열은 흥미 없다는 듯 훈장을 떼어 주머니에 넣었다.

"거 호들갑 좀 떨지 마라. 솔직히 우리가 한 게 뭐가 있나?

다 최 과장이 했지."

"아니, 왜 한 게 없어요? 우리가 총알이 날아드는 상황에 얼마나 가슴 졸려 하며 도망쳤는데. 그리고 우리가 먼저 가서 준비하지 않았으면 그렇게 신속하게 비행기를 띄울 수 있었겠어요? 안 그래요, 형석 씨?"

"그럼요. 각자 맡은 역할은 다 한 건데."

장태령은 고개를 저었다.

"그래, 니들 잘났다. 뭐 어차피 술자리라면 마다할 내가 아니니까, 그렇게 하든가. 난 그거면 돼."

모두의 시선이 나를 향했다. 그들이 원하는 건 보나 마나다.

돈줄.

"좋습니다. 오늘은 좋은 곳에서 회식을 하도록 하죠."

김지혜가 대뜸 내게 팔짱을 껴 왔다.

뭐냐, 부담스럽게.

"과장님, 우리 오늘은 날것 좀 먹어요 맨날 기름진 것만 먹어서 느끼하단 말이에요."

최소현이 나를 쏘아보더니 억지로 김지혜를 떼어 냈다.

"김지혜 씨. 청와대에서 이런 애정행각, 과하다고 생각하지 않아요?"

"아휴, 애정행각은 무슨요. 직장 상사한테 이 정도 애교도 못 부려요? 가만 보면 소현 씨는 정말 딱딱한 것 같더라. 아, 혹시 과장님을 좋아하셔서 그러시나?"

깜짝 놀란 최소현과 나는 함께 부정했다.

"그 무슨! 말도 안 되는 소리를!"

"아휴, 지혜 씨. 너무 나갔다. 우린 친구라니까."

김지혜가 수상하다는 듯 우리 둘을 동시에 쳐다봤다.

"어어, 정말 두 분, 뭔가 있는 거 같은데."

그러자 장태열이 김지혜와 이형석의 어깨를 감싸고는 끌고 가듯 밖으로 퇴장했다.

"이상한 소리 말고, 술이나 마시러 가자! 자, 어디로 갈까? 가장 비싼 곳 생각나는 사람!"

"아우, 장태열 씨! 아파요! 여자한테 이렇게 막 해도 되는 거예요?"

"후배한테 이 정도도 못 하냐! 따라와!"

최소현이 한숨을 푹 내쉬었다.

"휴, 장태열 씨 덕분에 살았네요."

"정말로 눈치채고 말하는 건 아닐 텐데. 좀 뜨끔은 했네요."

"그보다 오히려 장태열 씨가 눈치가 빠른 거 같지 않아요?"

"에이, 설마요……."

"이 타이밍에 저 두 사람을 저렇게 끌고 나가는 걸 보면 뭔가 낌새를 알아차린 것도 같은데……."

"고민 그만하고, 우리도 얼른 갑시다. 괜히 여기에 있다가 거머리한테 걸리면 쉽게 못 나갈 테니까."

"그러네요. 얼른 가요, 우리."

그런데 바로 그때, 우리의 뒤에서 잔뜩 화가 난 목소리가 들려왔다.

"거머리? 혹시 그거, 날 뜻하는 건 아니지?"

"허억!"

"흐읍!"

목소리를 듣는 순간, 진짜 리얼로 깜짝 놀랐다. 누군가가 뒤에서 다가왔을 거라고는 생각지도 못했기 때문이다.

아니나 다를까, 뒤를 보니 이담소가 우릴 째려보고 있었다.

"언니! 오빠! 정말 이러기야? 그때 나간 이후로 연락도 없더니, 여길 와서도 날 안 보고 그냥 가려고 했어?"

"담소야, 호호…… 여긴 언제 왔을까……?"

"저 구석에서 아까부터 기다리고 있었거든! 안 되겠다. 회식 간다고 했지? 나도 따라갈래."

나는 얼른 녀석을 저지했다.

"무슨……! 야, 술자리에 미성년자가 왜 따라와? 안 돼. 절대로 안 돼."

"음식만 먹으면 되잖아. 됐으니까 빨리 안내하지?"

최소현도 적극적으로 이담소를 말렸다.

"담소야? 다음에. 이거 팀 회식이야. 관계자 외의 사람이 참석하면 불편해지는 자리라고. 그러니까 다음에 하자? 응?"

"다음이 어디에 있는데! 연락도 안 할 거면서! 언니, 내가 언니한테 하루에 몇 번씩 전화했는 줄 알아? 근데 다 씹고.

나 진짜 실망. 근데 뭐? 다음? 됐네요!"

결국 룸 형식으로 있는 횟집으로 간 우리는 서로 어색한 분위기를 맞이하고 말았다.

장태열은 이담소를 보더니 다시 나와 최소현을 쳐다봤다.

"뭐냐, 이 꼬맹이는? 여긴 왜 데리고 온 거야?"

"데려온 거 아니고 내가 온 거거든! 불만이면 노땅이나 빠지시지?"

"끄음, 노땅…… 야, 꼬맹아, 넌 그 건방진 말투 아직도 못 고쳤냐?"

"그러는 노땅 아저씨는 다 큰 숙녀한테 그게 무슨 말버릇이야? 엄마가 그따위로 가리켰어?"

"너, 이잇……! 우리 엄마 건드리지 마라. 그럼 나 진짜 화내. 엉?!"

"싫은데? 건드리면 어쩔 건데?"

"이게 진짜 확……!"

이담소가 즉시 밖으로 소리쳤다.

"꺄악! 경호원 언니 오빠들! 여기 불한당 같은 아저씨가 나 때리려고 해요!"

처러러럭!

문이 열리고 방 밖에서 어색한 표정으로 있던 경호원들이 난감하다는 듯이 말했다.

"죄송하지만, 담소 양한테 조금만 친절히 대해 주실 순 없을까요? 담소 양 경호원인 저희 입장이 무척 곤란해서요."

식사 자리에 와서 문밖만 지켜야만 하는 그들의 입장을 보자니, 먹으러 온 사람들로서는 괜스레 미안하고 입장이 난감했다.

장태열도 이담소가 그들까지 소환하고 나니 불쌍한 나머지 화를 내던 게 쏙 들어가는 모양이다.

"거, 참……. 언제까지 거길 지키고만 있을 건지. 야, 최 과장. 뭐 하냐, 저 사람들 계속 저대로 세워 둘 거야? 인심 좀 쓰지?"

그럼 뭐? 담소만도 골치가 아픈데, 저 딸려온 경호원들까지 식사를 사 먹이라고?

근데 또 그런 말까지 듣고서 사이에 껴 있자니 가만히 있기도 뭐했다. 그래도 직책상 상관이 아니던가. 정말이지 자기 돈 낼 것도 아니면서 생색내는 저 인간이 가장 문제다.

"그래요, 뭐……. 어차피 가까이에 있어야 할 거라면, 옆 방으로 자리를 잡으시죠. 드시는 건 제가 사겠습니다."

"아유, 그렇게까지 안 하셔도 되는데……."

말은 그렇게 하면서 저 신속하게 신발부터 벗는 건 뭐지?

그래, 인정하자. 오늘은 내가 호구다. 애초에 신속하게 빠져나가지 못하고 이담소에 걸린 것이 죄라면 죄일 것이다.

"자, 그럼 한 잔 말아 볼까?"

그렇게 한 잔 두 잔 마시는데, 옆구리가 참 불편했다.

이담소가 은근슬쩍 기대고는 내 팔을 양손으로 감아 와서다.

"저기, 담소야? 네가 이러면, 이 아저씨가 좀 불편한데. 조금만 떨어져 줄래? 너 이러면 사람들이 나를 이상한 사람이라고 오해할 수도 있어."

"오해하라지 뭐."

"끙, 저기 담소야? 나 그런 사람 아니거든?"

"나 오빠 좋아해. 사실 그동안 보고 싶어서 죽는 줄 알았어. 근데 아빠한테 졸라도 안 된다고만 하지, 언니나 오빠는 연락도 안 받지. 내가 속이 안 타들어 갔겠냐고?"

이 혈기왕성한 청소년의 고백이 심히 뒤통수를 뻐근하게 했다.

그런데 김지혜가 벌써부터 취했는지, 웃으며 말했다.

"오오~ 이담소? 멋있다, 너. 그런 거침없는 고백, 마음에 들어. 그래, 자기 사랑은 자기가 지켜야지! 암!"

"역시 지혜 언니가 뭘 아네!"

서로 손뼉까지 마주치며 하이파이브를 하고 아주 난리가 났다.

분명 회식이면 회포를 풀고 묵은 걸 털어내는 자리여야 하는데, 왜 난 회식 때면 이렇게 힘이 드는 것일까.

그것도 내가 가장 상급자인데. 아무튼 회식 자리 내내 나는 가시방석에 앉은 기분으로 보내야 했다.

* * *

모두를 돌려보내고 조금 취한 기분으로 택시에서 내린 나는 최소현과 함께 집을 향해 걸었다.

"후, 차라리 작전을 하고 말지, 어째 해외에서 치른 작전보다 더 힘든 시간이었네요."

"어머? 왜, 난 좋았을 것 같은데? 어리고 예쁜 애가 그렇게 좋다고 하는데. 좋아야 하는 게 정상 아닌가?"

"에이, 소현 씨도. 무슨 말을 그렇게 해요. 그래 봐야 애인데."

"그 애가 말입니다. 이제 몇 달 후면 성인이거든요. 그럼 여자가 되는 거거든요."

"어어? 소현 씨 혹시 지금 질투해요?"

그러자 취한 그녀가 빽 하고 소리쳤다.

"그래! 한다, 해! 아주 말이야. 무슨 남자가 옆구리가 너무 싸. 이 여자 저 여자 막 내어주고 말이야. 난 이런 옆구리, 거절하겠어. 아웃!"

나도 취기가 돌지만, 취한 최소현의 모습을 보니 그것도 나름 귀엽다고 느껴졌다. 나는 곧 그녀를 부축하듯 안으며 말했다.

"그래도 이 옆구리의 진짜 주인은 최소현 씨입니다. 그건 잊지 말아요."

"치. 웃겨. 다 내어줄 땐 언제고."

투덜대면서도 옆구리로 안겨 오는 그녀는 정말 귀여운 새끼 고양이 같았다. 화끈하고 거친 매력에, 이렇게 귀여운 매력까지 있으면 정말 나더러 어쩌라는 건지.

"당신, 나빠. 너무 나빠."

그녀가 취해서 올려다보며 말하는데, 나는 도저히 참을 수가 없었다. 집 앞에서 벽으로 기댄 나는 결국 그녀에게 키스를 했다. 몸을 화끈거리게 하는 이 느낌은 취기 때문일까, 아니면 이 분위기 때문일까. 그렇게 우리는 서로를 더욱 강하게 끌어안으며 사랑을 확인했다.

* * *

몸을 회복한 자츠원 청은 초대장에 쓰인 장소로 오며 주변을 둘러봤다.

"이런 곳에서 간부 회의를 한다고? 제정신인가?"

그는 정이한을 믿어도 될까, 살짝 의심이 들었다.

발라스로부터 자신들 조직을 살려 준 것은 분명히 대단한 능력이지만, 간부 회의를 한답시고 이런 곳으로 부른 것을 보니 그도 별게 없구나 싶었다.

"끄음……."

차를 타고 주변이 온통 산뿐인 농장으로 들어오던 그는 개인 사유지로 보이는 낡은 문을 지나 안으로 들어갔다. 그리고 마찬가지로 지어진 지 수십 년은 됨직한 집 앞에 도착했다.

"어떻게 오셨습니까?"

"썬 아이즈를 맡고 있는 자츠원 청이라고 하오만."

그는 이런 농장 주인에게 자신의 정체에 관해 말해도 되는 건지 아직도 미심쩍다.

그는 아무리 생각해도 자신이 단단히 잘못 찾아왔다고 여겼다.

그런데 농장 주인이 그에게 말했다.

"다들 기다리고 계십니다. 이쪽으로 오시죠."

자츠원 청은 이게 뭔가 싶어 그를 따라가려 했다.

그런데 그가 대뜸 말했다.

"아뇨, 차를 타고 오셔야 합니다. 차를 끌고 여기 창고로 들어가시면 됩니다."

"위장인 건가? 아무리 그래도 참……."

지시에 따라 그는 운전수를 시켜 창고 안으로 들어가게 하였다.

그런데 막 창고의 문이 닫혔을 그때였다.

쿠궁!

갑자기 커다란 진동음이 들려오는가 싶더니 차가 흔들리며 밑으로 내려가기 시작하는 거였다.

"엇! 이런 곳에 이런 설비가……."

한참을 내려가던 차는 몇 개의 층을 지나쳐 멈춰 섰는데, 곧 저절로 방향전환이 되더니 어디론가 이동을 시작했다.

차의 바닥 판이 움직이며 마치 레일을 타고 움직이듯 부드럽게 미끄러지고 있었다.

그리고 잠시 후, 약 백여 미터 정도 움직였을 때, 차는 다른 차들이 있는 곳 한쪽으로 멈춰 섰다.

"허……. 지하에 이만큼이나 넓은 장소를 건설해 두었을 줄이야. 대단하군."

아무도 모르게 이런 깊이로 누가 이런 거대한 제국을 만들었을 까.

정말이지 천문학적인 자금이 아니고서는 불가능하다는 게 그의 생각이었다.

그는 차에서 내린 후, 한 사내의 안내를 받았다.

그리고 잠시 뒤에 여러 사람들이 앉은 탁자와 함께 상석에 앉은 정이한을 보게 되었다.

"자츠원 청 씨. 오셨군요. 이쪽으로 앉으시죠."

정이한은 그를 자신의 자리로 앉게 하며 그를 소개했다.

"이번에 우리 골드 킹에 합류하게 된 썬 아이즈의 자츠원 청 씨입니다. 자, 그럼 다 모였으니 회의를 시작하죠."

회의는 대체로 어느 국가의 누구를 지원함으로써 얼마만큼의 영향력을 행사하느냐에 관한 것이었다.

뿐만 아니라, 당장 군사적 역량을 끌어올리기 위한 인재 채용과 함께 육성과 그에 관해 들어갈 자금에 대한 얘기도 오갔다.

회의를 마친 후, 자츠원 청은 정이한과 독대를 하였다.

"음, 당신이란 사람은 내가 생각했던 것보다 더 대단한 사람이 었군요. 이만한 규모의 조직을 이끌고 있을 거라고는 정말 상상도 하지 못했습니다."

"모두 뜻이 맞아 함께하게 되었을 뿐, 내가 이끌고 있다는 건 과분한 말씀입니다."

"간부 회의를 지켜보며 당신의 조직이 얼마나 거대한 집단인지 깨달았습니다. 하지만 이런 조직 안에서 썬 아이즈가 대체 뭘 해야 할지. 솔직히 가늠이 잘되지 않는군요."

"이번에 개발을 하려다가 막힌 그것. 썬 아이즈는 그 약을 성공리에 완성하면 됩니다. 부작용 없이 완성만 할 수 있다면, 앞으로 우리 조직이 일을 하는 데 많은 도움이 될 테니 말입니다."

"그에 대한 지원에는 상당한 자금이 들어간다는 것쯤은 아실 거라고 봅니다만."

정이한이 환하게 웃으며 두 팔을 활짝 폈다.

"필요한 모든 걸 지원할 겁니다. 하니 해내기만 하십시오. 그것만으로도 골드 킹 내부에서 썬 아이즈의 역할은 충분할 것입니다."

"대신 부탁 하나만 해도 되겠습니까?"

"말씀하십시오."

"한국에 내가 아끼던 녀석 하나가 잡혀 있소만. 그 녀석을 데려와 주시오. 내 일에 꼭 필요한 녀석입니다."

"흠, 공조위를 말하는 거로군요."

"가능하겠습니까?"

"훗, 그 정도도 못하면, 오히려 부끄러운 일이겠죠. 좋습니다. 제가 해결하죠."

"고맙습니다."

"단, 함께하기로 한 이상, 우린 이제 삶과 죽음을 함께해야 한다는 걸 명심해야 합니다."

"이미 각오한 바입니다."

"좋군요. 그럼 가족이 된 이 순간을 축하하기 위해, 건배하시죠."

청!

유리잔이 서로 부딪쳤고, 정이한이 무척 흡족한 미소를 머금어 갔다.

'이미 갖춰진 조직을 한데 모았더니, 내가 상상하던 것보다도 더 거대한 조직이 되었다. 자, 이제부터가 시작이다. 발라스, 너희들 이상으로 세상을 내 손아귀에서 주물러 주마. 곧 맞붙게 될 테니, 기대하라고……'

3. 당신을 여기서 볼 줄은
몰랐는데

빙의료
최강요원

　신우범 원장이 박명훈 기조실장과 함께 수용소에서 온 차량을 지켜봤다. 그런 가운데 몇몇 요원들이 몸이 완전히 결박된 사내를 하나 데리고 나왔다. 다름 아닌, 공조위였다.

　그는 이미 여러 차례 형무소를 탈출한 인물이다.

　위험인물인 만큼 철저한 결박을 필요로 했고, 다리에도 쇠줄이 차여져 있어 보폭도 조금씩밖에 움직일 수가 없는 상태였다.

　"결국 한마디도 하지 않고 호송되는군요."

　"수용소 내부에 우리 사람이 있으니 걱정 말게. 여기서야 법의 절차대로 심문밖에 할 수 없었지만, 거기는 다르지 않나."

　"그렇겠죠. 하지만 과연 건질 게 있겠습니까? 어디로 흩어졌는지 모를 썬 아이즈의 은신처를, 저자가 알고 있을지 의문입니다."

"없으면 없는 대로 고문을 받다가 죽겠지. 그거야 우리가 걱정할 일은 아니라고 보네. 아, 근데 말이야. 저자가 수용소로 옮겨질 때, 최강 과장이 알려 달라고 했던 것 같은데. 자네가 연락 넣어 주게."

"네, 알겠습니다."

공조위는 그 나름대로 주변을 둘러보며 누군가를 찾는 듯했다.

그가 찾는 건 바로 최강이었다.

'그놈은 안 보이는군.'

하지만 안심할 순 없었다.

'아냐. 어디에서 지켜보고 있을지 모르지. 이상한 능력을 지닌 그놈은 너무 위험해.'

최강이 모습을 감췄다가 나타나는 걸 눈앞에서 지켜봤던 그이다. 거기다가 투기장에서 보았던 최강의 격투 실력은 상상 이상이었다. 잘 훈련된 자에게 약을 투여했음에도 거뜬히 이기던 자가 아니던가. 때문에 공조위는 최강이란 존재에 대해 강한 두려움을 지니고 있었다.

'그놈만 없으면 어떻게든 해볼 텐데. 그놈만 없으면…….'

사실 그가 잡힌 것도 다 살기 위해서였다.

그대로 있었다면 놈이 자신을 죽일 것을 알았기 때문이다.

그는 언제나 그렇듯 탈출을 노렸지만, 최강이 언제 눈앞에서 나타나 자신을 죽일지 몰랐기에 여전히 두려움에 떨어야 했다.

수용소로 향하는 차는 산길을 따라 쭉 달렸다.

그런데 운전을 하던 운전수가 도로 한가운데 있는 무언가를 발견하며 의문을 나타냈다.

"음?"

뭔가 검은 물체가 있긴 했지만, 가운데로 지나가면 차 바닥에 걸릴 건 아니기에 그는 별생각 없이 그 물체를 지나치려 했다.

삐빅.

그러나 막 수용소 버스가 지나칠 그때, 물체가 폭발하며 달리던 버스가 뒤집히고 말았다.

퍼어엉-!

끼이이이익-!

쿠당탕!

끼기기기기기긱-!

그때, 기다리고 있던 차량 하나가 빠르게 다가왔고, 세 사람이 내리더니 뒤집힌 차 안으로 들어갔다. 그들은 버스 안에서 기절한 사람들 중에 공조위를 찾아냈고, 곧장 데리고 나가 차에 태우고는 신속하게 사라지는 모습이었다.

한편, 소식을 접한 국가정보원은 비상이 걸렸다.

신우범 원장은 회의실로 오며 굳어진 얼굴로 말했다.

"도망쳤다니! 그게 무슨 말이야!"

"아무래도 외부에서 손을 쓴 모양입니다."

영상으로 도로에 설치되어 있던 폭발물과 쓰러진 버스, 그리고 버스 내에 설치되어 있던 블랙박스 영상이 흘러나왔다.

검은 복면인이 공조위만 특정해서 데리고 가는 걸 보며 신우범 원장이 침음을 흘렸다.

"보나마나 놈들 조직 짓이겠군."

"그만큼 저들에게 공조위가 중요한 인물이란 거겠죠."

"그래서, 저 데려간 차량은 추적하고 있나?"

"근처에서 버려진 채로 발견되었습니다."

"역시 전문가들이란 거군. 그러고도 최소한 한 번은 더 바꿔 탔겠지."

2과 과장 김선호는 면목 없다는 얼굴로 답했다.

"네, 계속 추적할 테지만, 쉽지 않을 것으로 보입니다."

"국가정보원 내부의 인력을 풀가동해서라도 반드시 찾아! 외부에 알려졌다간 완전 개망신이야! 알아? 어떻게든 찾아!"

"네! 원장님."

자신의 사무실로 돌아온 신우범 원장이 박명훈 기조실장에게 물었다.

"혹시 말이야. 공조위의 위치 변경에 대해 최강 과장에게도 전했나?"

"네, 출발 직후에 분명히 전했습니다."

"흠, 그래……."

"왜 그러십니까?"

"어? 아니. 최 과장이라면 혹시라도 몰래 뒤쫓고 있지 않을까 하는, 그런 기대가 좀 있어서 말이야."

"하지만 블랙박스에는 뒤쫓던 차량이 전혀 없었는데요."

"후우……. 따로 호위 차량이라도 붙일 걸 그랬어."

"제가 좀 더 신중했어야 했는데, 죄송합니다."

"그게 어떻게 자네만 탓할 일인가. 아무튼 진행 상황을 두고 보자고."

* * *

공조위는 깨질 것 같은 머리의 두통을 느끼며 잠시 깨어났다.

그의 정신은 여전히 혼미했지만, 자신이 차 안에 태워진 걸 알며 곁에 있는 이들에게 물었다.

"당신들 뭐야……. 나한테 뭘 원하는 거지?"

"자츠원 청 위원님의 요청으로 너를 구출하러 왔다. 몸 상태가 정상은 아닐 테니까 더 쉬어 두도록 해."

"뭐……? 회장님께서……?"

하지만 그는 충격이 컸던지 그대로 다시 정신을 잃고 말았다.

다시 정신을 차렸을 때, 그는 수송기 안에 있었다.

귀가 먹먹했고, 뇌진탕이 있었는지 속도 울렁였다.

그런데 대뜸 그의 시야에 수송기 끝 구석으로 무언가가 보였다.

시야가 흐릿해서 자세히는 보이지 않았지만, 얼핏 외부에서 비친 빛에 보인 그는 그가 익히 아는 누군가와 닮아 있었다.

"안 돼……. 놈이야. 놈이 여기에 있어……."

벨트에 매어져 있던 그는 잠시 몸부림쳤지만 그뿐이었다.

그는 다시 정신을 잃었다. 그런데 공조위를 구출한 이들 간의 수상한 눈빛이 오가는 것은 무엇일까. 그들은 대수롭지 않다는 듯 가만히 각자의 휴식을 취하며 아무런 행동도 하지 않았다.

공조위가 다시 정신을 차렸을 때에는 매우 넓은 공간의 하얀 방이었다.

"뭐야, 여긴……."

두통이 밀려오는지 그가 표정을 마구 찌푸렸다.

"끄으음……."

두통이 잦아들어서야 그는 주변을 둘러봤고, 아무것도 없는 공간에 달랑 자신이 누워 있던 침대만 있는 걸 볼 수 있었다.

"여긴 어디야 대체……."

그는 문을 열고 나가려고 했다.

하지만 기계식으로 된 문은 안에서는 도저히 열 방법이 없었다. 내부로는 그 어떤 장치도 없어, 외부에서 열어 주거나, 그것이 아니면 다른 누군가의 제어에 의해서만 열리는 것 같았다.

즉, 이곳은 감옥과 같다고 할 수 있었다.

공조위는 몇 번 문을 두드리다가 각 구석에 있는 카메라를 보며 소리쳤다.

"어이! 이봐! 누구라도 좀 나와 봐! 내 말 안 들려?!"

잠시 뒤, 스피커를 통해 목소리가 나왔다.

[여기까지 오느라 고생이 많았군그래.]

"당신 누구야? 회장님은 어디 계시지?"

[그렇게 계속 말없이 지켜만 볼 생각인가?]

"무슨 소리야. 말하고 있잖아. 내 말 안 들려?"

[그런 거…… . 본 적이 있지. 눈에는 보이지 않지만, 분명히 그곳에 존재하는 거.]

"뭐라는 거야?"

짜증 섞인 목소리를 내던 공조위. 하지만 곧 그의 표정이 돌처럼 굳어졌다. 그제야 스피커에서 흘러나오는 말이 자신에게 하는 말이 아니라는 걸 깨달은 것이다.

"뭐야…… . 여기에 나 말고 또 누가 있는 거야? 이런 씨……!"

그는 그제야 수송기에서 봤던 그것이 잘못 본 게 아니란 걸 깨달았다.

"내가 잘못 본 게 아니었어. 그 새끼……! 여기까지 쫓아왔던 거야…… ."

꿀꺽.

마른 침을 삼킨 그에게 스피커 목소리가 말했다.

"겁먹은 쥐는 잠시 뒤로 물러나 있는 게 어떨까? 대화에 방해만 되는데."

공조위는 그 말에 따랐다. 뭔지는 몰라도 저 너머의 누군가는 자신과 같은 편인 게 분명했다. 구출을 받을 때 회장인 자츠원 청의 이름을 거론한 거로 보면, 필시 그와 관련된 아군인 것이다.

피츠츠츠츳!

그런데 바로 그때였다. 천장에서 투명한 유리가 빠른 속도로 내려왔다. 그리고 그 유리가 거의 다 내려왔을 때, 공조위는 바로 눈앞에서 큰 충돌음을 들어야 했다.

쿠궁-!

무언가가 달려와 강하게 부딪친 것이다. 그리고 갑자기 아무것도 없을 거라고 여겼던 공조위의 등 뒤의 공간이 뒤로 쭉 빠지며 열렸다.

지이이이이이…….

출구.

공조위는 얼른 그곳으로 사라졌고, 그러한 공간은 다시 제자리를 찾으며 닫혀 버렸다. 다시 정적이 감도는 하얀 방. 그 고요함을 깨고 다시 스피커 소리가 들려왔다.

[눈에는 모이지 않지만, 살아 있는 생명체인 이상에야 열은 어쩔 수 없지. 그래서 말이야. 열 감지 카메라에는 네가 지금 그곳에 있다는 게 다 보여. 그러니까 없는 척하는 건 이제 그만두시지.]

그제야 아무것도 없는 공간 속에서 목소리가 흘러나왔다.

"그 목소리, 그 말투. 익숙한데 말이지. 그리고 이런 걸 봤다는 거로 보면…… 혹시 당신이가? 정이한?"

바로 그때, 흐릿했던 모습이 점점 선명해지며 최강이 모습을 드러냈다. 그리고 다시 열린 투명한 벽 너머로 어둠 속에서 정이한이 모습을 드러내고 있었다.

뚜벅. 뚜벅. 뚜벅.

그는 최강을 보며 활짝 웃었다.

"훗, 오랜만이군. 최강."

"정이한. 당신을 여기서 볼 줄은 몰랐는데……. 방금 그놈이랑은 무슨 관계인 거지? 한 편이라도 먹은 건가?"

"내 입장에서는 말이야. 발라스와 적인 그 누구라도 아군으로 만들어야 했거든."

"그래서 뭐야. 그 적인 자들과 뭘 하려고?"

"훗, 뭐든 해봐야지. 아, 근데 혹시 알고 있나? 중국에서 공안에게 쫓겨 도망친 썬 아이즈를 발라스의 조직원들이 추격해서 전부 죽이고 있었다는 거."

"국가정보원 쪽에선 놓쳤지만, 그래도 예상은 해 봤지. 발라스라면 혹시 그러지 않았을까 하고. 근데 당신 말을 들어 보니 아마도 실패한 것 같군."

"발라스가 대단하긴 해도, 나도 그들 일하는 스타일은 알고 있으니까. 막을 만했지."

최강은 자신이 갇힌 공간 전체를 둘러보더니 말했다.

"근데 이건 뭐지? 혹시 처음부터 내가 뒤쫓을 거라는 걸 알고서 준비한 건가?"

"그동안 국가정보원으로 들어가서 네가 해 왔던 일들을 모두

수집해 봤지. 투기장에서의 격투도, 대통령 가족을 구한 것도, 그리고 해외에서 그 엄청난 무기를 들여오기까지. 황당하게도 진술 외엔 그 어떤 영상도 올라온 게 없었지만 말이야. 해커인 너라면 이미 손을 써 놨을 거라는 짐작은 했지만, 그래도 그 정도까지 철저할 줄은 몰랐는데. 정말 못 본 사이에 더 엄청나졌더 군."

그는 놀랍다는 듯이 말했다.

"특히 투기장 싸움은 정말……. 나도 영상을 봤는데, 진짜 굉장했어. 후~ 아무리 나라도 상대도 안 될 것 같던데?"

"그런 칭찬이나 하자고 얼굴까지 드러낸 건 아닐 것 같은데. 그만하고 본론이나 얘기해 보지."

"훗, 인사치레가 너무 길었나?"

"어. 우리 사이에 오갈 건 아니잖아. 내가 당신 싫어하는 거 몰라?"

"쩝, 이거 서운하군. 그래도 꽤나 반가워할 줄 알았는데. 함께 누명을 벗은 동지로서 말이야."

"지금에 와서 하는 말이지만. 억울했던 건 나 혼자였어. 당신은 당신이 저지른 일 그대로 당한 거였고."

"후후, 진실은 그렇다 할지라도, 표면적으로는 억울하게 누명을 썼다가 벗은 요원이, 갑자기 행방을 감췄다. 그 정도이지 않을까?"

최강이 손가락을 들어 보였다.

"얘기가 자꾸 중심에서 벗어나는데. 이럴 거면 편히 앉을 의자라도 주든가?"

그러자 정이한이 한쪽에 놓인 침대를 가리켰고, 최강은 정말 이럴 거냐며 그를 짜증 가득한 시선으로 쳐다봤다.

"에이, 씨……."

"아하하! 알았어. 분위기 삭막해지기 전에 얼른 본론으로 들어가지. 내가 제안하고 싶은 건 이거야. 발라스의 개가 되어 가기보단…… 차라리 나와 함께해 보는 건 어때? 정말 너 같은 인재라면 뭐든지 해 주고 싶은데 말이지."

"훗, 친근감을 빙자하여 얼굴까지 드러낸 건 그런 이유였나? 근데 말이지. 이렇다는 건, 내가 거절할 시에는 결코 살려 두지 않겠다. 뭐 그런 것도 깔려 있다고 보는데."

"어휴, 말해 봐야 입만 아프지. 서로 전문가들끼리 모르는 척은 하지 말자고. 과장도 되고 임무도 몇 치러 봤으면 알 건 다 알잖아."

"뭘 할 생각인지 목적이나 들어 볼까? 뭘 알아야 함께 하든 말든 할 거 아냐?"

"어허! 이거 왜 이래. 사람을 어디까지 바보로 만들 거야?"

"역시 안 되는 건가? 뭐 어차피 죽일 거 아니냐. 그런 말을 해도?"

"절대 안 되지."

"아쉽군. 쉽게 갔으면 했는데."

정이한이 결정을 바란다는 듯 두 손을 맞잡으며 말했다.

"자, 그럼 선택의 시간인 것 같은데. 너의 결정은?"

외부에서는 자츠원 청이 공조위의 인사를 받으며 카메라를 통해 그들의 대화를 지켜보고 있었다. 그런 가운데, 최강은 씩 웃으며 정이한에게 말했다.

"안타깝게도 나도 발라스에 대해 계획이 따로 있어서 말이야. 당신이 뭘 하려는지는 몰라도, 그 계획을 당신한테 방해받고 싶진 않아."

"거절이란 건가?"

"어."

"아쉽군. 이대로 죽이긴 정말 아까운 능력인데."

"훗훗."

"어이, 최강! 이건 호의야. 너에겐 두 번 없을 기회라고. 근데 죽을지도 모르는 이 상황에 지금 웃음이 나와?"

곧 최강이 그를 보며 더욱 진한 미소를 머금었다.

"충고 하나 할까? 지금이라도 늦지 않았어. 왜냐하면, 나를 적으로 만드는 이 순간을 두고두고 후회하게 될 거거든."

정이한이 그런 최강은 신중히 쳐다봤다. 이런 상황에 어떻게 저런 자신감을 지닐 수 있을까 싶어서다. 여러 방면으로 능력이 대단하다는 건 알지만, 저만큼 영리한 사람이라면 이 상황을 벗어날 수 없다는 것쯤은 인정하고 있을 텐데.

그래서인지 아쉬움이 가득 담긴 그의 표정에도 많은 갈등이

스쳐 지나갔다.

자신감 가득한 갇힌 자. 불안감 가득한 가둔 자. 그 따가운 시선이 서로의 중간에서 맹렬히 불꽃을 튀겨 갔다.

서로를 예리하게 쳐다보는 것도 잠시, 정이한이 한숨을 푹 내쉬었다.

"그 겁 많던 사무실 컴돌이가 어쩌다가 이렇게 변해 버렸는지. 정말 알다가도 모르겠단 말이지."

그러더니 그가 명령을 내렸다.

"수면 가스 내보내."

그러자 스피커에서 당혹스러운 목소리가 나왔다.

[죽이는 게 아니고요?]

정이한이 등 돌려 나가려다 말고 다시 최강을 한 번 더 쳐다봤다.

"아직 적이 되기엔 걸리는 게 많아서. 그러니까 일단은 재워."

[네, 알겠습니다.]

정이한은 외부로 걸어 나가며 중얼거렸다.

"저런 놈은 몇 번을 설득해서라도 꼭 곁에 두고 싶거든. 역시 한 번의 제안으로 버리기엔 너무 아깝잖아? 그리고 무엇보다, 왠지 미워할 수가 없는 녀석이란 말이지. 훗."

최강이 있는 공간 곳곳에서 연기가 흘러나오기 시작했다.

쓰ㅇㅇㅇㅇ.

최강은 히쭉 웃었다.

"죽이지는 않는다고……. 그럼 나도 적으로 보기에는 애매해지는데. 뭐야, 대체? 왜 나한테만 친절하지? 다른 사람한테는 애고 여자고 가리는 거 없이 잔혹하더니…….”

-저놈이 널 좋아하는 모양이구나.

“그런 거 하나에도 이유란 게 있어야 하잖아요. 겨우 같이 누명 좀 벗었다고 그걸로 정들 사이는 아닐 텐데.”

-사람이 사람을 마음에 들어 하는 데 이유란 없는 거다. 간혹 보면 묘하게 끌리는 놈이 있거든.

“저는 그런 타입이 아니라서 좀 거부감이 드는데. 케라 형님, 그런 타입이었어요?

-거기에 그딴 더러운 인식을 왜 가져다 붙여? 불쾌하게.

“후훗, 발끈하시긴. 아니면 말지.”

그사이 연기는 최강을 감싸고 말았다.

그 뿌연 연기 속에서 최강의 모습이 사라지기를 잠시.

제어실로 돌아온 정이한이 앉아있는 사내에게 말했다.

“재웠으면 잘 가둬 놔. 음식 잘 챙겨 주고.”

그런데 제어실 실무자가 당혹감을 드러냈다.

“마스터! 이것 좀 보십시오! 없습니다! 조금 전, 그 남자가 완전히 사라졌습니다!”

“뭐? 사라졌다니? 그게 무슨 말이야?!”

영상으로는 보이질 않았다. 그렇지만 열 감지 카메라에는 분명히 드러나야 했다.

그런데 쓰러져 있어야 할 최강이 완전히 사라지고 없었다.

"뭐야, 이 새끼……."

공조위가 심각해져서는 정이한에게 말했다.

"조심하십시오. 눈앞에서 갑자기 나타나고 갑자기 사라지는 놈이었습니다. 뭔가 이상한 능력을 쓰는 놈이었다고요!"

"나도 알아. 그래서 열 감지 카메라로 놈을 감시하고 찾아냈던 거잖아. 근데 이렇게 갑자기 사라진다고? 이러면 정말 골치 아파지는데……."

실무자가 물었다.

"어찌할까요?"

정이한은 최강이 아직 저곳에 있을 거라는 의심을 버리지 않았다.

"연기 빼내고 다시 살펴봐!"

"네."

환기구를 통해 흘러나왔던 연기가 다시 역순으로 빠르게 빠져나갔다. 하지만 그럼에도 열 감지 카메라에는 아무것도 잡히지가 않았다.

"여전히 확인이 불가능합니다."

"후우……. 물로 채워 봐."

곧 최강이 있던 곳으로 물이 콸콸 쏟아졌다.

"그만. 잠시 지켜보자고."

아무리 눈에는 안 보여도 안에 존재하기만 한다면 물 위로 걷지 않는 이상, 찾아낼 수 있을 거라고 생각했다.

그러나 흔적은 전무.

"완전히 사라진 것 같습니다."

안 그래도 황당해하는 정이한에게 자츠원 청이 물어왔다.

"대체 뭐였습니까, 저자는? 누구인데 저런 능력을 지녔단 말입니까?"

"이걸로 증명이 되었군요."

"뭐가 말입니까?"

"내가 지금까지 봐 왔던 게, 결코 과학적인 건 아니었다는 거."

"뭐라고요?"

"놈은 이미 저길 빠져나간 겁니다. 단순히 모습을 감추는 능력만 있는 게 아니라는 거죠."

"그럼 이대로 놓아주겠단 겁니까? 어떻게든 추격을 해야지요!"

정이한은 쓴웃음을 머금었다.

"그 자신감은 이것 때문이었던 거냐, 최강……."

그는 무척 아쉬워했다.

"크으……. 이럴 줄 알았으면 발라스에 대한 계획이라도 물어보는 건데."

그걸 아쉬워하면서도 그는 한 가지는 다행이라고 여겼다.

"최소한 적으로 대하지 않은 걸 다행으로 여겨야 하려나……."

그는 나가며 모두에게 말했다.

"당장 여길 정리하고 폐쇄한다. 전원 모두에게 철수 명령을 내리도록."

"네, 마스터."

시설이 아깝긴 했다. 그렇지만 알려져서 인력을 잃을 바에는 차라리 폐쇄하고 버리는 게 나았다. 그는 차를 타고 그곳을 벗어나며 창밖을 보았다.

"또 보자, 최강……. 오늘은 재밌는 걸 본 거로 만족하마."

* * *

나는 멀리서 수많은 차량이 벗어나는 걸 지켜보았다.

그리고는 텅 빈 것 같은 건물을 보며 희미하게 웃었다.

"드러난 곳은 신속하게 버리는군. 역시 판단이 빨라."

현장요원 중 최고라고 불렸던 정이한이다. 들킨 장소를 유지했을 때 일어나는 일쯤은 누구보다도 잘 알고 있을 것이다.

끝까지 쫓아 더 깊숙이 알아볼까도 했지만, 오늘 하루 너무 많은 걸 보여 주고 말았다. 적당한 능력의 노출은 상대에게 두려움을 심어 줄 테지만, 상대를 완전히 괴멸시키지 못할 바에야 가진 걸 다 보여 줄 순 없었다.

"오늘은 여기까지. 또 보자고, 정이한. 당신하고는 어쩐지 이대로 끝날 것 같지 않은 예감이 들거든."

내 스스로가 하고도 멋진 말이라고 생각이 든다.

그렇지만 이제 슬슬 한 가지 걱정이 들기 시작했다.

"근데……. 난 여기서 어떻게 돌아가지?"

* * *

최강에게 몇 번이나 메시지를 보낸 최소현은 답이 없는 핸드폰을 몇 번이나 들여다봤다.

"뭐야, 바쁜 건가?"

그러다 보니 벌써 퇴근 시간이다.

답답함을 견디지 못한 그녀는 결국 최강에게 전화를 걸었다.

'네, 소현 씨.'

"전화는 받네요? 어디예요?"

'이제 막 공항에 도착했네요. 휴.'

"낮 동안 해외 출장 다녀온 거였어요?"

'뜻하지 않게 어쩌다 보니까 그렇게 되었네요. 얘긴 가서 할게요. 9시쯤이면 도착할 겁니다.'

최소현은 최강이 올 때까지 옥상에서 턱을 걸치고 있었다.

언제나 오나 싶을 때, 저만치에서 택시에서 내리는 최강을 볼 수 있었다.

"어! 왔다. 최강 씨!"

손을 흔드는 그녀를 최강이 환한 미소로 바라봤다.

그리고 잠시 후, 최소현은 황당한 표정을 머금고야 말았다. 최강의 설명이 너무 황당해서였다.

"그러니까, 지금 탈출한 공조위를 쫓아서 중국까지 다녀왔다는 거예요?"

"네."

"아무리 대단한 능력을 지녔다지만, 그래도 너무 무모했다."

"어떻게든 썬 아이즈의 조직 본거지를 알아내서 소탕을 하려고 했는데, 쫓다 보니까 다른 나라까지 가버렸지 뭡니까."

"그래서 결과는요?"

"서로 한 발씩 물러났다고 해야 하나?"

"아니, 왜요? 그럼 그 멀리까지 간 노력은 뭐가 되고요."

"가 봤더니 썬 아이즈 하나로 끝날 일이 아니더라고요. 소현 씨도 정이한은 알죠?"

"정이한 씨라면, 누명을 벗은 이후로 행방불명되었다고 하지 않았어요?"

"국가정보원에서의 누명은 간신히 벗었지만, 발라스로부터는 여전히 도망쳐다니는 처지였죠. 배신자에 중요한 물건까지 훔친 도둑이었으니까. 근데 어떻게 된 건지 해외에서 꽤나 큰 조직에 속해 있더군요. 썬 아이즈도 거기에 합류되어 있었고요."

"정말요?"

"마스터라고 불리는 걸 보면 꽤나 높은 위치인 것 같긴 한데. 아무튼 발라스에 대항하기 위해 힘을 키워 온 것 같아요."

'장치를 손에 쥐었을 때, 돈도 상당히 빼놓은 것 같고 말이지.'

"그럼 아군 아닌가?"

"그건 아니죠. 썬 아이즈에서 만들던 약은 사회를 폭력적으로 만드는 것들이었어요. 그런 것들이 잘못 퍼졌다간 세상이 위험해진다고요."

"그거야, 그런데……."

"근데 그런 조직이 더 큰 조직의 보호와 지원을 받게 되면 어떻게 될까요?"

"앞으로 더 큰 문제가 일어나긴 하겠네요."

"어쩌면 복잡한 싸움의 중간에 끼일지도 모르는 거죠."

"그래서 어쩔 생각이에요?"

"끝까지 쫓고 추격하고 방해하면 어떻게든 많이 흔들어 놓을 순 있겠죠. 근데 그러려면 한 몇 년 걸리지 않겠어요? 아무리 막강한 힘을 지녔어도, 혼자의 힘으로는 한계가 있단 거죠. 내 생활도 완전히 포기해야 하는 거고."

"그런 거면 난 반대. 뭐예요~ 그럼 나 볼 시간도 없이 범죄 조직만 쫓아다니겠다는 건데. 그건 진짜 싫을 것 같아요."

"그래서 발라스를 서둘러 장악해야 하는 겁니다. 그 안에서 무소불위의 권력을 지닌다면, 썬 아이즈나 그 외의 조직도 충분히 상대할 만할 테고요."

최소현은 한숨을 푹 내쉬었다.

"솔직히 최강 씨가 너무 큰일에 휘말려 있는 것 같아서 마음이 많이 복잡해요. 나는 최강 씨가 어디에서 어떤 위험에 처해 있는지도 전혀 모르는데……. 그렇다고 도울 입장도, 능력도 안 되고. 어쩔 땐 조금 무서워요. 그렇게 잠시 사라졌던 당신이 어느 날 갑자기 돌아오지 않을까 봐."

최강은 그녀를 품에 안으며 안심시켜 주었다.

"걱정 말아요. 나에겐 아무도 모르는 수호천사들이 있으니까."

"수호천사?"

"네."

"그런 거 나도 하나 있었으면 좋겠다."

"안타깝게도, 선물해 줄 수 있는 수호천사가 아니라서."

"피, 정말 그런 게 있긴 한 거 맞아요?"

"그럼요, 정말로 있죠."

최강은 그녀를 더욱 꼬옥 끌어안으며 말했다.

"그 수호천사들이 있는 한, 제가 다치는 일은 아마 없을 겁니다. 내일의 나는 지금보다 더 강해져 있을 것이고, 백일 후의 나는 지금과는 완전히 다른 존재가 되어 있을 테니까요."

"뭘 하든 말리거나 하진 않을 거지만…… 다치지만 말아요. 난 그거면 돼. 알았죠?"

"네. 그럴게요. 어떤 일이건, 무리는 하지 않겠습니다."

"됐어요, 그럼. 헤헷."

* * *

나는 오랜만에 신정환을 만나러 왔다.

오래된 다방을 개조해서 사무실로 쓰라고 하고, 얼마 전에 자금을 보내 준 바 있었다. 그 이후로는 연락도 안 하고 보지도 않아서 중간점검차 오게 된 거였다.

그런데 계단을 내려가는데, 누군가가 막 올라오고 있었다.

그는 다짜고짜 나를 붙잡았다.

"뭡니까? 여긴 무슨 볼일이죠?"

"여기서 일합니까?"

"그건 알 거 없고. 여기 왜 왔냐니까?"

짧은 머리에 잦은 격투로 비뚤어진 코.

건장한 체격으로 보아 전직 군인이 아닐까 싶었다.

"다부져 보이고 좋군요. 신정환 그 사람이 사람 하나는 잘 뽑은 것 같아서 마음에 들어요."

"아, 선생님을 아시는 분이셨습니까? 죄송합니다. 제가 그만 결례를 범했습니다."

"아뇨. 괜찮아요. 일의 특성상 수상해 보이는 외부인은 막는 게 당연하죠."

안으로 들어가자 내부 환경은 완전히 달라져 있었다. 완전 작전 본부 같은 그런 환경이랄까. 정보를 수집하는 사람들과 건장한 사내들이 모여 꽤나 많은 일들을 하고 있었다.

"아, 왔어?"

"네. 일은 어떻게 되어 갑니까?"

"일단 안으로 들어가서 얘기하지."

마지막 만날 때까지만 해도 우리의 관계상 나는 신정환에게 말을 놓았었다. 꽤나 악연이 깊었던 관계였기에.

　그렇지만 앞으로의 관계를 보자면 서로 존중이 필요할 것 같고, 나이도 그가 많고 하여 존칭을 써 주기로 했다. 어차피 결과적으로는 내가 부리는 사람이란 건 달라지지 않으니까.

　곧 그가 차를 내어오며 말했다.

　"상당히 많은 자금을 건네준 덕분에 일 처리가 빠르게 진행되고 있어. 훈련을 할 땅도 좀 샀고, 요원들 거취를 해결할 건물도 몇 샀어. 회계를 맡아 줄 직원들의 분리와 훈련생들의 모집까지. 나름 바쁜 나날을 보냈지."

　"확실히 해 본 사람이 일은 잘하는군요."

　"목숨을 구해 준 것도 모자라 새 삶을 살게 해 줬는데, 열심히 해야지."

　"이왕이면 카이스트라든가 개발자들의 포섭도 해 보시죠."

　"그런 녀석들은 왜?"

　"임무 활동에 필요한 장비를 개발하고 공급하는 데 좋을 것 같아서요. 점점 첨단시대로 흘러가는데, 언제까지 남이 만든 것에 의존하며 사들일 수는 없지 않습니까? 차라리 개발 관련 회사를 차려 그런 부서를 두는 게 나을 것 같은데요."

　신정환이 신중한 표정을 머금었다.

　"왜요?"

　"갑자기 너무 몸집을 키우는 게 아닌가 싶어서. 조금씩 은밀하게 움직여야지, 잘못하다간 발라스에 발각이 될 수도 있어. 알다시피 발각되면 나는 바로 끝장인 거고. 대항은 해보겠지만, 이제 막 시작 단계의 조직이 그런 놈들을 상대할 수는 없는 거잖아."

"괜찮을 테니까 진행해 보세요. 채용도 더 늘리고요. 얼마 안 있으면 당신에 대한 발라스의 인식도 바뀌게 될 테니까."

"나에 대한 발라스의 인식이 바뀐다고? 그게 쉬운 일은 아닐 텐데. 대체 뭘 하고 다니는데 그렇게 된다는 거지?"

"서서히 발을 담가 볼 생각이거든요. 발라스에."

"흠, 신 원장이나 다른 원로들이 쉽게 받아들이진 않을 텐데."

"예비 대통령을 당선시키게 하고, 발언권을 키운 후에 추천토록 한다면, 가능할 겁니다."

"김종기 의원. 그를 이용할 생각인 거로군."

"당신을 못마땅하게 여기고 있을 테지만, 내 사람이라고 한다면 그도 거절은 못 할 겁니다. 그러니까 당신은 내가 시키는 일에만 열중하세요."

"알았어. 난 너만 믿을게. 아, 근데 자금은? 계속 대줄 수 있는 거야? 알다시피 급작스럽게 키운 몸집 때문에 돈 들어갈 곳이 천지야."

"그건 걱정 마세요. 내가 하는 일 중에 가장 쉬운 게 바로 그거니까."

돈이 많아진다는 것. 백억 정도 아무렇지도 않게 쓸 수 있다는 건 묘한 희열이 생기는 일이다.

"뭐야, 이렇게 많이 보냈다고?"

신정환은 큰 금액에 매우 만족했을 것이다. 나의 명령에 따르지만, 그 또한 자신이 하고 싶은 모든 걸 하며 대리만족하고 있을 것이다. 무엇보다 그는 사람을 구하는 데 더 큰 보람을 느꼈다.

세상을 세심히 둘러보면 훈련을 받고 능력도 있지만, 여러 사정에 의해 군대를 그만둬야 하는 사람들이 존재했다. 신정환은 대부분 그런 이들을 찾아 고용했다.

더러운 관행. 어디서나 그것이 문제다.

나는 신정환이 주었던 보고서를 보고 있었다. 그동안 그가 채용한 사람들의 목록이다. 그리고 개중에 하나가 가장 마음에 걸렸다.

"이건 정말 너무한 거지. 성적도 뛰어나고 성실하게 진급 시험에도 응시하고 있는데, 겨우 이런 이유 때문에 진급을 포기시키는 게 어디 있어."

특수부대 출신의 하사가 중사가 되기 위해 진급시험을 보는데, 가족 중에 자살한 작은 아버지가 있다고 해서 진급을 안 시킨단다. 정신 상태가 약할 수 있다는 이유로. 정말 개떡 같은 이유가 아닐까. 애초에 사람이 다른데, 가족이 그랬다고 해서 어떻게 나약한 정신 자체를 유전으로 볼 수 있다는 것일까.

대체 이런 건 누가 결정하고 누가 이어 나가는 것일까. 군대라는 것이 많이 변했다고 하지만 여전히 조선시대 관념을 가지고서 관례처럼 이어 오는 썩은 부분은 여전히 존재했다.

"확 도려내고 싶은 충동이 다 드네."

다른 특수부대 군인은 홀어머니에 집안 사정이 취약하다는 것이 진급 탈락의 이유가 되기도 했다.

어려운 삶을 살아온 만큼, 지위가 오르면 금전적 유혹을 쉽게 이기지 못할 것이며, 하나뿐인 가족에게 무슨 일이 생긴다면 군인으로서의 의무보단 가족을 먼저 챙길 거라는 게 이유였다.

"아오…… 개새끼들. 이쯤 되니까 어떤 놈이 이런 결정을 내린 건지 그 상판때기가 보고 싶네. 눈앞에 있으면 그냥 옥수수를 와장창 털어 버리는 건데."

-오히려 이런 놈들이야말로 인사 결정권을 줘서는 안 될 놈들이다! 어떻게 인재를 이런 식으로 버린단 말이냐? 찾아서 혼을 내 주자! 너라면 가능할 것이 아니냐?

"가능하죠. 당시 어떤 놈이 인사에 관여했고, 그 위로 지시한 놈이 누구인지 알아보는 것쯤이야 분노의 키보드질이면 금방 찾으니까."

-그럼 가자! 가서 다시는 이런 짓을 못 하게 해야 이 나라의 근간을 바로 잡을 수 있는 것이다.

물론, 나도 그러고 싶다.

진심으로 가서 아주 혼쭐을 내주고 싶다.

"그러고야 싶지만…… 아마도 이건 윗물부터 내려온 관행적인 인식일 겁니다. 한두 사람만 족친다고 해결될 문제가 아니란 거죠. 혼내 주는 수가 많아지고 고위직이 되어 버리면 그것도 문제가 생기고요."

-그렇다고 해서 이 썩은 부분을 가만히 지켜만 보겠다고?

"그럴 순 없죠. 잠시만 참는 겁니다. 증거 자료도 있겠다, 이걸 대통령이 될 김종기 의원에게 넘겨 개선토록 하면 되는 거 아닐까요?"

-오~ 가만. 그러고 보니, 그놈이 대통령이 되면 그걸 손볼 수 있겠구나.

"그렇단 말씀. 그러니까 우리 조금만 진정을 하자고요."

아무튼 이런 불합리에 의해 강제로 사회에 내던져지는 군인들이 불안감을 느끼고 있을 때, 신정한이 따뜻한 이해심과 손길을 내밀어 내편으로 만들어 주었다. 불합리와 이해가 안 되는 인식을 적으로 삼고, 옳고 정의를 실현할 수 있는 그런 사람들이 말이다.

부당함을 당해 본 사람일수록, 옳고 그른 것에 대한 갈증은 더욱 강해지는 법이다. 그리고 그 분노가 클수록 정의에 대한 이념을 더욱 잘 이해할 수 있다.

물론, 개중에도 분노로만 받아들이고 부적응자로 변해 버리는 사람이 있을 것이나, 그 또한 잘 걸러 내는 것이 신정환의 역할이니 그 부분은 걱정하지 말자.

"아무튼 좋은 사람들이 잘 모이고 있고, 보다 좋은 곳에 능력을 쓸 준비와 맹세도 했다고 하니까 차차 다듬어 가면 되겠습니다."

-그들의 훈련은 내가 맡으면 안 될까?

"아뇨. 절대 안 됩니다. 의욕이 넘치시는 건 이해하지만, 그

몸이 하나뿐인 제 몸이란 걸 잊으면 곤란하죠. 몸이 두 개라도 부족할 일을 하나 가지고 무리하고 싶지는 않거든요. 무엇보다 제 몸의 훈련도 꾸준히 맡기고 싶고요."

-크흠, 아쉽구나. 적당히 기초 훈련 쯤 받고 온 놈들이라면, 여기서 내가 손을 봐 줬을 때 그 다듬어짐이 확연히 달라질 텐데.

우리나라 특수부대원들도 충분히 고행을 거쳐 고도의 훈련을 받은 인재들이다. 그렇지만 케라의 수준에서는 그저 기초 훈련 수준으로 취급당했다. 그래, 케라에게 훈련받은 암살자들의 입장에서 보면 물론 어린아이들 수준의 훈련일지도 모르지.

"그럼 뭐……. 훈련소가 제대로 마련되면 한 일주일 정도 교육 시간을 가져 보는 것도 좋을지도……."

-그래! 그게 좋겠구나.

"휴~ 이거 벌써부터 악마 교관이라고 불릴 목소리가 귀로 들려오는 것 같은데…….

* * *

신우범 원장이 분노에 가득 차서는 서류를 찬장으로 집어 던졌다.

와장창!

"김종기, 이 처죽일 새끼……."

그래도 분이 안 풀리는 그는 어깨까지 들썩이며 숨을 몰아쉬었다. 박명훈 기조실장이 따라 들어오며 물었다.

"장로 회의에서 무슨 일이 있으셨던 겁니까?"

"그 새끼가 뭐라는 줄 알아? 지금까지 모인 발라스의 자금을, 나의 능력을 이용해 몇 배로 늘려 놓는 것이 어떠냐고 그러는 거야. 이 미친 새끼가……."

"음……. 요원들 육성에 관한 자금도 그런 식으로 밀어붙이더니, 갈수록 회주님을 곤란하게 만들고 있군요."

신우범 원장이 넥타이를 확 잡아당겨 풀었다.

"이번에 경선에서 압도적으로 승리한 인간을 확 처리해 버릴 수도 없고. 아주 환장할 노릇이구먼. 그때 확 경고로 끝낼 게 아니라, 교통사고로 보내 버려야 했었나 봐."

"아쉽게도 그때는 되었을지 몰라도 지금은 다른 원로들도 불만을 가지게 될 겁니다. 현재의 김종기 의원은 대체 불가능한 위치에 있는 몸이니까요."

"이제 석 달 후면 대통령 선거인가?"

"네, 그렇습니다."

"그 새끼가 대통령이 되면 발언에 보다 힘이 실리기 시작할 텐데……. 이거 자칫 힘의 균형이 팽팽해질까 걱정이 되는구먼."

"우리가 진행하는 사업들 중에서도 대통령의 입김으로 더욱 힘을 얻는 부분이 있을 테니까요. 그런 식으로 도움을 주면 다른 장로들도 마음이 기울 수밖에 없을 겁니다."

신우범이 한숨을 푹 내쉬었다.

"자꾸 이런 식으로 나오는 걸 보면, 김종기 그놈도 내가 카드를 가졌던 걸 아는 모양인데. 문제는 더는 내게 카드가 없다는 거야. 이대로는 언제까지 권력을 유지하기도 어려울 것 같고. 다른 장로들도 금방 이런 걸 이상하게 여기기 시작할 텐데 말이지."

그는 책상을 쾅 하고 내리쳤다.

"이럴 줄 알았으면 한 번 뺄 둘 때 확 빼 두는 건데. 내가 너무 안일했어. 카드만 손에 쥐면 다 될 줄 알았는데!"

박명훈 기조실장이 신우범 원장에게 자신의 생각을 말했다.

"앞으로도 더욱 방해가 될 걸로 짐작되신다면, 이 기회에 언제든 제거할 수 있다는 두려움을 심어 주시는 건 어떻겠습니까?"

"지금 전 국민의 관심을 한 몸에 받고 있는 자인데, 그런 자에게 손을 쓰자고?"

"후훗, 어떤 정치든 반대편에 있는 자는 있는 법입니다. 한 사람만 중심축이 되어 불만이 가득한 그들을 모은다면, 충분히 위협을 가하는 것도 가능하겠지요."

야당 쪽에 불만이 많은 이들. 그들의 손을 이용하자는 말이다.

"그게 가능하겠어?"

"훗, 한번 짜 보겠습니다."

"좋아, 김종기 그 새끼를 눌러 둘 수 있다면, 뭐든 해 봐."

"네, 회주님."

* * *

요즘 뉴스만 보면 야당인 국민평화당의 경선 얘기들뿐이다. 내 편으로 둬서일까, 현재로서는 그의 승승장구가 무척 마음에 들었다.

"김종기 의원이 인기는 정말 많단 말이야. 어쩌다가 이렇게 서민을 위한 대통령으로 이름을 날리게 된 건지. 도통 이해는 안 되지만 말이야."

가만 보면 그도 이미지를 위해서라면 별일을 다 해온 것 같다.

연탄을 나르는 궂은 일도 가리지 않고 봉사도 많이 하며, 다른 봉사자들과 함께 길바닥에 앉아 식사를 하는 모습도 종종 보았던 것 같았다. 비록 거짓이라도, 자신의 이미지를 쌓기 위해 그만큼 노력했기에 얻은 명성이란 것이다.

그래도 이쯤 되면 축하 인사 정도는 해야겠지?

해서 그와의 자리를 한 번 마련했다.

비가 오는 날.

김종기 의원은 유명한 한식집의 룸으로 들어왔다가 깜짝 놀랐다. 그 자리에 내가 있어서였다.

"당신 뭐야? 당신이 왜 여기에 있어?"

김종기 의원의 비서가 당혹스러워하며 스케줄을 확인할 때,

김종기 의원이 침음을 삼키며 비서에게 말했다.

"됐으니 그만 나가 봐."

"그렇지만 의원님……! 분명 이번 점심은 경찰청장님과……!"

"됐으니까 나가라니까! 이분도 내 중요한 손님이야. 그러니까 더 얘기 말고 나가."

"아, 네……. 그럼."

김종기 의원이 자리에 앉으며 나를 쳐다봤다.

"어쩐 일이지? 이렇게 불쑥 찾아오면 나나 자네나 위험하다는 거 몰라?"

"불쑥이라니. 엄연히 약속된 점심인데. 그 대상이 조금 다를 뿐이지."

"경찰청장은 어떻게 한 거야?"

"내가 뭘 어떻게 한 거 없어. 당신 스케줄에 가짜 일정 하나를 넣어 놨을 뿐이니까."

"크음……."

"그쯤은 내게 간단한 일이란 걸 아직도 모르는 건가."

"근데 말투가 많이 짧아졌군."

"이젠 나를 믿을 때도 되었잖아. 그래서 굳이 당신한테 말을 높일 번거로운 일을 해야 하나 싶어. 왜, 나한테 존중받고 싶기라도 하나?"

"아무래도 그런 말을 듣는 것보단."

"내 나이가 족히 당신 수백 배는 될 텐데. 그래도?"

"끄음……."

나는 여전히 악마를 연기 중이다. 죽은 최강의 몸에 들어온 악마. 하여 난 내 잔을 술로 채우고는 술병을 두둥실 떠오르게 하여 김종기 의원의 앞에 가서 멈추게 하였다.

미리부터 술병 바닥에 문양을 새겨 놓았기에 가능한 일이었지만, 김종기에게는 현실을 깨닫는 충격적인 광경일 것이다.

"허……."

김종기 의원도 그제야 자신이 상대하는 존재가 사람이 아니라는 인식이 생겼는지 천천히 잔을 잡아 갔다. 조금의 오차도 없이 잔이 채워졌으며 술병은 저절로 원래 있던 위치로 돌아갔다.

"안 그러려고 하는데, 자꾸만 내 존재를 잊는 것 같아서. 신기한 걸 가끔씩 보여 줘야 잊지 않는 성격인가 봐. 그렇지?"

"아니. 그런 건 아니고……."

"내가 손길을 끊으면 당신은 지금 당장이라도 죽은 목숨이란 걸 알 텐데."

김종기는 살짝 불안해하면서도 눈빛에 약간의 자신감이 떠올랐다.

"지금처럼 경선에 압도적으로 승리한 나한테, 누가 감히?"

바로 그때였다.

수저통이 열리며 수많은 젓가락들과 포크가 날아올라 김종기 의원을 빼곡하게 포위하고는 멈추었다.

"히익!"

거기다가 가위 하나가 둘로 쪼개지더니 김종기 의원의 목 언저리에 닿기까지 했다.

"왜, 왜 이래……!"

"아, 미안. 누가 감히라는 말에…… 살짝 욱했나 봐. 그 말이 살짝 당신이 내 우위에 있다는 말처럼 들렸거든."

"내 말은 그런 뜻이 아니라……! 그러니까…… 아무도 쉽게 나를 건드리진 못할 것이다! 그런 말이지. 당신을 제외한……."

"그렇지? 역시 내가 과민하게 반응한 모양이군. 아, 그래도 말이야. 그 속마음은 좀 자제하는 게 어때? 그 속마음을 읽었더니 자꾸만 불쾌해져서. 설마, 내가 모를 거라고 생각하는 건 아니지?"

김종기의 얼굴색이 새하얗게 변해 간다.

사람 마음도 읽냐고? 찾아본다면 어쩌면 그런 마법이 있는지도 모르겠다. 하지만 그가 나를 욕하고 있을 건 굳이 속을 뒤집어 까지 않아도 알 법하기에 넘겨짚어 본 것이다.

근데 저 표정을 보니 뭔가 심한 욕을 하긴 했나 본데?

"자, 잘못했어. 내가 잘못했다고!"

무릎까지 꿇는 그를 나는 좋은 말로 달래 주었다.

"어허, 대통령까지 되실 분이 이거 왜 이러실까. 나는 그냥 서로 계약서를 나눈 갑과 을의 입장에서, 당신 영혼이 내 손아귀에 있다는 것쯤은 알았으면 해서. 그래서 잠시 그걸 상기시켜 주고 싶었을 뿐이야. 그러니까 그렇게 긴장할 거 없어. 괜찮아, 바로 앉아도 돼."

"끄음……."

나는 식은땀을 가득 흘리는 그를 앞에 두고서 대화를 이어 갔다.

"경선은 성공적으로 잘 치렀더군. 그건 축하해주지. 근데, 신우범 원장을 압박하는 건 잘되어 가고 있나?"

"네, 다른 장로들도 조금씩 의심을 해 가는 눈치입니다."

겁을 너무 줬나? 그의 말투가 갑자기 바뀌었다.

하긴, 악마를 앞에 두고, 그 무시무시한 능력들까지 봤다면 오금을 저릴 만도 하다. 나라도 진짜 그런 존재가 눈앞에 있다면 상당히 쫄릴 것 같으니까 말이다.

"잘하고 있군. 근데 말이야. 이쯤 되면 그가 당신을 어떻게 할 것 같지 않아?"

"지금 상황으로는, 그가 저를 손댈 순 없을 텐데요?"

"훗, 과연 그럴까?"

"대체 뭘 알고 계신 겁니까? 혹시 그가 저를 죽이려고 하는 겁니까?"

그가 극도로 불안해하며 물어 왔다.

나는 대수롭지 않다는 듯 말해 주었다.

"걱정 마. 설마 내가 내 계약자를 죽게 내버려 둘까. 죽더라도 다시 되살려 줄 테니까 걱정 안 해도 돼."

그러고 보니 그런 연출쯤은 한 번 보여 줘야 하지 않을까 싶다. 이자의 맹신을 얻어야 다른 자의 맹신을 얻는 것도 쉬울 테니까. 그리고 그런 두려움은 나중에 발라스를 장악하는 데 매우 큰 힘이 되어 줄 것이다.

"아무튼 그가 손을 쓸 테니까 주변 좀 단단하게 해 놔."

"네. 알겠습니다."

* * *

양승주. 기자임과 동시에, 발라스의 요원 중 하나였다.

그는 김종기 의원의 일거수일투족을 감시하라는 명령을 받고 비가 억수같이 내리는 오늘도 한식집에 숨어들어 사진을 찍고 있었다.

찰칵. 찰칵.

그런데 뭔가 이상했다.

"들어갈 때도 혼자 들어가더니. 나올 때도 왜……."

그는 자신이 들고 있는 핸드폰을 만지며 답답해했다.

"미치겠군. 방에 심어 둔 도청 장치는 왜 또 말썽인 거야."

그는 이미 이곳에서 김종기 의원이 경찰청장을 만날 것을 알고 있었다. 그래서 무슨 얘기가 오가나 싶어 미리 예약된 방에 도청 장치까지 심어 두었다. 한데 이게 어찌 된 일인지 도청되는 게 아무것도 없었다. 양승주는 식당 종업원들이 상을 치우기 위해 문을 열 때 안을 보았다. 김종기 의원이 만났을, 아직 나오지 않은 인물을 찾기 위함이다.

'없잖아?'

경찰청장은 코빼기도 보이지 않았다.

그렇다면 대체 김종기 의원은 누굴 만났던 것일까.

의문으로 가득하여 치워진 방에서 도청 장치를 챙겨 차로 돌아온 그는 한숨을 푹 내쉬었다.

"휴, 무슨 비가 이렇게 와. 그나저나 고생만 죽어라고 하고 건진 게 하나도 없네."

그렇게 난감해하며 카메라로 찍은 김종기 의원의 사진을 확인하는데, 갑자기 이상한 일이 일어났다.

빠직!

"엇!"

갑자기 카메라에서 불꽃이 튀더니 마구 타들어 가는 거였다. 거기에 차 안은 연기로 가득 차갔다.

"쿨럭! 쿨럭!"

놀란 마음도 있고, 숨을 쉬기 힘들어 밖으로 나가려고 했다. 그런데 바로 그 순간, 뒤에서 누군가가 얼굴에 비닐을 씌웠다.

사라라락!

"어억! 뭐야……! 크윽! 너, 누구야……!"

하지만 발버둥도 잠시, 그는 정신을 잃고 말았다.

얼마나 시간이 흘렀을까. 그는 정신을 차렸다. 그는 자신의 얼굴로 빗방울이 떨어지는 걸 보며 눈을 떴고, 일어나며 깜짝 놀랐다. 자신이 구덩이에 누워 있는 걸 보아서다.

"억! 뭐야……!"

놀라 일어난 그는 자신의 옷이 온통 진흙으로 가득하다는 걸 깨달았다. 거기에 삽까지 손에 쥐어져 있었다. 그는 구덩이를 스스로의 손으로 팠다는 걸 깨닫고는 소름이 끼쳤다.

"뭐야, 내가 왜……. 기억이…… 전혀 안 나는데……."

그는 힘겹게 올라가 옆으로 세워져 있는 차에 올랐다. 그리고는 무슨 일이 있었는지 블랙박스를 확인했다.

그런데 곧 거기에서 황당한 장면이 흘러나왔다.

앞의 내용은 지워지고, 자신이 이곳 공터까지 와 스스로 무덤을 파는 모습이 찍힌 거였다.

"이게 정말로 나라고……?"

누군가에게 습격당한 이후로 단절된 기억.

거기에 스스로 하는 미친 행동까지.

뭔가에 단단히 홀린 것 같은 기분에 그는 제정신일 수가 없었다.

* * *

박명훈 기조실장은 자신의 사무실에서 몇 가지 장면들을 살펴보고 있었다.

"음……."

그의 침음에는 심각한 걱정이 깃들어 있었다.

양승주뿐만이 아니라, 김종기 의원 주변으로 붙여 둔 이들에게 제각기 이상한 일들이 일어나서였다.

"하나같이 이상한 일을 겪었는데, 스스로 한 행동에 기억이 없다. 대체 무슨 일이 일어났던 거야."

그는 CCTV를 통해 양승주가 한식집 앞에서 차에 오르는 장면이 보았다. 그러나 그 전에 누군가가 그의 차에 오르는 건 전혀 잡히지 않았다. 그냥 양승주가 차에 오르더니 혼자 출발하는 장면만 찍혀 있었다.

"한 놈만 그랬으면 미친놈이라고 치부하겠는데, 몇 놈이 똑같은 일을 겪었으면 그러기도 어렵고. 후우⋯⋯."

정말로 저주로 가득한 귀신이 방해라고 하고 있는 것일까?

그렇지 않고서는 당하고 온 요원들의 보고를 설명할 길이 없었다.

"김종기 의원. 당신 대체 뭐야? 뭘 손을 대었기에 이런 일이 일어나⋯⋯. 회주님을 몰아붙이는 그 자신감도 혹시 여기에 있는 거야?"

수상하지만, 대놓고 의혹을 드러낼 수 없는 것들.

그러자면 자신들의 잘못부터 까발려야 했기에 이 모든 일들은 의문으로 남겨 두어야만 했다.

* * *

나는 간만에 휴식이 필요하다는 걸 깨달았다.

"며칠 참 바쁘게 놀았네요. 역시 나쁜 짓이 가장 재밌다고, 사람을 괴롭히는 게 이렇게 재미있을 줄은 몰랐습니다."

-악마 놀이에 아주 푹 빠졌구나.

"그러게요. 이런 거에 너무 빠지면 안 되는데. 그 사람들 놀라는 거에 묘하게 희열을 느껴 가는 거 있죠. 안 그렇습니까, 케라 형님?"

-뭐, 당할 때는 몰랐는데. 같이 겪어 보니 나름의 재미는 있더구나.

-클클, 이제야 네놈도 마법의 위대함을 인정하는 것이냐?

-노인네야, 말 좀 곱게 해 줬다고 나대지 마라. 어차피 상대가 나였다면 소용없는 짓거리였을 테니까.

-그야 이곳 세상에는 네놈같이 감각이 남다른 괴물이 없으니까. 하지만 그래서 마법이 더욱 빛을 발하는 게 아닐까? 흘흘흘.

-그리 자만하다가 크게 당하지. 최강아, 절대로 저런 건 배우지 마라. 자만이란, 언제고 큰 위기의 시발점이 되는 법이니까.

"네~ 네~ 명심하겠습니다."

그런데 집으로 돌아가는 길, 집 앞에서 누군가가 갑자기 손을 뻗어 와 끌어당기려고 했다.

그에 나는 그 손을 낚아 잡아 상대를 벽으로 밀어붙였다.

하지만 곧 깜짝 놀라고 말았다.

"소, 소현 씨?!"

"아야, 이렇게 아프게 하기예요?"

"아, 미안해요. 난 소현 씨일 거라고는 생각도 못하고."

그런데 그녀가 대뜸 나의 멱살을 움켜잡더니 몸을 돌려 벽으로 밀치고는 키스를 해 왔다.

잠시 그 부드러운 입술에 몸이 확 달아올랐다.

하지만 이 갑작스러운 그녀의 행동도 의문이다.

"음……. 나는 좋은데요. 갑자기 왜 이러는 걸까요."

쪽.

그녀가 갑자기 떨어지더니, 나를 쏘아봤다.

"이제 좀 자극이 되요?"

"음음, 좀 세긴 했네요. 이런 느낌, 신선하기도 하고."

"자꾸만 나 잊고. 혼자만 돌아다니고. 연락하면 연락도 잘 안 받고."

"훗, 그래서 이러는 거예요? 내가 소현 씨를 잊고 지낼까 봐?"

"정말 너무하는 거 아니에요?"

나는 그녀의 허리를 감으며 품에 안았다.

"그렇다고 이렇게 섹시하게 귀여우면 날더러 어떻게 참으라고. 그렇게 자극을 원한다면, 이대로 침대로 가는 것도 나는 좋은데."

그녀가 나를 확 밀치며 떨어졌다.

"그건 아직이거든요! 이 남자, 틈 좀 줬더니 막 들이대는 것 좀 봐."

"하핫, 내가 너무 어물쩍 넘어가려고 했나?"

"나 서운한 거 엄청 많아요. 그러니까 빨리 보상해요."

안 그래도 휴식이 좀 필요하다고 느낄 시점.

그래서 난 그녀에게 제안했다.

"우리 휴가 내고서 여행이나 다녀올래요?"

그녀가 눈빛을 반짝거렸다.

"휴가? 정말? 어디로요?"

"일본? 중국? 유럽도 괜찮을 것 같고."

"일본! 우리 일본 가요. 거기 가면 되게 분위기 좋은 커플 온천 같은 것도 있다고 하던데."

"뭐…… 나도 온천이 좋긴 한데, 근데 단 둘이서만? 온천을?"

"또 이상한 생각한다. 거긴 수영복 입고 들어가거든요!"

그렇겠지?

근데 갑자기 미성년자 관람불가 영상들이 눈앞을 스치는 건 왜일까. 잠시 즐거운 상상을 해 보았지만, 상상으로만 끝내자. 내가 사랑하는 사람을 그런 부정적인 상상의 재료로 삼기는 싫으니까.

"좋습니다. 그럼 갑시다. 내일 바로."

"내일? 에이, 그건 너무 했다. 살 것도 많고 챙길 것도 많은데. 당장은 힘들죠."

"내일부터 휴가 써서 같이 살 거 사고 같이 다니자는 얘기인데."

"허업! 정말?"

"어차피 휴가는 내 권한이니까. 콜?"

"헤헷, 내 남자가 직책이 높은 게 이럴 땐 또 좋네. 네, 콜."

쪽.

그러면서 입술을 맞추는데 이런 모습 하나도 그렇게 귀엽고 예쁠 수가 없었다.

며칠 후, 우리는 일본으로 여행을 가서 좋은 날을 보냈다.

함께 얼굴을 붉히며 온천도 하고, 마을 축제에 참여하여 그 나라의 옷도 입어보고. 길거리 음식은 물론, 그 나라의 유명한 음식들을 먹어 보며 마음껏 즐겼다. 관광지의 벤치에 앉은 우리는 따뜻한 햇살에 산들바람을 느끼며 서로에게 기대었다.

"좋네요."

"그러게요. 정말 경찰 때에는 꿈도 못 꾸었을 여유네요."

"그러고 보면 공무원 중에서도 경찰이 가장 박봉에 일도 위험하고 힘든 것 같긴 합니다."

"다른 공무원은 정시 출근에 정시 퇴근이나 하지. 우린 그것도 못하니까요. 강력 범죄가 어디 시간을 두고 벌어지나? 밤이면 밤, 새벽이면 새벽, 사건만 터지면 자다가도 나가야 하니까."

"내 여자 친구가 그렇게 바쁠 걸 생각하니까, 그건 또 싫으네요."

최소현이 몸을 바로 세우더니 나를 째려봤다.

"그걸 아는 남자가. 근래에 그렇게 바쁘게 다녔어요?"

"그게 재미있는 일에 빠지다가 보니."

그녀가 입술을 살짝 내밀며 궁금해 했다.

"뭐가 그렇게 재미있었는데요? 나도 잊고 할 만큼?"

이만큼이나 공개한 그녀에게 뭘 더 숨길까.

나는 그동안 하고 다닌 일들을 모두 말해 주었다.

역시나 그녀는 크게 놀랐다.

"악마? 진짜?"

"네."

"그걸 믿어요, 그 사람들이?"

"직접 겪어 보면 안 믿을 수도 없을 걸요?"

"헐……. 진짜 그동안 그러고 다녔다고요?"

"신비주의가 좀 필요할 거라는 조언이 있었던지라."

가만히 생각해 보던 최소현이 고개를 끄덕여 갔다.

"누군지는 몰라도 그 조언 정말 탁월한데요? 그래…… 초능력
자나 사람이라고 생각하기보단, 초자연적인 존재라고 한다면
두려움이 훨씬 더 강할 것 같긴 해요. 거기다가 자기 영혼을
가져갔다고 믿을 정도면……."

"거의 뭐. 복종인 거죠."

"와, 그 능력으로 자기를 악마라고 속인다고? 이 남자, 의외로
무서운 구석이 있었네."

"아무튼 김종기 의원은 겁을 단단히 줌과 동시에 언제 어디서건
자신을 지켜 주는 존재가 있다는 각인시켜 주었고, 그를 노리는
누군가에겐 그를 지키는 이상한 힘들이 있다는 걸 느끼게 해
주었죠."

"오우, 갑자기 섬뜩."

"갑자기?"

"나 순간적으로 아주 옛날에 봤던 영화 하나가 떠오른 거 있죠. 그 왜, 악마의 자식이라고 해서. 머리에 666숫자가 새겨져 있고, 주변으로 이상한 힘들이 일어나면서 그 악마의 자식을 지키고 사람들을 죽여 가거든요."

"아, 그 영화. 나도 뭔지 알아요. 미드로도 나왔던 것 같던데."

"그런 걸 보면, 보이지 않는 초현실적인 존재를 향한 두려움이란 게 의외로 강력한 공포심을 심어 주지 않을까. 그런 생각이 들어서요."

나는 활짝 웃으며 손가락으로 나를 가리켰다.

"그게 나인데……. 무섭지 않아요?"

"뭤거든요? 다 아는 입장에선 하나도 안 무섭네요."

그녀는 다시 내게 기대 왔고, 나는 그녀를 포근히 안아 갔다. 그런데 그 순간, 진동이 허리춤에서 울렸다. 핸드폰을 슬쩍 보며 메시지를 확인해 보니 이런 글귀가 쓰여 있었다.

[놈들이 김종기 의원을 노리려는 걸로 보임. 당장 움직이기 바람.]

신정환으로부터 온 것이었다. 메시지는 다급해 보였으나 나는 여전히 느긋했다.

'어차피 겁만 주려 할 걸 아는데……. 천천히 움직이면서 나의 필요성을 극대화시키는 것도 좋겠지. 후훗…….'

그렇지만 결정적인 순간을 노릴 필요는 있었다.

과연, 그 시기가 어디쯤일지. 그것만 잘 살펴보자.

천천히…….

* * *

경선에 승리한 김종기 의원은 압도적인 승리에 힘입어 대중들에게 보다 가까이 다가가고자 길거리 행진을 시작했다.

"김종기! 김종기!"

녹색 조끼를 입은 지지자들이 그를 따르며 응원했고, 김종기 의원은 시민들 하나하나 악수를 하며 지지를 부탁했다.

"꼭 좀 뽑아 주십시오. 정말 열심히 하겠습니다."

"아유, 당연하죠. 의원님이 아니면 누가 대통령이 되겠어요."

그의 발걸음이 닿는 곳에는 환한 미소와 강력한 지지를 호소하는 이들로만 넘쳐났다.

그러한 분위기를 읽으며 김종기 의원도 자신감을 내비쳤다.

이번 대통령은 반드시 자신이 될 것이라는 것이 주변 분위기로도 진하게 느껴졌기 때문이다.

"김종기! 김종기!"

그렇지만 언제나 지지만 하는 사람만 존재하는 건 아니다.

김종기에 관한 나쁜 자료만을 모아 퍼트리고, 때론 과대 포장된 것을 진실로 믿는 자들도 있었다.

"이 살인자 새끼!"

"서민 팔지 마라, 김종기!"

수십여 명의 군중이 진상 규명을 외치며 마구 달려든 것이다.

"솔직히 말해! 니 마누라 니가 죽였지!"

"방해되는 가족들, 미리부터 다 죽인 거잖아!"

"가족들 출국 날, 니 가족을 봤다는 사람이 아무도 없어!"

집요한 자들은 공항 감시 카메라까지 뒤져서 진실을 파헤치기도 했다. 그러나 이미 발라스에서 그날 출국 자료와 감시 카메라 영상을 싹 지워 둔 상태. 멋대로 상상하는 자들은 자신들만의 상상과 추정을 합쳐 김종기 의원이 가족들에게 손을 썼다고 여기고 있었다.

"의원님, 분위기가 심상치 않습니다. 일단 몸을 피하시죠."

"크음. 그래, 그러자고."

그가 차에 오르는 사이 지지자들이 폭력으로 몰아붙이는 이들을 몸으로 막아 주었다. 시위 군중들 사이에서 튀어나와 몽둥이를 거침없이 휘두르는 폭력적인 모습에 김종기 의원의 심기가 무척 불편해졌다.

"뭐야, 저것들은! 갑자기 나타나서는 왜들 저래?"

"보수 쪽에서도 과격파로 추정됩니다. 뒤로 도는 소문에는, 보수에서 폭력배들에게 돈을 주어 저러한 행동을 부추긴다는 말도 있었고요."

"저렴한 새끼들. 지금 세상이 어떤 세상인데 아직도 저런

것들을 이용해서 마찰을 일으키나. 어흠, 일 더 커지기 전에
얼른 빠져나가자고."

"네, 의원님."

그러나 지역을 옮겼음에도 얼마 후면 어김없이 그들이 나타나
방해를 놓았다. 경찰을 불러 처리하려 해도 워낙 인파도 많고
순식간에 사라져 잡기도 어려웠다.

"정말 짜증 나는군그래. 저 새끼들 주동자가 누군지 알아봐!
겁대가리 없는 것들. 무서운 게 뭔지 제대로 알아야 다신 얼씬도
안 하지."

발라스에 시켜 놈들을 처리코자 하는 거였다. 그런데 며칠간
유세를 계속하고 과격파의 방해가 줄어드나 싶을 때였다.

이른 밤, 일정을 마치고 돌아가는데, 갑자기 창문으로 병이
날아들었다.

뻐억!

"어억!"

김종기 의원이 놀라 옆을 쳐다보니 마스크를 쓴 과격파들이
차를 타고 따라붙으며 불이 붙은 화염병을 마구 던져 대고 있었다.

"미친 거야? 이건 해도 너무하잖아!"

경호 차량에서 저지하며 경적을 올렸지만, 과격파들은 차량
여러 대로 따라붙으며 경호 차량 앞에서 화염병을 던졌다.

앞이 보이지 않는 경호 차량은 얼마 못 가 사고가 났고, 차에
타고 있던 경호원들이 내리기 무섭게 차 전체로 불이 번져갔다.

"저것들이 미쳤군! 정말 미쳤어! 당장 경찰에도 연락하고, 발라스 이 실장한테도 연락 넣어! 저것들, 내가 가만히 안 둘 거야!"

정말 기가 막히고 환장할 노릇이었다. 아무리 돈을 받는 놈들이고, 과격파라고 하지만 보통 이렇게까지 하는 건 본 적이 없었다.

한데 저것들은 어떻게 된 게 자기 원수를 대하듯 광기에 들려 죽이려 들고 있었다. 대한민국에선 이미 역사의 유물처럼 사라진 행위들이 버젓이 일어나고 있어 그도 생명의 위협을 느끼는 중이었다.

그런데 막 도심을 벗어날 때쯤, 갑자기 덤프트럭이 옆으로 서더니 그대로 밀고 들어왔다.

"의원님! 아악-!"

"어억!"

밀린 차량은 몇 바퀴나 굴렀으며, 산산조각이 난 유리 조각이 안으로 마구 들어와 날아다녔다.

그리고 그 과정에서 김종기 의원은 결국 정신을 잃고 말았다.

* * *

[속보입니다. 국민평화당 김종기 의원이 오늘 저녁, 보수 진영 과격파 지지자들에게 공격을 받고 납치가 되었다고 합니다. 목격자들이 보내온 영상을 함께 보시죠.

보시는 바와 같이 보수 진영 과격파 지지자들이 차로 김종기 의원을 쫓아가며 화염병을 던지고 있는데요. 결국 트럭에 밀려 차가 전복되는 모습입니다. 시민들이 나서서 급하게 불에 타고 있는 차량에서 김종기 의원을 구출했다고 합니다만, 즉시 나타난 보수진영 과격파 지지자들의 손에 의해 납치가 이루어졌다고 합니다.]

경찰청장이 직접 나서서 인터뷰를 진행했다.

[우리 경찰은 인력을 총동원해서 김종기 의원을 찾을 것입니다. 그리고 경찰청장으로서, 납치범들에게 경고합니다. 당장이라도 김종기 의원을 풀어 주고 자수하세요! 어떠한 이유에서라도 당신들의 행동은 결코 정당화될 수 없습니다. 당신들의 행위는 명백한 중범죄에 해당하는 범죄 행위이며, 반드시 그에 대한 강력한 처벌을 받게 될 것입니다.]

어느 낡은 집에서 텔레비전을 통해 그러한 뉴스가 쉼 없이 나왔다. 붉은 옷을 입은 사내는 매우 불안한 듯 초조한 모습을 보였다.

"씨팔, 이거 우리가 잘한 일이긴 할까? 아무리 그래도 화염병에 납치까지 한 건 너무 심하잖아?"

곧 뒤에서 여러 명이 있는 그곳으로 사내 하나가 다가오며 말했다.

"그럼 저것들이 우리의 말을 들어주기나 할 것 같습니까! 내 새끼, 차 건널목 지나다가 트럭에 깔려 죽었을 때, 내가 김종기 저 새끼 바짓가랑이 잡고 늘어지며 무릎으로 기어 부탁했습니다. 학교 근처에서 트럭들이 매섭게 달리는 것 좀 막아 달라고. 신호가 바뀌면 차단봉이든 뭐든! 나오게 해서 사고 좀 방지하게 해 달라고요."

그는 답답한 자기 가슴을 미친 듯이 두드리며 말을 이었다.

"내 새끼처럼……! 죽는 아이 다시는 생기지 않게 해 달라고 말입니다!"

그가 두 주먹을 불끈 쥐고 이를 빠득 갈았다.

"근데 저 새끼가 어떻게 했는 줄 압니까? 법안 발의는커녕, 다른 의원이 발의한 법안에도 기권을 했더군요. 서민을 위한 대통령이라고요? 정치를 하는 새끼들이 이렇습니다. 우리가 이렇게라도 하지 않으면……! 누구도 안 듣는다고요!"

다른 사내도 분노하며 말했다.

"내 새끼도 불치병에 한 달 병원비만 1억씩 나올 때…… 의료보험에 적용시켜 달라고 쫓아다녔지만, 정말 아무 소용없더군요. 아버지가 물려주신 집도 날아가, 대출도 더는 받을 게 없다 못해 결국 파산까지 했습니다. 크흐흑! 병원에서도……! 약을 구매해야 처방을 해 줄 수 있다고 노골적으로 나가라고 하더라고요. 결국 그렇게 가 버렸습니다, 우리 다연이. 그렇게 예쁘고 귀하던 아이를…… 그렇게 잃었다고요."

대부분 김종기와 국민평화당의 지지자들이었다가 배신감으로 돌아선 이들이었다.

그들의 실망감은 분노로 돌변했고, 어떠한 자극이 시발점이 되어 여기까지 오게 된 거였다.

"죽은 사람은 돌아올 수 없습니다. 우린 그저 우리 말을 조금만 들어주었으면 했는데, 아무도 들어주지 않았다고요. 그래도 이 정도면 최소한 우리가 왜 이렇게까지 하는지는 들어주지 않을까요? 안 그렇습니까, 여러분?!"

"맞습니다! 최소한 얘기는 들어주겠죠!"

"그동안 관심도 안 가져주던 기자들도……! 이제는 우리 말을 듣겠죠. 이왕 이렇게 된 거, 우리……! 끝까지 해 봅시다!"

"그래요! 끝까지 가 봅시다!"

하지만 그들 중엔 그런 이들만 있는 건 아니었다.

몇몇 사내들은 다른 방에서 술을 마시며 막 방으로 들어오는 사내에게 묻고 있었다.

"미친 새끼들. 저것들 뭐라고 지껄여 대고 있는 거냐?"

"뭐겠냐, 피해자 코스프레 하는 거지. 세상에 외면당하고 살아가는 사람들이 어디 지들뿐인 줄 아나. 등신 새끼들……."

"아무튼 일 커지면 저것들만 쭉 밀어 넣고 우린 빠지자고. 암만 돈도 좋다지만, 여기까지 온 건 너무 과했어. 이거 잘못했다간 10년도 더 살 수 있다고."

"저렇게 눈물 짜며 뭐든 하겠다고 달려드는데, 우리가 전면에 나설 필요가 뭐 있겠냐?"

"다들 마스크 벗지 말고, 얼굴 보이지 마. 그래야 나중에 뒤탈 없을 테니까."

김종기 의원은 다른 방에서 묶인 채로 정신을 잃고 있었다.

숨은 쉬고 있었지만, 머리와 다리엔 피가 흐르고 있어 그다지 상태가 좋아 보이진 않았다. 그럼에도 누구 하나 그를 걱정하거나 신경 써 주는 사람은 없었다. 사내 중 하나는 그런 김종기 의원을 슬쩍 보더니 전화를 거는 모습이었다.

"네, 접니다. 이쪽은 문제없이 진행되고 있습니다. 네, 살아 있습니다. 네, 지켜보겠습니다. 지시만 내려주신다면, 바로 처리하겠습니다. 네, 빠져나가는 것도 어렵지 않을 것 같습니다. 네, 기다리겠습니다."

김종기 의원의 납치에 발라스도 긴급회의가 진행되었다.

신우범 원장은 회의장에 들어가기 전, 박명훈 기조실장의 통화 내용을 들으며 물었다.

"어떻다고 하던가?"

"살아 있고, 어떤 명령이 떨어지건 수행할 준비가 되어 있다고 합니다."

"일단 회의에 참석해 보고, 원로들이 얼마나 상황을 심각하게 여기는지 강도를 좀 보자고."

"네."

상황에 따라 김종기 의원의 제거까지도 생각하고 있는 신우범. 그가 비릿한 미소를 머금으며 회의실 안으로 들어가고 있었다.

* * *

김종기 의원은 시끄러운 뉴스 소리를 들으며 천천히 정신이 들었다.

"끄으음……."

흐릿한 시야로 반쯤 열린 문이 보였다. 소리는 그곳을 통해 들려오고 있었다.

"뭐야……. 어떻게 된 거야……."

살짝 움직이는데, 목이고 다리고 아프지 않은 곳이 없었다.

고통이 너무 심했던지 그는 순간적으로 헉 소리를 내며 더없이 불쌍한 표정을 지어 버리고 말았다.

"꺼흐흐흐흑!"

만신창이. 그렇게 차가 굴렀으니 성한 구석이 있을 턱이 없었다. 거기다가 묶여 있기까지 해 처지는 더없이 비관적이었다.

"이 미친 새끼들이…… 내가 감히 누구인 줄 알고……."

하지만 그 분노어린 목소리도 소리 내어 밖으로 내뱉을 수가 없다. 자칫 자신이 깬 것을 알고 저들이 다가와 험한 짓이라도 하면? 수모와 고통은 배가 된다.

김종기 의원은 묶인 팔을 어떻게든 움직여 보려 하지만 꽉 묶여 있어 피조차 통하지 않았다.

저려 오는 손도 고통의 한 부분을 차지하고 있었다.

"아이, 씨……. 내가 이 지경이 되었는데, 아무도 구하러 오지 않는다고? 조직에선 대체 뭘 하고 있는 거야?"

그의 원망은 발라스만으로 끝나지 않았다.

"최강, 이 새끼는 대체 어디서 뭘 하고 있어? 아무 걱정 말라더니, 이게 뭐냐고? 그 새끼, 정말로 악마 맞아? 혹시 날 속인 거였어?"

그런데 바로 그때였다. 한쪽 구석에서 낮은 어조의 목소리가 흘러나왔다.

"당신이 나를 그런 식으로 험담을 하니까 그냥 놔두고 있는 거야. 그 고통을 좀 더 느껴 봐야 나의 위대함을 알 테니까."

"헉!"

깜짝 놀란 김종기가 벽 구석 곳곳을 살폈다.

"뭐야, 거, 거기에 있었던 겁니까?"

아무것도 보이지 않는 가운데, 다시 목소리가 흘러나왔다.

"내가 말했지. 나는 어디에도 있다고."

"그러고 계시지만 말고 얼른 저 좀 풀어 주십시오. 정말 아프지 않은 곳이 없단 말입니다. 병원…… 저 좀 병원에 데려다 주십시오. 제발……."

"후후후……. 방금 전에 그 불손한 태도를 보여 놓고 나더러 도와달라고? 아니, 그렇게는 못 하겠는데. 당신은 좀 더 고통받아야 해. 그러니까 우리 어디…… 이 순간을 즐겨 보자고."

"죄송합니다. 제가 정말 잘못했습니다. 커흐흐흑, 이대로는 정말 더는 못 있겠단 말입니다. 그러니까 제발…… 도와주십시오……. 네?"

그러나 말이 없다.

"뭐야, 설마 간 거야? 악마 님? 최강 님? 어흐흐흑, 미치겠네,
진짜……. 꺼흐흐흑……."

* * *

장로 회의를 마치고 나온 신우범 원장. 그가 나오자 기다리고
있던 박명훈 기조실장이 조용히 따라붙었다.

그는 어찌할지 묻지 않았다.

신우범 원장이 한참 고민하는 표정을 머금고 있는 걸 알아서다.

그러나 기다림은 길지 않았다.

우뚝 멈춰 선 신우범 원장이 차가운 표정을 머금어서였다.

"박 실장."

"네, 회주님."

"긴말 않겠네. 없애 버려."

박명훈 기조실장은 잠시 예리한 눈빛으로 신우범 원장을 쳐다
봤지만, 얼른 거두며 답했다.

"네, 회주님."

다시 생각해 보라, 뒷수습은 어찌할 것이냐 하는 물음은 없었
다. 그도 이미 충분히 득과 실을 생각했을 것임을 알기에 박명훈
기조실장은 즉시 메시지를 보냈다.

[처리해.]

보수진영 과격파를 선동하고, 한데 모아 이러한 일을 도모하게 만든 발라스의 요원.

그는 메시지를 확인하며 다른 일에 집중하는 모두를 슬쩍 둘러봤다.

저마다 자기들 일을 하느라, 뉴스를 보느라 정신이 딴 곳에 팔려 있었다.

뒷걸음치던 그는 조용히 허리춤에서 칼을 꺼내어 김종기 의원이 있는 방으로 들어갔다.

김종기 의원은 놀라 얼른 눈을 감았지만, 사내는 씨익 웃었다.

"대통령까지 쭉 가실 줄 알았는데. 끝이 이렇게 허망할 줄은 저도 몰랐습니다. 김종기 원로위원님."

김종기가 눈을 번쩍 떴다.

자신을 그렇게 부른다는 건, 그도 발라스라는 뜻이었다.

"너, 설마······!"

사내는 즉시 김종기의 가슴에 칼을 쑤셔 넣었다.

푸욱!

"꺼억! 끄어어억······! 네가 어떻게 날······! 너희가 날 이런다고······?"

"너무 원망 마십시오. 그럼 편히 가십시오."

사내는 칼까지 꽂아둔 채 빠르게 그곳에서 사라졌다.

모든 혐의를 보수의 과격파에게 떠넘기고 홀연히 빠져나가려는 거였다.

김종기 의원은 충혈된 눈으로 숨이 꼴깍꼴깍 넘어가기 직전의
표정으로 구석을 쳐다봤다.

"사, 살려…… 주십시오……. 제발…… 살려 주십시오……."

그제야 최강은 구석에서 모든 걸 지켜보다가 모습을 드러냈다.

"이제 알았겠지? 당신이 믿을 건 오로지 나, 나뿐이라는 걸."

김종기 의원은 힘겹게 고개를 끄덕였다.

그는 살고 싶은 마음에 눈물까지 흘리며 간절히 최강을 쳐다볼
뿐이었다.

최강은 김종기 의원의 등 뒤로 돌아갔고, 곧 칼을 잡고 힘차게
뽑았다.

파앗!

피가 뿜어져 나오는 걸 보며 김종기 의원은 몸을 떨었다.

죽음이 이런 것이구나, 깨달으며 더없이 두려움을 느꼈기
때문이다.

그러나 정신이 희미해져 가는 가운데, 그의 귓가로는 최강의
목소리가 흘러들고 있었다.

"라올 스미라가 가이라스 코나디아……."

"두려워하지 마. 내가 있는 한, 너는 결코 죽지 못할 테니까.
후후후."

4. 최강 조합 아닐까요?

빙의로
최강요원

김종기 의원이 희미한 눈을 서서히 떠 가다가 갑자기 부릅떴다.

"어엇……!"

죽지 않았다. 그것 하나만으로도 그는 세상 모든 것에 감사하는 마음이 생겼다. 그는 묶여 있던 몸이 풀려 있다는 인식도 없이 가슴을 어루만졌다.

"살았어…… 내가…….."

조금 전까지만 해도 숨을 턱 막히게 했던 고통이 조금도 느껴지지 않았다.

혹시 꿈이라도 꿨던 걸까?

아니다. 피로 얼룩진 가슴은 여전히 축축했다. 단지 상처만 사라져 있을 뿐이었다.

"어떻게 이럴 수가……."

"지금 신 따위에 감사하거나 그딴 마음을 품는 거라면 내가 서운한데."

"허억!"

몸을 돌린 그는 뒤에서 자신을 내려다보고 있는 존재를 확인했다. 그는 얼른 의자에서 내려와 그를 향해 무릎을 꿇었다.

"고맙습니다…… 살려 주어서 정말 고맙습니다."

"죽었다가 살아난 기분이 어때?"

"다시는 당신께 불손한 마음을 품지 않을 것입니다. 그 위대한 힘을 똑똑히 보았고, 다시는 의심치 않을 것입니다. 그리고 앞으로 오로지 당신만을 위해 살겠습니다. 뭐든 시키십시오! 앞으로 저는 당신의 종이 될 것입니다."

최강은 흡족했다. 이걸로 그는 완전 자신의 사람이 됐다.

죽음조차 초월한 존재를 보았으니 그의 믿음은 죽는 그 순간까지도 유지될 것이다.

-완전히 넘어왔구나.

-삶에 집착이 심한 놈이 저리 죽다가 살아났으니 안 넘어오는 게 이상한 거겠지.

-그래도 너무 아슬아슬했다. 조금만 늦었으면 살지 못했을 것이야.

회복 마법을 건다 한들 순식간에 번쩍하고서 나아버리는 건 아니었다. 회복하는 데 약간의 기다림이 필요했다. 만약 그사이에 숨을 거두고 생명력이 다한다면 죽을 수도 있는 일이다.

그러나 그것은 이들 둘의 생각일 뿐, 최강의 생각은 조금 달랐다. 심장이 멈춘다고 바로 사람이 죽는 게 아니다.

골든타임이란 게 존재했고, 그것이 지나야 비로소 사람은 죽음에 이른다고 할 수 있었다. 그 전에만 어떻게든 조치를 취한다면 사람은 살릴 수 있다는 걸 알기에 최강은 그다지 초조함 같은 건 없었다.

"그럼 어디 마무리를 깔끔하게 정리해 볼까."

최강은 누군가에게 메시지를 하나 보내 놓고는 김종기 의원에게 주의를 주었다.

"내가 정리할 때까지 여기서 잠자코 있어."

"뭘 하시렵니까?"

"당신을 당장 여기서 데리고 나갈 수도 있겠지만, 그렇게 되면 누가 보더라도 부자연스럽잖아. 안 그래? 그래서 사회가 이해할 수 있는 한도 내에서 정리를 하려고."

최강은 문을 열고 나가더니 큰소리로 외쳤다.

"김종기 의원님-! 이제 여길 나가게 해 드리겠습니다-!"

그 소리에 깜짝 놀란 사람들이 곳곳에서 튀어나왔다.

그들은 최강을 발견하며 눈을 치켜떴다.

"너, 뭐야! 여기 어떻게 들어왔어!"

"좀 비켜 주시죠. 의원님을 모셔야 해서요."

"야, 뭐 해! 이 새끼, 조져!"

퍼서석! 퍽! 퍼억! 쿠궁!

김종기 의원은 숨을 죽인 채 밖에서 들려오는 격렬한 소리에 귀를 기울였다. 대충 들어도 여기저기 부서지고 아주 난리도 아니었다.

하지만 걱정은 없다. 그가 아는 한, 최강의 몸에 들어앉은 존재는 사람이 아니다. 그런 존재에게 사람이 대항한다는 건 어리석음 그 자체였다.

아니나 다를까, 궁금함에 문을 살짝 열어 밖을 보니 예상한 그대로의 광경이 펼쳐졌다. 최강은 빠르게 피하면서도 이따금씩 주먹을 날렸다. 그럴 때마다 상대들은 여기저기 날아가고 처박히며 한 번 쓰러지면 일어나질 못했다.

너무도 압도적인 힘의 차이에 그는 혀를 내둘렀다.

"휴, 역시 악마는 악마군. 인간이 어쩔 수 있는 존재가 아니야……."

최강이 과격파 사람들을 정리한 후 문 하나를 지나쳤다. 그런데 때마침 그때, 문 뒤에서 쇠파이프가 날아들었다.

텅!

최강은 고개조차 돌리지 않고 쇠파이프를 손으로 받아냈다.

쇠파이프를 휘두른 사내는 매우 당혹스러워하면서도 쇠파이프를 빼내려 안간힘을 썼다. 그러나 엄청난 괴력이다. 두 손으로 체중까지 실어 빼 보려 하지만 꼼짝도 하지 않았다.

그리고 최강의 시선이 닿는 그때, 사내의 표정에는 강한 두려움이 떠올랐다. 그러나 그를 바라보는 최강의 눈빛엔 오히려 안쓰러움만 가득하다.

한참 전부터 이곳에 와 있던 그는 그들의 사정을 모두 들었다. 억울하고 분한 마음과 정치인들을 향한 실망, 그리고 그 분노까지. 피해의식에 사로잡혀 타인의 목숨을 위태롭게 하는 건 잘못된 행동이지만, 그들이 겪은 일들을 보자면 한편으로는 이해가 되기도 했다.

아무리 외쳐도 들어 주지 않는 사회와 법과 정치에 얼마나 많은 가슴의 상처를 입었을까. 이것은 오로지 이들만의 문제로만 볼 수는 없는 거였다. 하여 최강은 순순히 손을 놓아 주었다.

몇몇 사내들이 무기를 들고서 주춤하는 사이, 최강은 진심어린 목소리로 말했다.

"당신들은 저들과는 다르지 않습니까? 힘겹고 고통스러웠던 마음은 잘 알고 있습니다. 그렇지만 이렇게까지 하는 건 아니죠. 저기 쓰러져 있는 저놈들, 당신들한테 전부 뒤집어씌우고 빠져나갈 생각이었던 건 알고 계십니까?"

"뭐라고요? 그, 그게 정말입니까?"

"하아……. 저들의 선동에 휘둘리지 마시고, 여기서 그만하시죠. 이 정도면 충분히 하셨습니다."

때마침 밖으로 사이렌 소리가 들려왔다.

위이이이잉-! 우우우웅-!

최강이 일을 벌이기 전, 강남서 윤석준 반장에게 메시지를 보낸 결과였다. 윤석준 반장이 주소를 받고서 곧바로 이곳으로 경찰들을 이끌고 도착한 거였다.

그제야 선동당한 사내들은 모든 게 끝났다는 걸 깨닫고는 저마다 무기를 떨어뜨리며 주저앉았다. 자신들의 마음이 타인의 욕심에 의해 조종당했다는 걸 깨달은 것이다.

"커흐흐흑……!"

후회가 밀려왔을까, 그들은 눈물을 흘렸다.

그사이 경찰 병력은 순식간에 집 안으로 휘몰아쳐 들어왔고, 그로서 김종기 의원은 그들의 도움 아래 안전하게 구출될 수 있었다.

* * *

강남경찰서. 선동당하여 잡혀 왔던 몇몇 사내들이 멍한 얼굴로 경찰서에서 걸어 나왔다.

[김종기 의원께서 당신들에게는 책임을 묻지 않겠다고 하셨습니다. 재판이야 받겠지만, 의원님께서 힘 써 주어 어떻게든 집행유예로 떨어지게 해 줄 거라고 하셨으니 걱정 마시고, 댁으로 돌아들 가십시오.]

경찰 관계자의 말을 떠올린 그들은 믿기지가 않았다.

"우리가 그렇게까지 했는데……. 그런 우리를 용서한다고?"

"그러게 말입니다. 차에 불까지 지르고, 그리 다치게 만들었는데……."

"대체 왜 그랬을까요? 그것도 우리에게만……."

경찰서를 나오던 그들의 앞에 김종기 의원이 나타났다.

"엇! 의원님……!"

"의원님께서 여긴 어떻게……."

그를 본 사내들은 저마다 죄스러운 표정으로 그의 얼굴을 쳐다보질 못했다.

그런데 오히려 김종기 의원이 다가와 그들에게 무릎을 꿇었다.

"제가 잘못했습니다."

사내들은 화들짝 놀라 김종기 의원을 일으켰다.

"아이고, 의원님! 왜 이러십니까?!"

김종기 의원이 그들 하나하나를 바라보다가 한 사람에게 시선을 멈추었다.

"김종안 어린이 아버지, 김석희 씨."

"아니, 어떻게 제 아들과 제 이름을……."

"다 기억하고 있습니다. 그때 국회의사당에 찾아오시어 제게 부탁했던 일들을요."

김석희가 감격에 울먹였다.

"그걸…… 기억하신다고요……?"

"저도 그땐 마음이 무척 아팠습니다. 그렇지만 정치라는 것이, 정당이 정해 놓은 큰 틀에서 반대 목소리를 내면 저의 정치

생명에 큰 타격이 되기에 김석희 씨의 부탁을 들어주지 못했습니다. 그렇지만…… 저라고 뒤돌며 어떻게 마음이 아프지 않았겠습니까. 하여 저는 그때 마음에 새겼습니다. 더 큰 사람이 되자. 대통령이 되어 여당에 강한 입김을 불어 넣을 수 있는 사람이 되면, 그때는 김석희 씨와 같은 분들의 부탁을 들어줄 수 있겠지. 그랬었습니다. 그런 거였지, 결코 김석희 씨를 잊은 건 아니었습니다. 오히려 기억에 새기고 결코 잊지 말자고 생각하고 있었던 걸요."

김석희가 그 자리에 주저앉았다.

"아이고…… 저는 그것도 모르고서 이런 짓을……. 아이고, 이 미친놈……. 이런 분이신 줄도 모르고. 꺼억꺼억."

김종기 의원은 이번에 양석운을 보았다.

"양석운 씨. 희귀 질환의 의료보험 적용을 위해 일인 시위도 많이 하셨었지요?"

"저도 기억하십니까?"

"이석문 씨, 함문익 씨, 김어찬 씨, 서일도 씨. 다 기억하고 있습니다. 다 한 번씩 저를 찾아오셨던 분들이 아니십니까?"

"어떻게 저희를 다……."

김종기 의원이 눈시울을 붉히며 말했다.

"다 기억하고 있었습니다. 한 번도 잊은 적이 없었던 걸요. 그동안 정말 죄송스러웠습니다. 제가 좀 더 넓은 마음으로 보듬어 드렸어야 했는데, 그러지를 못했습니다. 하지만 이 자리를 통해 여러분께 약속드리겠습니다. 반드시 대통령이 되어, 여러분들의 그 고충들을 모두 해결해 드리겠습니다. 하니 조금만 더 지켜봐 주십시오. 절대로 실망시켜 드리지 않겠습니다."

그들 모두는 김종기 의원의 앞에 무릎을 꿇었다.

"어흐흑! 죄송합니다, 의원님……!"

"저희가 잘못했습니다……! 커흐흑!"

김종기 의원도 그들과 마주 무릎을 꿇었다.

"아닙니다. 제가 좀 더 따뜻하게 대해 드렸어야 했는데. 제 불찰이 큽니다. 앞으로는 보다 잘 듣고, 모두의 마음을 헤아리는 정치인이 되겠습니다. 그러니 한 번만 더 믿고 응원해 주십시오. 이번만큼은 정말 열심히 해 보겠습니다."

"어흐흐흑! 고맙습니다, 의원님……! 정말…… 고맙습니다……."

경찰서 앞에서 일어난 이 일은, 경찰서에 상주하고 있던 기자들을 통해 세상으로 퍼져나가며 전 국민들을 감동시켰다. 그로 인해 김종기 의원의 지지율은 하늘 높은 줄 모르고 마구 치솟았다.

심지어 역대 후보자들 중에서도 최고치인 50%를 넘기도 했다.

이튿날 아침, 방송을 통해 여론조사 결과를 확인하던 김종기 의원은 싱글벙글한 표정이 지워지질 않았다.

"허허허, 이게 다 최강 님 덕분입니다. 당시엔 정말 내가 이렇게까지 해야 하는 건가 싶었는데, 역시 다르십니다. 이렇게 되실 걸 아셨던 겁니까?"

"괘씸한 마음을 조금 누른 결과치고는 결과가 굉장하지 않나?"

하지만 이건 솔직히 최강도 예상치 못한 결과였다.

단지 그가 그들에게 진심 어린 사과를 해 줬으면 하는 마음에서 억지로 시켰을 뿐인데, 하필 그게 이렇게까지 이슈가 될 줄이야.

아무튼 결과가 좋으니 내다본 척은 하자 싶었다.

"또 한 번 배웠습니다. 앞으로도 뭐든 배우고, 시키시는 것에 충실히 따르겠습니다. 하니 계속 많이 가르쳐 주십시오."

최강이 씨익 웃더니 차를 마셨다.

"이쯤 되면 슬슬 전면에 얼굴을 드러내도 될 것 같은데."

"그게 무슨 말씀이신지……."

"발라스. 당신이 나를 거기에 넣어 봐."

"당신께서 발라스에요?"

"왜, 불편한가?"

"아니요. 그런 건 아닙니다만, 최강 님처럼 모든 걸 하실 수 있는 분께서 왜 굳이 발라스를……."

"유흥거리라고 해 두지. 악마에게도 새로운 시도는 늘 즐거운 법이거든. 그리고 당신도 그간 당한 수모를 되갚아 줘야 하지 않나? 그러자면 내가 가까이 있는 것이 더 도움이 될 텐데."

김종기 의원의 표정이 딱딱하게 굳어졌다.

수모뿐이겠는가. 벌써 두 번이나 당하는 것도 모자라 이번엔 정말 목숨까지 노려졌었다.

정말이지 더는 참을 수 없을 만큼 분노가 치밀어 올랐다.

"그때 제게 칼을 꽂은 그놈, 분명 제게 원로위원님이라고 했습니다."

"누가 시켰을 건 굳이 말할 필요도 없는 거겠지."

"신우범이겠죠. 분명 그동안 눈엣가시처럼 행동했던 것에 대한 앙갚음일 것이다."

곧 최강이 핸드폰 하나를 탁자 위로 올려놓았다.

"이거 하나면 그도 꽤나 곤란해질 거야. 그러니까 잘 이용해 봐."

"이게 뭡니까?"

"당신한테 칼 꽂았던 놈의 핸드폰. 내가 몰래 빼어두었지. 일 치르기 직전의 통화 내용, 거기에 다 있어."

"그게 정말입니까?"

"어때, 재밌을 것 같지 않나?"

김종기 의원이 비릿한 미소를 머금었다.

"네, 재밌겠군요. 정말 기대가 됩니다. 그의 표정이 어찌 변해 갈지……. 흐흐흐, 크하하하!"

"내 데뷔 무대를 장식하기엔 더할 나위 없는 좋은 폭죽이 되겠지."

* * *

한편, 김종기 의원의 엄청난 지지율 상승에 신우범은 마음이 무척 언짢았다.

"박 실장, 대체 일을 어떻게 처리하는 거야? 이게 어떻게 된 일이냐고!"

"죄송합니다. 분명 처리에 대한 확인 연락까지 보고가 되었는데, 어떻게 된 일인지 도통 모르겠습니다."

"처리 확인까지 한 게 지금 저거라고? 당신도 눈이 있으면 봐!"

"죄송합니다."

"일 치른 놈은 어떻게 됐어?"

"이미 다른 나라로 떴을 겁니다."

"아무래도 불안해. 당장 사람 붙여서 제거해."

"아무리 그래도 제거까지는……!"

"감이 많이 떨어졌군."

"회주님……."

"그놈이 실수라도 했다면, 누가 가장 먼저 다칠 것 같은가? 내가 지금 내 걱정해서 이래? 다 자네 때문이잖아!"

"후우, 알겠습니다. 즉시 사람을 붙여 지우겠습니다."

박명훈 기조실장이 나가고 난 후, 신우범 원장은 심각한 고민에 빠졌다.

"처리 보고까지 끝낸 일이 이렇게 될 리는 없을 터인데……."

발라스에서 훈련받은 제거반이 실수라니, 거기다가 보고까지 마친 일이 이렇게 틀어지는 일은 지금까지 본 적이 없었다.

필시 중간에 뭔가 일이 잘못되었음이 틀림없었다.

"대체 무슨 일이 일어나고 있는 거야. 김종기, 너를 지켜 주는
게 대체 뭐인 거냐고?"

* * *

신우범 원장은 연이어 원로회의가 개최되자 무척 당혹스러웠
다.

"김종기가 원로 희의 제안을 했다고?"

"네, 그렇습니다."

일단 원로 중에 누군가가 회의를 요청한다면 그게 누구든
받아들여야 했다. 그것이 아무리 하찮은 논쟁거리이고, 원로
희의에서 짓밟더라도 말이다.

하지만 이번 그의 제안은 심상치가 않았다.

"자신의 납치에 대한 후속 조치를 문제 삼고자 하는 건 아닐
것 같고. 아무래도 재발 방지에 대한 의견일 가능성이 크지
싶은데."

한 나라의 대통령이 될 사람이 납치를 당하는 일이 벌어졌다.

굳이 그것이 아니더라도, 원로위원이 납치를 당한 일은 발라스
자체로서도 큰 문제였다.

그러나 신우범은 발라스의 이득보다도 앞으로 더욱 거슬리게
될 자신에 대한 실이 더 크다고 판단했다. 그래서 제거를 결정한

거였다. 그런데 그가 버젓이 위기에서 벗어나 원로회의를 제안했으니 심기가 불편해지는 것이다.

그가 제안하는 회의의 이유를 알지 못하는 것 역시 찜찜했다.

"무엇을 제안할지는 몰라도, 원로위원의 목숨이 노려진 것은 심각한 일이니까. 어쩔 수 없군. 각 원로위원들에게 연락을 넣어 날짜를 조율해 봐."

"네, 회주님."

* * *

며칠 후, 원로회의가 개최되었다.

열 세 명의 원로위원이 모인 가운데, 회의를 제안했던 김종기 의원이 가장 늦게 도착하여 단상으로 향하고 있었다.

원로들은 자신들을 불러 놓고 가장 늦게 도착한 그가 못마땅했지만, 발라스 자체에서 지켜 주지 못한 잘못과 이미 대통령 선거에서도 유력한 당선이 확정된 이상, 그의 영향력이 커진 건 사실이기에 사소한 걸로 걸고넘어지진 않았다.

"크음."

회주인 신우범이 쏘아보는 가운데, 김종기 의원이 단상에 올라 모두를 보며 히쭉 웃었다. 그 웃음에서 뭔가 모를 자신감을 발견한 신우범은 그가 뱉을 말이 무척 신경 쓰였다.

"김종기입니다. 그럼 지금부터 회의를 제안한 사람으로서 그 이유를 말하겠습니다. 다들 아시겠지만, 저 김종기…… 이번에 정말 죽는 줄 알았습니다. 설마하니 이번 일의 배후에 발라스가 있을 거라고 누가 생각이나 했겠습니까?"

첫 마디부터가 폭탄 발언이다. 원로위원들도 크게 놀랐는지 웅성거렸다. 만약 김종기 의원의 말이 사실이라면, 결코 쉽게 넘어가서는 안 될 일이었다. 이것은 내부의 결집을 흐리는, 내란과도 같은 일이다.

과거 내란으로 전복된 나라가 얼마나 많았던가. 발라스라고 해서 서로 세력이 찢겨 와해되지 말란 법이 없었다. 그런 일이 생기지 않으려면 하루빨리 배신자를 찾아 색출해야 한다는 게 모두의 공통된 생각이었다. 특히 신우범의 표정이 강한 긴장으로 물들었다. 그걸 어떻게 알았을까부터 시작하여, 어디까지 알고 있을까 머릿속으로 수없이 많은 걱정과 난처함이 휘몰아쳤다.

목구멍에선 증거가 있냐, 발언이 신중치 못하다는 말이 튀어나오려 했지만 꾹 참았다. 어차피 모인 원로위원 중에 누군가가 해 줄 거라고 생각해서였다. 그의 예상대로 대한민국 업계 1위 기업의 회장인 공인모 회장이 발언했다.

"당한 일은 무척 유감이나, 그렇다 하더라도 그 발언은 매우 위험합니다. 충분한 검증 없이 내뱉는 것이라면, 아무리 예비 대통령이라 할지라도 원로의 위치를 박탈당할 수도 있는 위중한 사안임을 아셔야 할 겁니다."

"저희 조직 내부의 균열에 관해 말하며 설마 아무런 증거와

확신 없이 이런 발언을 하겠습니까? 저 김종기, 그렇게 어리석은 사람 아닙니다."

그래도 한때 회주의 후계로 정해졌던 인물.

거기다가 이번 위기에서 납치범들을 용서하는 모습을 대대적으로 선전하여 지지율을 끌어올리는 데 이용한 것만 봐도 그는 결코 그릇이 작은 인물이 아니었다.

하여 모두는 그가 밝힐 증거를 무척 궁금해하며 그의 발언을 기다렸다.

그런데 대뜸 그가 뜬금없는 제안을 했다.

"사실 이번에 제가 크게 은혜를 입은 일이 있었습니다. 저희 조직의 원로에 대한 보호 조치가 이렇게 허술한가 싶어 실망하던 때에 직접 나서서 저를 구해 준 분이 계시지요. 물론 그동안도 많은 도움을 받았던 바, 저는 이분이라면 앞으로 우리 조직에도 큰 힘이 되어줄 거라는 강한 믿음이 있기에, 이분을 저희 발라스의 원로로 추천할까 합니다만. 자, 들어오시죠!"

원로는 원로만이 추천할 수 있다. 하지만 그 전에, 회주에게 먼저 알리는 절차가 필요하다. 그러하기에 이런 방식의 추천은 상당한 월권이라 할 수 있었다.

그 모든 걸 알고 있음에도 강행하는 김종기 의원의 행동이 기가 차기는 했지만, 대체 누구인가 싶은 궁금함이 있어 모두의 시선이 입장하는 곳으로 집중되었다.

뚜벅. 뚜벅. 뚜벅.

정적이 감도는 가운데, 말끔한 옷차림으로 들어서는 사내. 최강이 그곳으로 들어섰다.

모두는 그 나이의 젊음에 처음 놀랐지만, 아는 바 없는 인물이란 것에 더욱 놀랐다. 대체 저런 자를 뭐 볼 게 있어서 원로까지 추천하나 싶은 것이 모두의 공통된 생각이었다.

그러나 신우범 원장만은 달랐다. 그는 지금 큰 충격에 눈을 부릅뜨는 중이었다.

"최강 과장! 자네가 여긴 어떻게……!"

"최강 과장? 회주, 혹시 아는 젊은이입니까?"

"아, 네……. 저희 국가정보원의 7과 과장입니다."

"허…… 그럼 지금, 이번에 도움을 좀 받았다고 해서 국가정보원 간부 따위를 발라스의 원로위원으로 추천한다는 것입니까? 김종기 의원, 제정신입니까?

신우범이 김종기 의원을 쏘아봤다.

'이것이었나! 지금까지 김종기 네놈이 믿고 있던 게 최강이었어?!'

모두가 황당해할 때, 최강이 단상에 올라 마이크에 입을 가져다 댔다.

"이미 회주님께서 제 이름을 거론하셨으니 굳이 소개는 하지 않겠습니다. 그리고 놀라고 황당하실 마음, 이해합니다. 갑자기 어리고 별 볼 일 없는 젊은이가 원로에 추천되었으니 당연히 이해가 안 가실 수밖에요. 그래서 준비해 봤습니다. 저도 제

능력이 어느 정도인지는 충분한 검증을 해야 할 테니까요."

곧 전동 수레가 안으로 들어왔다.

지이이이이이…….

그 무게가 얼마나 육중한지 수레가 다 들썩였다. 그리고 멈춰진 그 순간, 상자가 활짝 열리며 모두의 눈을 부시게 만들었다. 1킬로그램의 금괴 수백 개가 전동 수레 위로 한가득 쌓여 있어서였다.

"허엇……!"

"대체 저게 얼마야……."

최강이 뒤이어 들어오는 또다른 전동 수레를 보며 자신 있게 답했다.

"다 해서 2조 원입니다. 저, 최강. 발라스에 들어오는 조건으로 지금 즉시 저 금액을 발라스에 헌납할 것입니다."

물론, 발라스의 운영 자금에 비하면 그리 큰돈은 아닐 것이다. 그러나 개인이 소장하는 액수로는 상당하기에 모두의 인정을 받기에는 충분했다.

"그 젊은 나이에 저만한 재력을 갖췄다니, 놀라운 일이군요. 그럼 원로위원 후보께 묻겠습니다. 저 자금의 출처는 어찌 되십니까?"

엄청난 금액의 헌납으로 무시나 괄시의 시선은 이미 사라졌다. 질문에도 예의가 갖춰졌다.

공인모 회장의 질문에 곧 최강이 희미한 미소를 지어보였다.

"불법적인 자금일 게 당연한 거 아닐까요? 그렇지만 그 어떤 곳에도 문제될 자금이 아니란 것만큼은 약속드리겠습니다. 저대로 발라스의 자금 창고에 쌓아 두어도 아무런 문제가 없다는 것을 자신 있게 말씀드릴 수 있습니다."

불법적인 자금이지만, 그 어떤 문제도 없는 돈. 쉬운 일이 아니다. 모은 방법도, 그것을 문제없게 만든 것도.

그럼에도 저처럼 젊은 사내가 그와 같은 일을 해낸 것도 모자라 발라스에 헌납을 하겠다고 하니 이미 그 하나만으로도 그의 자금 세탁 능력은 탁월하다 할 수 있었다.

그때 김종기 의원이 나섰다.

"이분의 능력은 이런 재력 따위가 아닙니다. 알려진 바로는 저 김종기가 경찰의 빠른 추격으로 구출되었다고 되어 있지만, 진실은 이분이 직접 나서서 저를 구해 준 것이지요. 뿐만 아니라, 저희 발라스를 분열하려는 세력을 밝혀내는 데 큰 역할을 해 주셨습니다."

원로들이 하나둘 고개를 끄덕여 갔다.

김종기 의원이 바람잡이 역할을 제대로 하고 있다는 증거였다.

"물론 거기서 끝이 아닙니다. 우리 조직을 위협하려는 엄청난 조직에 대한 정보까지도 가지고 오셨지요. 아마 여러분들께서도 들으시면 무척 놀라실 것입니다."

전국 클럽과 도박은 물론, 폭력, 마약, 밀수 등 암흑계를 지배하는 강마석 회장이 물었다.

"다른 것보다도 내부 분란을 꾸민 자가 누구인지부터 들읍시다!"

그의 힘 있는 발언에 분위기가 금세 얼어붙었다.

발라스의 진정한 무서움은 그의 존재라고 해도 무방할 것이다.

암흑계에서 통하는 정보력 또한 만만치 않았지만, 그가 부릴 수 있는 인원이야말로 가히 엄청났기 때문이다.

최강이 고개를 끄덕이며 답했다.

"좋습니다. 궁금한 분들이 많을 테니, 일단 이 통화내용부터 들어 보시죠."

곧 회의장 내부로 음성 통화 내용이 흘러나왔다.

["네, 접니다."]

["어떻게 되어 가고 있어?"]

["이쪽은 문제없이 진행되고 있습니다."]

["김종기는 살아있나?"]

["네, 살아 있습니다."]

["원로회의 결과부터 볼 생각이야. 그러니까 일단 대기토록 해."]

["네, 목표물을 잘 지켜보겠습니다."]

["한데 말이야. 처리를 한다면, 어떨 것 같아?"]

["지시만 내려 주신다면, 바로 처리하겠습니다."]

["절대로 잡혀선 안 돼."]

["네, 빠져나가는 것도 어렵지 않을 것 같습니다."]

["다시 연락하지."]

["네, 기다리겠습니다."]

잠시 통화 내용이 끊어졌을 때, 최강이 나섰다.

"그리고 잠시 후에 과격파에 숨어있던 자에게 이런 연락이 왔죠."

["처리해."]

["네, 진행하겠습니다."]

모두가 웅성거릴 때, 김종기 의원이 말을 보탰다.

"그리고 그놈이 나에게 칼침을 놓기 직전, 나를 이렇게 부릅디다. 원로의원님이라고요."

그 말이 떨어지기 무섭게 원로의원들 사이가 무척 시끄러워졌다.

"허……! 그걸 안다는 건, 확실한 발라스 내부의 인물이라고 봐야겠군요!"

"당장 색출하여 잡아냅시다!"

"전화를 건 게 대체 누구인 겁니까!"

바로 그때, 김종기 의원의 시선이 돌처럼 굳어져 식은땀을 흘리고 있는 신우범에게 향했다.

"그 물음에 대해선 저기 앉아계신 회주께 여쭤야 할 것 같습니다만."

모두가 신우범에게로 시선을 모았다. 김종기 의원이 때맞춰 정중하면서도 비릿한 미소를 머금으며 물었다.

"자, 말씀해 보시죠, 회주님. 저 목소리의 주인공이 누구인지 정말 못 알아보시겠습니까?"

신우범이 잠시 그를 살기 어린 눈빛으로 쏘아봤지만, 그것은 정말 찰나의 일이었다. 이미 모든 걸 알고서 늪에 밀어 넣으려는 자들에게서 어떻게 빠져나가야 할까. 신우범은 자신이라도 살기 위해선 쓰라린 선택을 해야 한다는 걸 인정했다.

"나도 듣고서 조금 충격적이었습니다만, 분명 여기 없는 박명훈 기조실장의 목소리군요."

강마석 회장이 인상을 팍 쓰며 물었다.

"박명훈 기조실장이라면, 국가정보원 내에서도 회주의 비서 역할을 하는 자가 아닙니까?"

모두는 발언을 조심하기 위해 시선만을 모았다. 회주인 당신이 연루된 일이냐고 물었다가 자칫 후폭풍으로 들이닥칠까 걱정스러워서였다. 하지만 그들의 시선만큼은 이미 의심으로 가득했다.

"음음, 사실 저도 지금 저 음성을 듣고 많이 놀라는 중입니다. 대체 왜 저런 짓을 저지른 건지 도통 알 수가 없군요. 하지만 회주인 제가 책임지고 당장에 잡아 실토하게 만들겠습니다."

그때, 최강이 나섰다.

"잠깐만요. 혹시 여기 계신 모두가 허락을 해 주신다면, 그 심문에는 제가 직접 나서고 싶습니다만. 물론 모두가 참관한 상태에서 최면으로 말이죠. 제가 또 최면에는 일가견이 있거든요. 어차피 쉽게 입을 열지도 않을 텐데, 이보다 확실한 방법이 어디에 있을까요?"

신우범이 최강을 쳐다보며 눈을 부릅떴다.

'안 돼! 저것만큼은 막아야 해! 예전 마츠오카의 일도 그러했지만, 신정환 과장도 주저 없이 모든 걸 누설했었어. 결코 누설할 자들이 아닌 자들이, 저 최강만 거쳤다 하면 모든 비밀을 주저 없이 말해 버렸다고!'

누구보다도 최강의 능력을 잘 아는 그이기에 더욱 큰 위기감을 느꼈다.

'만약 박명훈 기조실장에게도 그런 일이 일어난다면……! 나까지도 기필코 죽는다! 이것만큼은 어떻게든 막아야 해!'

그러나 모든 원로위원들이 최강의 제안을 받아들이고 있었다. 아니, 그걸 넘어 이미 그를 원로로서 인정하는 듯한 모습을 보였다. 그래서일까, 신우범은 사방에서 칼에 겨눠진 느낌을 받으며 더욱 큰 압박을 느껴야 했다.

원로회의가 끝난 직후, 신우범 원장이 최강을 뒤따라와 불렀다.

"이보게, 최 과장!"

"네, 원장님. 아니지, 지금은 회주님이라고 불러드려야 할까요?"

신우범 원장이 최강 뒤로 있는 김종기 의원을 쏘아보고는 최강에게 물었다.

"이게 다 어떻게 된 건가? 자네가 왜 김종기 저자와 함께 다니는 것이야?"

"마치 꼭…… 원장님의 사람이어야 정상이 아닌가, 그렇게 말씀을 하시는 것 같네요."

"그야……! 크음, 아무래도 내가 자네에게 들인 공이 있으니까."

최강이 천천히 신우범 원장에게로 다가갔다.

그리고는 조용한 목소리로 속삭였다.

"그 노력이 어떤 건지는 모르겠습니다만, 카드와 장치를 부순 것처럼 속인 배신감만 할까요. 그리고 당시 제 어머니를 납치했던 것도 원장님이 시킨 일이었던데. 그건 어떻게 설명하실 겁니까?"

"그, 그건……!"

신우범 원장이 즉시 김종기 의원을 쏘아봤다.

자신이 카드를 얻기 위해 최강의 어머니를 납치한 것까지는 어떻게 알았는지 알 수 없어도, 카드를 자신이 가지고 있다는 것쯤은 그동안 원로회의에서 그것으로 압박을 해 온 김종기를 통해서라면 충분히 알 수 있는 부분이라 생각했던 것이다.

"아무튼 제게 보이셨던 그런 노력에 대한 거라면, 빠른 시일 내에 보답해 보도록 하겠습니다. 아마 기대하셔도 좋을 것입니다."

섬뜩하기까지 한 그의 미소에 신우범 원장은 절로 숨이 턱 막혀 왔다. 지금 이 순간 더욱이 크게 느낀 건, 지금 눈앞에 있는 최강은 지금까지 자신이 알고 있던 그의 모습과는 완전히 다르다는 거였다.

철저히 속이고 있었지만, 진정으로 속고 있던 건 자신이 아니었을까. 넋이 나간 신우범은 그러한 충격에서 쉬이 벗어나질 못했다.

두 사람이 복도 끝으로 사라질 때까지도.

신우범 원장은 마음이 급했다. 차로 돌아간 그는 즉시 여러 대포폰들 중 하나로 박명훈 기조실장에게 전화를 걸었다.

"그래, 국가정보원 내에만 있으면 아무도 쉽게 건드릴 수 없어. 그 전에 손을 쓰면 돼. 그러면 어떻게든 해결할 수 있어!"

그러나 박명훈 기조실장은 전화를 받지 못했다.

국가정보원 내에는 그가 모르는 다른 원로위원의 사람도 있었다. 이미 다른 원로위원이 그를 확보하라는 명령을 내렸고, 즉시 움직여 마취총으로 박명훈 기조실장을 재운 뒤 밖으로 데리고 나가고 있었다.

하지만 신우번 원장이 그걸 알 방법은 없었다.

"받아라, 제발……! 박 실장 인마……!"

그는 다시 자신의 핸드폰으로 국가정보원 내의 3차장인 신재섭에게 전화를 걸었다.

'네, 원장님.'

"어, 난데. 혹시 근처에 박명훈 실장 있을까?"

신재섭은 그걸 왜 자신에게 묻나 싶어 내심 이상하게 여겼다. 하지만 상급자의 질문이니 답은 해야 했다.

"아마도…… 박 실장 사무실에 있지 않을까요?"

"미안한데 말이야. 전화를 안 받아서 말이지. 내가 급하게 할 말이 있는데, 자네가 좀 가서 바꿔 주면 안 되겠나?"

난데없이 전화를 해서는 전화 심부름이라니.

아무리 자신이 부하 직원이라지만 참 황당한 지시였다.

"내가 부탁 좀 하겠네. 정말 급한 거라고 그래."

부탁. 그래, 부탁이라는데 그거 들어주는 게 뭐가 어려울까.

최근 어려운 일도 함께 겪었던 만큼, 함께 지내며 나름 친해진 것도 있으니 못 들어줄 것도 없었다.

"네, 알겠습니다. 제가 박 실장 사무실로 가 보겠습니다."

신재섭은 전화를 끊지 않은 상태로 이동했다. 그리고 이동 중간마다 직원들에게 박명훈 실장의 행방에 관해 물었고, 그 모든 대화가 신우범 원장에게도 다 들려 왔다. 그렇게 초조하게 기다리는데, 노크 소리와 함께 문 여는 소리가 들려오더니 금방 신재섭 목소리가 들려왔다.

"사무실엔 없는 것 같습니다. 직원들도 모른다고 하는데, 대체 어딜 간 건지. 이거, 어떻게 하죠?"

신우범은 난감해하며 머리를 움켜쥐었다.

"알았어. 고마웠네. 그럼 일 보도록 해."

"아, 네……."

전화를 끊은 신재섭은 고개를 갸웃했다.

"대체 무슨 일인데 이러시지……. 흠……."

신우범 원장은 눈을 질끈 감고 두 주먹을 꽉 쥐었다.

박명훈 실장은 연락도 되지 않고, 어떻게 된 일인지 국가정보원 내에서도 감쪽같이 사라졌다. 어딜 간다면 보고를 했을 텐데, 그런 것도 하나 없이 말이다.

그렇다는 건, 누군가가 벌써 움직였을 가능성이 컸다.

"미치겠네. 이대로 최강 그 자식한테 넘어갔다간 정말 끝장인데……!"

박명훈에게 닿을 수 없다면 방법은 하나. 최강뿐이었다.

그를 심문을 못 할 상태로 만들어 놓으면 되는 거였다.

"어쩔 수 없군. 최강을 없애야 해. 그놈을 없애지 않으면……! 내가 죽어!"

* * *

김종기 의원과 헤어진 나는 차에 올라 핸드폰을 보고 있었다.

수십 개의 블록처럼 수없이 많은 영상들이 그곳에 나오고 있었다. 이것들은 전부 내가 살피고자 하는 이들에게 심어 놓은 초소형 감시카메라들이다.

-이제 어쩔 테냐?

그러한 카메라는 신우범 원장의 차에도 설치되어 있었다. 목 받침대의 고정봉을 뚫어 넣어 둔 것이라 알아보기란 무척 어려울 것이다.

그리고 방금 전, 박명훈이 누군가에게 잡혀가는 것에 이어, 신우범이 하는 말까지 모두 들은 상황.

그래서 케라가 나에게 묻고 있는 거였다.

"구석에 몰린 쥐가 이제 막 물려고 달려들고 있으니까, 당연히 놀아 줘야죠. 어차피 이럴 것까지도 다 예상하고서 어렵게 생중계까지 준비해 둔 건데. 써먹어야 할 거 아닙니까."

제라로바는 감탄했다.

-그러고 보면 너의 시대의 기술은 정말 대단한 것 같다. 이렇게 한자리에 앉아 모든 걸 지켜볼 수 있다니 말이다. 그것도 수십 곳을 동시에. 때론 이러한 기술들이 마법보다 더 대단하지 않은가 싶을 때가 있어.

"할아버지의 마법이 아니었으면 어디 설치할 엄두나 났겠어요? 마법이니까 어디든 숨어들어 설치할 수 있었던 겁니다."

-허허, 뭐 그렇긴 하다만.

"지금 생각해 보면, 두 분의 조합도 정말 엄청난데, 현대 기술에 통달한 저까지 함께하니 정말 엄청난 조합이 아닌가 싶네요. 정말 제 이름처럼, 최강 조합 아닐까요? 우리가 힘을 합하면 진짜 못할 게 없다고 봅니다."

케라가 웃으며 말했다.

-후후, 솔직히 근래 네가 해 오는 행동들을 보면 우리도 보는 재미가 있어. 거기다가 공익을 위해 움직이는 거니 무엇보다 마음에도 들고 말이다.

"마음에 드신다니 다행이네요."

-그런데 말이다. 아무리 그래도 이 노인네의 마법까지 생중계

하는 건 좀 과하지 않을까?

"아주 작은 일부만 보여 주는 것 정도는 괜찮다고 봅니다. 이게 다 보는 사람들로 하여금 공포를 심어 주기 위함이니까요. 아무도 나를 어떻게 할 수 없다는 그 생각, 그걸 심는 순간 앞으로 그 누구도 저에게 대항하지 못할 겁니다."

제라로바가 말했다.

–신비함과 미지의 힘에 대한 두려움은 한 번 생기면 쉽게 벗어나기 힘든 법이지.

그 말이 옳다. 내가 노리는 것도 바로 그 부분이다.

곧 보여 줄 엄청난 싸움을 본다면, 그게 누구라도 결코 나와 적이 되려 하지 않을 거다. 한 번의 쇼를 제대로 보여 줌으로써 모든 걸 지배할 조건을 갖추게 되는 셈이다.

나는 차를 타고 사무실로 가지 않았다. 회의를 마치고 빌딩을 벗어나고 얼마 뒤부터 미행이 붙기 시작해서다.

내가 사무실로 갔다간 모두가 휘말린다. 그래서 조금 위험을 감수해서라도 내가 준비를 해 둔 건물을 향해 내달렸다.

부우우웅–!

그런 와중에 뒤에서 오토바이 몇 대가 빠르게 접근해 오는 게 보였다.

"우리 원장님, 초조하긴 했나 보네. 그래도 그렇지, 이렇게 곧바로 행동해버리면 누가 지시했는지 너무 뻔한 거 아닌가?"

그들은 오토바이 옆으로 달린 기관단총을 들더니 총알을 와르르 쏟아냈다. 소음기를 단 것인지 오토바이의 엔진 소리보다도 소음이 크지 않았다. 애초에 이러한 공격에서 총기의 소리를 감추기 위한 전략이 아닐까도 싶었다.

타다다다닥!

그러나 총알은 차에 부딪히며 가볍게 튕겨졌다.

"소용없다, 이것들아. 내가 그 큰돈 만지면서 가장 먼저 한 짓이 뭔 줄 알아? 바로 방탄차를 만드는 거였거든."

방탄차. 솔직히 슈퍼카 하나쯤은 누구나 가지고 싶은 로망이 아닐까? 물론, 다른 사람들이 생각하는 슈퍼카의 개념이 나와는 다를 것이다.

나는 첨단기술이 접목된, 그러면서도 웬만한 총기로는 상처도 나지 않는 그런 차를 가지고 싶었다. 지금 내가 타고 있는 차가 바로 그 결과물이다.

"그럼 어디, 시작해 볼까."

차에서 버튼을 누르자 날카롭고 둥근 침들이 차 뒷 범퍼에서 와르르 쏟아졌다. 옛날 스파이 영화를 보면 간혹 나오던 그거, 상상이 되지? 그래 바로 그것이다.

살포한 침들을 밟은 오토바이는 곧바로 터지고 너덜너덜해진 타이어에 확 하고 뒤집히고 말았다.

퍼서석!

"끄아악-!"

어우~ 사운드 좋고.

그러게 누가 총을 쏘래? 인과응보다. 남을 죽이려거든, 스스로도 죽을 각오쯤은 해야 하는 거다.

다른 몇 오토바이를 탄 놈들은 당황하며 옆으로 급하게 피하는 것 같았다. 그렇지만 주변 차들이 살포한 가시들을 밟고 미끄러지는 바람에 거기에 튕겨져 사람이 도로 밖으로 날아가는 게 보였다.

"어어……! 어으……. 여기 다리 위인데. 줄 없이 번지 하는 기분이 참……. 어떠려나?"

그렇다. 여긴 영동대교 위였다. 튕겨져 날아가면 자동 번지인 것이다.

튕겨져 나가고, 차에 깔리고, 살포 한 번으로 오토바이 무리가 싹 해결됐다. 시민들에게 불편을 준 것은 미안하지만, 나중에 하나하나 찾아내서 보상토록 하자.

그런데 막 영동대교를 내리며 잠실종합운동장으로 빠지는데 차량 두 대가 따라붙었다.

"역시나 바로 따라붙는구나. 하긴, 이런 것도 팀으로 움직이는 놈들은 서로 무전을 주고받으면서 내가 향할 위치까지 다 파악하고 있겠지."

어쩌면 내가 향할 곳에서 커다란 덤프트럭이 덮쳐오거나, 무인 차량이 달라붙어 폭발할지도 몰랐다.

충분히 가능하고도 남을 일이다.

발라스에게 그 정도는 아무것도 아니라는 걸 잘 아니까.

거기다가 평범한 시민들 중에도 잠입해 있으니 어디서 누가 공격을 해 올지는 예측 불가능한 게 사실이었다.

"그래도 이건 생각도 못 했을 걸."

나는 급하게 차를 꺾으며 곧장 차의 천장에 손을 대었다.

그 순간, 내가 탄 차량은 감쪽같이 모습을 감췄다.

당황하며 서로 무전을 날릴 모습들이 눈에 선하다.

"할아버지, 환영 마법 좀 부탁할게요. 분신술 같은 거면 좋겠네요."

-그거, 좋구나.

"*카리노 카라부카.*"

갑자기 뒤쫓아 오던 차량들이 급히 멈추는 게 보였다.

나의 환영이 길가에 서서 그들에게 손을 흔들고 있어서다.

급하게 차에서 내려 나의 환영을 좇는 이들을 보니 괜스레 웃음이 나왔다.

"고생 좀 해 봐라, 이것들아."

내 차가 지나칠 때마다 곳곳에서는 나의 환영들이 나타났다. 그에 따라 수많은 이들이 혼란스러워하며 좇아다니는 게 보였다.

한참을 웃던 나는 도시를 벗어날 때쯤, 다시 차를 보이게 하며 목적지를 향해 내달렸다.

* * *

무전이 쉼 없이 오갔다.

[방금 전에 커피숍으로 들어갔다!]

[무슨 소리야! 놈은 여기에 있다고!]

[놈이 도망친다! 저기 사거리에 있는 거 아무도 안 보이는 거야?]

[다들 지금 뭐하고 있는 거야! 어서 놈을 찾아!]

이곳저곳을 뛰어다니던 십 수 명의 사내들은 곧 허탈해 하며 길가를 배회했다.

"대체 이게 뭐야……."

"분명 목표물을 보고 쫓았는데, 어딜 간 거지?"

"왜 다들 목표물을 보고 있다고 하는 거야? 분명 본 건 나였는데?"

그러던 그들에게 동시에 무전이 날아들었다.

[목표물이 강남구를 지나 구룡산 쪽으로 향한다! 거기서 뭣들 하고 있는 거야? 어서 쫓아!]

모두는 충격에 빠지며 각기 다른 장소에서 동시에 말했다.

"방금 전까지만 해도 여기에 있던 놈이, 거길 가 있다고?"

모두는 귀신에 홀린 것만 같은 기분이었다. 하지만 혼란스러운 와중에도 지시에는 따라야 했다. 그들은 다시 급하게 차에 오르고는 빠르게 구룡산 쪽을 향해 차를 몰았다.

여러 대의 차량들이 도착한 곳은 짓다 만 병원이었다. 곳곳에는 유치권 행사 중이라는 현수막이 너덜너덜하게 걸려 있었다. 절반쯤 지어지다가 어떠한 문제 때문에 공사가 중단된 곳이었다.

"그놈이 정말 여기로 온 게 맞아?"

그러한 말을 뱉은 사내 옆으로 다른 이가 다가와 어깨를 툭툭 치며 한 곳을 가리켰다. 그곳에 최강이 타고 왔던 차가 세워져 있었다. 최강이 이곳으로 온 게 확실하다는 걸 확인한 그들은 저마다 총을 들었다.

"보통 놈이 아니니까 다들 조심해. 목표물은 혼자서도 서른 명 이상을 제거한 전문가다. 각자 조를 이뤄서 수색하도록!"

"네!"

아무래도 개미굴 사건에 관해 말하는 것인 모양이다.

그리고 그들 또한, 최강이 왜 이런 곳으로 들어간 것인지 대략 짐작하고는 있었다. 유인. 누가 보더라도 고의적으로 이곳으로 끌어들인 것이 틀림없었다. 이곳에서 추적자들을 상대하겠다는 의지인 것이다.

모두는 상대가 엄청난 능력자인 만큼 긴장되는 부분도 있었으나, 방금 전에 자신들이 겪은 일들이 있어 더욱 큰 위기감을 느끼고 있었다. 하지만 목표물의 제거가 자신들이 맡은 일.

그들 모두는 임무를 완수하기 위해 서서히 어둠이 깔리고 있는 건물 속으로 들어가야 했다.

"후훗, 쇼 타임."

최강이 깊은 안쪽에서 밝은 곳에 서 있는 그들을 보며 비릿한 미소를 머금고 있는 것도 모르고 말이다.

같은 시간, 신우범을 포함한 열 세 명의 원로위원에게는 테블릿 하나가 전달되었다.

테블릿을 풀자 시간이 흘러가고 있는 게 나타났다.

06:32

"이게 뭐야?"

보낸 사람은 최강으로 되어 있었다.

00:35

00:07

그리고 그 시간이 00:00을 가리켰을 때, 여러 개의 영상이 흘러나오고 있었다. 그것은 바로 최강의 모습과 그를 추적하여 총을 들고 건물로 들어서는 이들의 모습이었다.

"뭐야, 이건……."

의문으로 가득한 원로위원들은 저마다 심각한 표정을 머금으면서도 화면에 나오고 있는 영상에 집중해 갔다.

반면, 신우범 원장은 새하얗게 질리고 말았다.

"최강 너 이 새끼……. 대체 언제 이런 것까지 준비한 거야……!"

이런 걸 보냈다는 건, 이미 자신의 행동까지 꿰뚫어봤다는 것이 된다.

자신보다도 서너 수 앞을 내다보고 모든 걸 갖춰놓은 것이다.

그는 자신이 보낸 이들이 건물 안으로 들어가는 것을 보며 초조함으로 피가 말라 갔다.

　　　　　　　　　* * *

　　건물로 진입하는 이들은 저마다 손전등을 켜며 수신호를 주고
받았다. 그들은 조를 이뤄 각기 다른 층을 수색하기 시작했고,
다섯 명 이하로는 따로 움직이지 않았다.
　　그 이하로 나뉘는 건 위험하다는 판단에서였다.
　　곳곳에 카메라가 자신들을 찍고 있다는 걸 전혀 모르는 그들은
병원 구석구석을 살펴 갔다.
　　스윽!
　　1층을 수색 중인 사내 하나가 손전등이 지나친 곳으로 무언가가
움직인 걸 확인했다.
　　"잠깐! 1층, 뭐가 지나가는 걸 보았다. 확인하겠다."
　　2층과 3층으로 오르던 이들이 수신호로 대기할 때, 1층에
있던 이들이 한 방으로 하나둘 모여들었다.
　　그러나 손전등으로 구석구석을 비췄음에도 내부는 텅 비어
있었다.
　　"뭐야, 아무것도 없잖아."
　　"야, 뭘 본 게 맞아?"
　　"봤어. 진짜야. 분명 이쪽으로 사라졌다고."
　　퍽!
　　그런데 바로 그때, 이상한 느낌에 뒤돌던 사내가 큰 충격을
받고 붕 하고 날아갔다.

철퍼덕!

그것은 마치 누군가의 발길질에 맞고 날아간 것 같은 모습이었다. 깜짝 놀란 모두가 입구를 향해 총을 쐈다.

탕! 타당! 탕!

사정없이 총을 쏘기를 잠시.

"사격 중지! 사격 중지!"

사내 하나가 쓰러진 동료를 살피는 사이 남은 셋이 방 밖으로 향하며 바깥을 살폈다. 그런데 이게 어찌 된 일일까.

손전등을 대며 각기 양쪽 복도를 살펴봐도 아무도 없었다. 복도로 완전히 나와서도 개미새끼 하나도 안 보였다.

"뭐야. 방금 뭐였던 거야?"

"그 짧은 사이에 이렇게 빨리 사라졌다고?"

그들이 혼란스러워할 때, 무전이 날아들었다.

[1조, 무슨 일이야? 방금 총소리는 뭐야?]

"방금 전 태웅이가 공격을 당했습니다. 근데 공격을 한 놈이 어딜 갔는지 보이질 않습니다."

[공격을 받고도 놈을 못 봤다는 거야?]

"네, 그렇습니다. 이런 말씀 드리기 뭐합니다만, 여기 뭔가 이상합니다."

[아무튼 1층에 있다는 거니까 우리 모두 그쪽으로 이동하겠다. 포위하여 몰아넣고, 발견 즉시 사살한다.]

"네, 알겠습니다."

그런데 무전을 주고받는 사이 잘 못 느꼈는데, 조금 전부터 방 안쪽에서 갑자기 이상한 소리가 들려왔다.

서억. 서억. 서러럭!

방 안에는 얻어맞고 쓰러진 사내와 그를 살피는 사내 둘만 있었다. 그러니 당연히 쓰러진 사내를 돕는 과정에서 나는 소리겠지 싶었다.

"어이, 이봐. 태웅이는 어때?"

사내 하나가 확인을 위해 방 안쪽을 살피며 손전등을 가리킨 그때, 질문을 던진 사내가 기겁하며 뒤로 물러섰다.

"으어어억!"

방 밖으로 나갔던 다른 둘이 급히 물었다.

"뭐야! 왜 그래?"

가리키는 손을 따라 안을 확인한 다른 둘도 충격에 표정이 핼쑥하게 변했다.

"뭐야……!"

"왜 저렇게 되어 있어……?!"

오싹함이 번지며 소름이 끼쳤다.

황당하게도 두 사람이 칼에 온몸이 베인 채로 피투성이로 쓰러져 있었다. 방금 전에 들려왔던 소리는 바로, 그들이 칼에 썰리는 소리였던 것이다.

"말도 안 돼……. 방금 전까지만 해도 같이 있었잖아. 근데 갑자기 저렇게 되었다고?"

"미친……. 이 방, 분명 밀폐되어 있다고. 우리가 문을 지키고 있는데 어떻게 들어왔다는 거야!"

마치 공포 영화의 한 장면과도 같은 현장.

어둡고 칙칙한 분위기는 두려움을 더욱 고조시켰다.

스위잉-!

퍼억!

거기다가 어디서 날아온 총알인지, 갑자기 날아온 총알이 놀라고 있던 동료의 머리를 꿰뚫고 지나갔다.

철퍼덕.

피가 얼굴에 튄 그 순간, 질려버린 사내 하나가 복도 끝을 향해 총을 마구 쏘기 시작했다.

"으아아아아아-!"

탕! 탕! 탕!

"나와! 이 개새끼야-! 나오라고-!"

"그만! 사격 중지! 그만하고 엄폐해! 정신 차려, 이 새끼야!"

그런 그들에게 무전이 날아들었다.

[뭐 하는 짓이야! 사격 중지! 우리한테 쏘면 어쩌자는 거야!]

한쪽으로 물러나 있던 사내가 총을 마구 쏜 사내의 멱살을 움켜쥐었다.

"야, 이 새끼야. 정신 안 차려? 지금 이거 다 속임수야. 우리가 그 새끼 놀음에 놀아나고 있는 거라고!"

"아냐…… 그런 게 아냐……."

총을 쏘던 사내가 질린 얼굴로 고개를 돌려 말했다.

"너…… 못 본 거야?"

"보다니, 뭘?"

"방금 그 새끼, 벽으로 들어갔어. 내가 방금 봤다고!"

"무슨 헛소리야?"

피융-!

퍼억!

방금 전까지 총을 쏘던 사내가 반대편에서 날아온 총알에 머리가 꿰뚫려 쓰러졌다.

철퍼덕.

너무도 순식간에 일어난 일에, 그의 멱살을 쥐고 있던 사내는 놀라 뒤로 물러났다. 조금 전만 해도 왼쪽에서 날아온 총알에 동료가 죽더니, 이번엔 오른쪽에서 날아와 또 하나가 죽은 거였다.

그는 서둘러 방 쪽으로 조금 들어가 양쪽을 경계했다.

"이런, 씨……! 한 새끼가 아니었던 거야?"

그는 얼른 무전을 보냈다.

"대장! 한 놈이 아닙니다! 여러 곳에 매복을 하고 있다고요! 아무래도 전 포위된 것 같습니다. 빨리 이쪽으로 와 주십시오! 다 당하고, 저 혼자 남았습니다!"

[기다려. 바로 앞이니까!]

사내의 눈에도 저만치에서 다가오는 손전등 불빛이 보였다.

혼자만 남아 불안했던 차에 그 불빛을 보자 조금 안심이 되었다.

"됐어…… 이제 됐어……."

그런데 바로 그때, 뒤에서 소름 끼치는 숨소리가 들려왔다.

"그런다고 너도 살 것 같아……?"

"허억!"

놀람과 동시에 날카로운 무언가가 가슴을 뚫고 길게 뻗어 나왔다.

"커걱! 컥……!"

사내는 아무것도 없던 방 안에서 누군가가 어떻게 나타났을까 하는 생각보다, 자신이 이제 곧 죽는다는 생각에 절망 가득한 얼굴로 쓰러져 갔다.

털썩.

그리고 잠시 그의 등 뒤로 모습을 드러냈던 최강은 음산한 얼굴로 다시 어둠 속으로 사라져 갔다.

터덕! 터덕! 터덕!

급하게 달려 그곳으로 당도한 2조와 3조는 그 참혹한 광경에 할 말을 잊었다.

"뭐야……. 그사이에 전부 당했다고?"

안에서 피투성이가 된 두 명의 시체도 발견한 그들은 서둘러 방 안을 살폈지만, 아무것도 찾을 수가 없었다.

"그 새끼는 어딜 간 거야?"

자신들은 복도 양쪽에서 달려온 거였다.

그런데 불과 10초 전까지만 해도 무전을 해 왔던 동료는 죽어 있고, 다섯을 모두 죽인 자는 어딜 갔는지 보이지 않았다.

"그 새끼…… 우리를 완전히 가지고 놀고 있어."

바로 그때, 복도 끝에서 총알이 날아왔다.

피융! 피융! 피융!

셋이 어깨와 가슴을 꿰뚫리며 쓰러졌고, 그들은 동시에 총이 쏘아지는 곳을 향해 응사했다.

탕! 타당! 탕! 타다당!

그러나 총을 몇 발 쏘고는 복도 끝에서 유유히 사라지는 최강이었다.

"모두 괜찮아?"

심장을 맞은 사내는 숨을 헐떡이다가 그대로 즉사, 다른 하나도 심상치 않았고, 어깨를 맞은 사내도 피가 철철 흐르고 있었다.

"다친 사람은 여기서 대기하고, 나머지는 놈을 쫓는다! 서둘러!"

그들이 로비 쪽에 도달했을 때, 최강은 2층 계단으로 오르며 다시 총을 쐈다. 뒤쫓던 이들은 계속해서 총을 쏘며 최강을 따라 2층으로 오르기 시작했다.

"허흑……! 허흑……!"

남겨져 있던 이들 중 가슴에 총상을 입은 사내가 숨을 쉬기 힘겨워했다.

어깨에 총상을 입은 사내가 그의 상처를 누르며 말했다.

"조금만 버텨! 저 새끼 금방 잡고 나면 구급차가 올 거야.

금방 병원으로 데려가 줄 테니까 최대한 버텨야 해!"

그런데 쓰러져 있던 사내의 표정이 두려움으로 질려 갔다.

자신의 상처를 누르고 있는 동료의 뒤로 누군가가 칼을 들고 있는 걸 본 것이다.

"쿨럭! 뒤…… 뒤에……."

"뭐? 말하지 마, 인마!"

"뒤에 있어……! 피해……!"

사내는 동료가 힘겹게 숨을 들이켜 말한 소리를 듣고 나서야 섬뜩함을 느꼈다.

그리고 본능적으로 총을 쥐며 몸을 돌렸다.

탕-!

그러나 총구는 목표에 닿기도 전에 방향을 잃었다.

팔이 싹둑 잘리며 떨어졌기 때문이다.

"으아악-! 내 팔-!"

그러나 이후로 칼날이 마구잡이로 날아들었다.

순식간에 사사삭 날아들더니 팔이 잘린 사내의 몸은 조각이 되어 있었다.

"커흐으으읍……! 커흐으으읍……!"

폐를 다친 것인지, 쓰러져 있던 사내는 두려움에 질려 거친 숨만 몰아쉬었다.

심지어 바지에 오줌까지 지린 그는 몸을 돌려 기기 시작했다.

그의 뻗어지는 손에는 어떻게든 이곳 현장에서 빠져나가고픈

간절함이 있었다. 그러나 응징은 가차 없었다.

퍼억!

그의 정수리 위로 칼이 찍힌 것이다.

그렇게 부상자까지 처리한 최강은 고개를 돌려 천장에서 찍고 있을 카메라를 응시했다.

"후훗, 어떻게…… 잘들 즐기고 계십니까?"

그러고서 사라지는데, 곧 최강의 모습은 카메라 그 어디에서도 발견할 수가 없었다. 테블릿을 통해 모든 광경을 지켜보는 원로위원들은 저마다 굳어진 얼굴로 마른침을 꿀꺽 삼켰다. 사람 하나 죽는 것에 눈 하나 깜짝하지 않는 그들이지만, 지금 보는 영상에는 두려움을 느낄 수밖에 없었다.

"지금 이게…… 진짜라고?"

최강은 갑자기 벽에서 튀어나와 두 사람을 사정없이 칼로 베어 댔다. 멀리서 대충 쏘는 총에도 어김없이 사람이 하나씩 죽어 갔으며, 부상자조차 남기지 않고 잔인하게 도륙해 버렸다.

"미쳤어……. 대체 뭐야 이게?"

"벽이 가짜인 건가? 어떻게 저렇게 사라지는 거지?"

"방금 전까지만 해도 2층이었잖아? 근데 어떻게 다시 1층에 있는 거야?"

동에 번쩍, 서에 번쩍. 그곳 건물 안에서 최강은 어디에나 있었다. 최강을 상대하는 이들은 환영 마법에 홀려 뒤쫓다가 진짜 최강에게 썰려 죽었다.

총을 마구 쏘아도 소용이 없다. 그대로 달려드는 최강에게 덮쳐진 순간, 그걸로 끝이었다. 원로위원들이 보는 것은 서로 싸우는 장면이 아닌, 일방적인 학살 장면처럼 느껴졌다.

십 수 명이 덤볐음에도 너무도 압도적인 싸움. 그리고 최강이 보여 주는 기이한 능력들까지. 실제로 지켜보고 있음에도 원로위원들은 자신들이 본 것을 믿기가 어려웠다.

"대체 뭐야, 이 사람……. 사람이 맞기는 한 거야?"

그리고 몇몇이 동시에 같은 의문을 떠올렸다.

"대체 정체가 뭐야?"

한편, 그러한 광경을 멍하니 지켜보던 신우범 원장은 보던 태블릿을 덮어 버렸다. 그리고 허탈함이 가득한 음성을 뱉어 냈다.

"처음부터 안 되는 거였어……. 예전부터 뭔가 이상하다 싶긴 했지만, 이런 능력이 있는 줄은 몰랐다고. 이런 건 영화에서나 가능한 거잖아? 어떻게 이런 게 실제로 일어나?"

백 명, 천 명을 보낸들 죽일 수 있을까?

절로 고개가 저어졌다. 방금 전에 본 영상에 의하면, 최강은 결코 사람이 아니었다. 사람이 저렇게 벽을 마구 뚫고 다니고, 여러 곳에서 나타날 수는 없는 것이다. 영상 중에는 사내 하나가 최강을 향해 총을 마구 쏘았음에도 소용없지 않았던가.

그런 걸 보았으니 최강을 죽인다는 생각은 더는 이어지질 않았다.

* * *

  며칠이 지났을 무렵, 심문 절차를 위해 회의 날짜가 전달되었다. 나는 메시지를 보며 흡족했다.

  "홋, 저도 이제 완전히 발라스의 원로위원이 된 모양이네요."

  ─잘되었구나. 뜻하는 대로 이뤄져서.

  ─그럼 이제 신우범, 그놈만 벌하면 되겠구나.

  그런데 심문을 하기 하루 전.

  회의 취소 메시지가 날아들었다.

  "회의를 취소한다고?"

  보태는 글귀는 이것이었다.

  [주모자인 신우범이 자살함으로 인해 회의를 취소합니다. 이후, 세력 개편에 관한 회의를 진행할 것이니 날짜가 정해지는 대로 참석 바랍니다.]

  자살이라고? 그럼 이대로 끝인 건가?

  허탈했다. 절망하는 그의 표정을 꼭 보고 싶었는데.

  "이거 너무 싱겁게 일이 끝나버렸네요."

  ─차라리 도망이라도 칠 것이지. 그깟 압박도 견디지 못하고 스스로 목숨을 끊어? 상대할 가치도 없는 놈이었구나!

  ─어차피 죽게 될 거라는 걸 스스로도 알았던 게지. 도망쳐

봐야 결과는 같을 테니까.

그런데 창밖을 바라보는 가슴은 왜 이리 불편할까. 잠시 잠깐 신우범이 자신에게 선의로 다가왔던 기억들이 떠올라서일 것이다.

그러나 혼동은 말자. 그것은 결코 선의가 아니었다. 전부 나를 이용하기 위해서였을 뿐. 거기다가 호감 있는 척 접근했으면서, 오히려 납치를 해 이용하려 한 엄마에 관한 일은 결코 용서할 수 없었다.

"악인의 처벌도 끝냈고, 회주의 자리도 공석으로 만들었으니 본격적으로 장악을 시작해 봐야겠네요."

-혹시 직접 회주의 자리에 앉을 생각인 것이냐?

"아뇨. 그럼 여기저기 관리 같은 걸 해야 하는데, 그런 건 딱 질색이라서요. 그런 일엔 원래 허수아비가 제격이죠."

-흘흘, 영악한 놈.

-안 그래도 쓰임이 좋은 놈도 있겠다, 앞으로 일이 더욱 재밌게 흘러가겠구나.

"그렇다고 해도, 다른 원로위원들을 누르는 게 쉽진 않을 겁니다. 원래 욕심이란 게 두려움도 누르는 법이니까요."

* * *

국가정보원 원장의 자살. 이는 각종 뉴스로 보도되며 수많은 억측을 내어놓았다. 갑작스러운 일에 각 차장들도 무척 침통해했다.

"이게 대체 무슨 날벼락이야."

"그러게."

"대체 무슨 고충이 그렇게 많으셨기에 저런 선택을 하신 걸까?"

"난들 알겠나. 누구나 속에 앓고 있는 거 하나씩은 있는 법인데."

장례가 치러졌고, 최강도 표면상 안 갈 수가 없기에 조문을 갔다. 하지만 막상 조문을 오니 기분이 이상했다.

"내가 이렇게 만들고서 여길 오니 참……. 껄끄럽네."

최소현이 옆에서 물었다.

"네?"

"아뇨. 그냥 혼잣말입니다."

"아, 네……. 그나저나 너무 안됐어요. 갑자기 자살이라니. 대체 왜 그러신 걸까요? 참 좋은 분 같았는데."

"뭔가 모든 걸 포기하게 만든 압박이 있었지 않았을까요? 들켜선 안 될 것이 공개되기 직전의 그런…….."

"무슨 범죄와 연관되기라도 했다는 거예요?"

"아니, 뭐. 그냥 그런 게 아니고서야 저런 선택을 하셨을까…… 그런 짐작을 해 본 겁니다."

"에이, 그래도 그건 너무했다. 다른 사람들은 몰라도 같은 국가정보원 요원이면 그러면 안 되잖아요."

최강은 쓴웃음을 머금었다.

자살하게 만든 사람이 자신인 걸 알면 최소현이 뭐라고 할까.

아무튼 웬만한 건 숨기지 않고 말하는 자신이지만, 이 부분은 말하지 말자고 생각했다.

* * *

한참 선거유세로 바쁜 김종기 의원에게 네 명의 발라스 원로위원이 찾아왔다.

"이거 참. 바쁜 사람을 이리 불러내서야. 대체 뭡니까? 이렇게 보자고 하신 연유가?"

찾아온 사람은 공인모 회장과 강마석, 그리고 로비스트 기업을 이끄는 정우찬 회장과 무기상인 이성구였다.

사실 김종기 의원도 이들이 찾아온 이유를 짐작했다.

필시 며칠 전 보았던 영상에 관한 이야기일 것이다.

그렇지만 이들은 자신을 회주의 자리에서 쫓아내는 일에 손을 거들었던 자들이다. 좋은 마음을 가지고 있지도 않기에 일부러 바쁜 사람 행세를 했고, 모른 척 되묻고 있었다.

"의원님께서도 그 영상을 보았을 게 아닙니까? 그게 대체 뭐였는지 설명을 해 줬으면 싶습니다만."

"회의 당일, 자신의 죄가 밝혀질까 초조해진 신우범 회주가 발라스 요원들에게 지시를 내렸다. 이 부분은 모두 알고 있는 사실이 아닙니까? 그의 독단으로 또 우리 아까운 발라스의 인재만 손실을 입게 된 것이지요."

공인모 회장에 이어 무기상인 이성구가 물었다.

"우리가 알고 싶은 건, 그 영상 속에서 일어난 최강의 행동입니다. 벽을 뚫고 다니고, 여기저기서 나타나는 그런 걸 어떻게 가능하게 했냐는 것이죠. 혹시 그곳에 뭔가 특별한 장치 같은 걸 해 놓은 거였습니까? 그게 아니면 영상의 조작이라던가?"

김종기 의원이 피식 웃었다.

"다들 알 텐데요. 그게 실시간 방송이었다는 걸. 조작이 가능할 순 없죠."

강마석이 참다못해 인상을 썼다.

"그럼 그게 전부 실제로 일어난 일이라는 거요?! 장난하는 것도 아니고. 대체 그딴 걸 보여 준 저의가 뭐냐니까!"

김종기 의원이 예리한 눈빛으로 말했다.

"우린 그저 그분의 유희에 맞춰 드리면 되는 겁니다. 영광을 함께할 수 있는 기회를 거저 얻은 셈이죠. 음음, 아직은 자신들이 얼마나 큰 행운을 쥐었는지 잘 모르겠지만, 곧 알게 될 겁니다. 그 누구도 건드릴 수 없는 힘이, 곧 우리 아시아 지부에 전부 쥐어질 거라는 걸."

김종기 의원은 그 말을 끝으로 자리에서 일어났다. 그렇지만 모두는 더욱 혼란스러웠다. 대체 그가 뭐라고 그런 힘을 얻게 해 준단 것일까. 끝으로 지금까지 가만히 있던 로비스트 기업의 정우찬 회장이 물어 왔다.

"의원님께선 첫날부터 그를 소개할 때 그러시더니, 지금도 최강 그자를 그분이라고 칭하시는군요."

김종기 의원이 잠시 멈춰 섰다.

"납치된 그날, 그놈이 제 몸을 칼로 쑤셨습니다. 그 날카롭고 차가운 것이 가슴을 뚫고 들어오는데 얼마나 끔찍하고 고통스러운지……. 그렇게 난 그날 죽었지요. 그런데 다시 눈을 떠 보니 상처 하나 없이 깨어나더이다. 꿈도 뭣도 아니었어요. 그건 실제로 일어난 일이었고, 그분의 손이 닿으며 생긴 일이었죠."

"지금 그게 무슨 말입니까? 최강이 죽은 사람도 살린다 그 말입니까?"

"그분은 인간이 아니오. 최강은 껍데기일 뿐, 다른 존재가 그 몸을 차지하고 있단 말이오. 하니 입조심들 하고 의심 따위도 품지 마세요. 그분은 어디에도 있고, 모든 걸 듣고 계시니까. 심지어 가슴 속 마음까지도 다 듣는다오. 후훗, 나머지는 차차 직접 겪어 보면 될 일. 내가 얘기해 줄 건 여기까지인 것 같군요. 그럼 이만……."

남은 네 사람은 잠시 말이 없다가 서로를 보며 얘기를 나눴다.

"인간이 아니라니, 대체 저게 무슨 말인 것 같소?"

"최강의 몸은 껍데기이고, 다른 존재가 차지하고 있다니. 무슨 귀신이나 악마라도 들어왔다는 거야?"

강마석 회장은 심기가 뒤틀린 듯 탁자를 내리쳤다.

쾅!

"저것들이 말이야. 사람을 가지고 장난이나 치고 있고. 저 헛소리를 지금 누구더러 믿으라고! 난 먼저 일어나겠소. 괜히 헛걸음만 했구먼! 어흠!"

강마석 회장이 불편한 심기를 드러내며 밖으로 나가버렸다.

여전히 의문이 많은 세 사람.

곧 로비스트 기업의 정우찬 회장이 말했다.

"아무래도 의문을 풀려면 최강, 그자에 관해 먼저 알아봐야 할 것 같구려. 그에 관해선 내가 알아보겠소이다. 알아내는 대로 공유할 것이니 기다려 보시오."

"그 일은 정 회장에게 맡기겠소. 부탁하외다."

"그게 전부 실제로 일어난 일이었다니……. 정말로 이걸 믿어야 할지 말아야 할지……."

김종기 의원은 차를 타고 가며 실실 웃었다.

"어차피 입 아프게 말해 봐야 믿지 않을 테지. 곧 그분이 너희를 찾아갈 테니까 너희도 직접 겪어 봐. 그럼 알게 될 거다. 그분의 무서움을……."

* * *

오늘 점심은 무엇으로 먹을까. 그 고민으로 셋은 한창 논쟁 중이었다.

-오늘은 회로 가자니까!

-낮부터 무슨 날것 타령이냐! 튀김으로 가자. 근처에 돈가스 잘하는 집이 있던데!

-늙은 놈이 무슨 입맛이 애들이야! 기름진 것 좀 그만 먹어라! 아주 입에 물린다!

-그게 아이스크림 가게에서 사는 놈의 입에서 나올 소리는 아니지!

-허! 이 노망난 늙은이 좀 보게! 그게 어디 나만 좋아서 갔던 거야?! 당신도 좋아서 갔던 거잖아!

오늘은 면으로 먹고 싶었다. 진심으로⋯⋯.

그렇지만 내 의견은 안중에도 없다.

맛집 투어? 그래, 좋겠지.

새로운 세상의 새로운 음식들, 거기에 하나같이 사람들의 입맛을 사로잡고 혀를 황홀하게 해 줄 점포들이 저마다의 경쟁을 하고 있는 세상이니 그게 얼마나 신세계 같을까.

"후⋯⋯. 그나마 점심으로 아이스크림을 먹자고 안 하는 게 다행이려나⋯⋯."

나는 머릿속의 시끄러운 싸움을 정리했다.

"결정이 어려울 땐 뭐라고 했죠?"

둘이 동시에 외쳤다.

-다른 사람에게 결정하도록 한다!

"맞습니다. 그러니까 오늘 점심은 소현 씨한테 맡기는 걸로. 어차피 이대로는 결판도 안 날 테니까."

-어쩔 수 없군. 그녀의 현명한 선택을 바라는 수밖에.

어차피 근처엔 맛집들이 많다.

뭘 먹어도 만족할 분들께서 왜 이렇게 싸우는 건지 정말 이해할 수가 없다.

그런데 막 자리에서 일어나려고 하는데 전화가 울렸다.

"김종기? 무슨 일이지?"

일단 받아 보았다.

"어, 나야."

내용을 듣던 나는 절로 웃음이 나왔다.

"그렇다고……. 잠시 생각할 게 많아서 당신이 뭘 하고 다니는지 못 보고 있었는데. 아무튼 알았어. 그쪽은 내가 직접 만나 보도록 하지. 종종 이런 보고를 해 주는 것도 좋은 것 같긴 하군. 앞으로도 수고해 줘."

전화를 끊은 나는 기분이 묘했다.

"나만 그렇게 느끼는 걸까요? 뭔가 모르게 잘 보이고 싶은 어린아이를 보는 느낌인 건……."

-충성심이 강한 개들은 원래 칭찬에 목말라하지.

-알아서 너를 위해 보고까지 하니 얼마나 좋으냐.

"근데 다른 사람들은 의심이 많은 모양이네요."

케라가 말했다.

-그런 건 당장에 찾아가서 겁을 주면 해결될 일이다. 오늘이라도 당장 가자꾸나! 어떤 놈부터 찾아갈까?

그건 안 될 말이다.

"오늘은 안 될 것 같은데요. 최근 제 일로 바빠서 데이트도 못 했단 말입니다. 소현 씨의 불만이 볼 때마다 표정으로 드러나고 있는 거 못 봤어요? 그 분노를 보느니 오늘 하루는 소현 씨와의 좋은 시간을 보내렵니다."

-여자와의 연애로 이 즐거운 걸 미루겠다고?!

"후후, 제겐 그 어떤 일보다도 소현 씨와 함께 있는 게 즐거운 일이니까요. 그러니까 두 분, 오늘은 참아 주시죠."

나는 밖으로 나가 사무실을 쭉 둘러봤다.

근래 한가해서인지 모두에겐 여유가 있었다.

근데 장태열은 책상에 발까지 올린 채 의자에 앉아 졸고 있다.

아니, 저건 조는 게 아니다. 대놓고 자는 거지.

휴게실에 침대까지 놓아 놨는데 왜 꼭 저러고 자는지.

참 이해 못 할 사람이다.

그러다가 최소현과 살짝 눈이 마주쳤다. 눈을 크게 뜨며 살짝 웃으며 지나치는데, 나도 모르게 표정에 웃음이 지어졌다.

보기만 해도 이렇게 좋아서야. 나는 얼른 핸드폰을 들어 메시지를 보냈다.

[소현 씨, 오늘은 단둘이 점심 어때요? 점심 먹고 밖에서 놀다가 퇴근할까요?]

책상 앞에서 환하게 웃던 그녀가 주변 눈치를 살피더니 오케이 사인을 보내왔다.

[점심 뭐로 할까요? 소현 씨 먹고 싶은 걸로 골라 봐요.]

[초밥 어때요? 초밥에 우동. 나 그거 먹고 싶은데.]

머릿속에서 케라가 신이 났다.

-으하하! 선택이 마음에 드는구나! 이래서 내가 저 아이를 좋아한다니까!

-빌어먹을…….

"어어, 마음에 든다니요. 내 여자한테 눈 독 들이시면 저 화냅니다. 아무튼 오늘 점심은 초밥이네요. 뭐, 초밥 집에서 사이드 메뉴로 돈가스가 있기도 하니까. 있으면 같이 시켜 드릴게요. 이러면 되죠, 할아버지?"

제라로바가 무척 기뻐했다.

-역시……! 내 마음을 알아주는 건 너밖에 없구나!

이런 걸로라도 선심을 써 두자.

그래야 나중에 능력이 필요할 때 잘 도와줄 테니까.

* * *

장태열은 자기 코 고는 소리에 놀라 잠에서 깼다.

"커걱!"

눈을 뜬 그는 시계를 보더니 그제야 스트레칭을 했다.

"어우, 벌써 점심시간이네."

이형석이 의자를 돌려 그에게 말했다.

"전날 과음이라도 하셨어요? 무슨 잠을 아침부터 지금까지 잡니까?"

"어? 아~ 하하. 어제 친구들 좀 만나느라. 오랜만에 동창회를 했거든. 최근까진 무시만 받았는데, 이번에 실수를 좀 해서 대우가 확 달라졌지 뭐야."

"실수를 했는데 대우가 달라져요?"

장태열은 이해가 안 된다는 표정의 이형석에게 설명을 해 주었다.

"어려서부터 운동도 잘하고 공부도 잘하던 놈이 어디 이름도 모를 신문사나 다니다가 잘려서 백수가 되었다고 해 봐라. 내 나이쯤 되면 누구는 어디 과장에, 어떤 녀석은 IT 기업을 차려서 사장 소리를 듣고 있는데 그 녀석들 보기엔 내 신세가 많이 처량했던 거지."

"그런데요?"

"근데 내가 어제 국가정보원에 들렀다가 급하게 나가느라 이 신분증을 목에 건 걸 잊었지 뭐야."

"어읔! 그럼 일반인한테 국가정보원인 걸 들켰단 말씀이세요?"

"뭐, 그런 셈이지."

"헐……. 최 과장님은 아시고요? 그거 징계 사유일 텐데……."

"별말 안 하던데? 최 과장이 또 그런 건 쿨하잖냐."

"뭐, 우리 과장님이 다른 과 과장님하고는 많이 다르긴 하죠."

"아무튼 녀석들이 깜짝 놀라지 뭐야. 특별부서여서 성과급도

1억씩 막 준다고 했더니 부러워하더라."

"설마 어떤 일을 하는 건지 그거까지 말씀하신 건 아니죠?"

"인마, 아무리 그래도 내가 그런 멍청한 짓까지 할까. 다 국가안보가 걸린 기밀이라고 했지."

"휴, 그나마 다행이네요."

"아무튼 콧대 높은 그놈들이 대단하다. 어쩌다 치켜세워 주니까 나도 모르게 좀 마시게 됐지 뭐야. 어우, 아직도 술이 안 깨네. 해장이나 했으면 좋겠는데……. 응? 뭐야? 최소현은 어디 갔어?"

"벌써 아까 전에 외근 나가셨거든요?"

"뭐? 나는 왜 안 데리고 가고?"

그러자 김지혜가 쏘아붙였다.

"술 냄새 잔뜩 풍기면서 자고 있는 사람을 데리고 나가고 싶겠어요? 무슨 도움이 된다고?"

장태열이 뒷머리를 긁적였다.

"쩝, 그런가……. 그래도 깨워 보기나 하지……."

"그리고 말이에요. 휴게실도 있는데 잠은 거기서 주무시죠. 잘 일하고 있는 다른 직원들 의욕 떨어지게 하지 말고요."

"어으, 저 잔소리. 저래가지고 시집이나 제대로 가겠어? 누가 좋아해, 저런 걸."

"뭐라고요! 지금 말 다 했어요?"

"들었어?"

"그럼 저도 귀가 있는데! 안 들겠어요?! 진짜 안 그래도 하고 싶은 말 많은 걸 꾹 참고 있는데 말이야! 어디 해보자는 거예요, 지금?"

장태열이 귀를 막으며 도망쳤다.

"어우, 시끄러. 술도 안 깨서 죽겠는데 머리가 다 울리네. 야, 형석아, 너는 어디 가서 저런 애 만나지 마라. 그러다 피 말라 죽는다."

김지혜가 얼굴이 터질 듯 붉혔다.

"뭐……! 이게, 진짜! 야아아아아~! 너 거기 안 서?! 이 씨……! 거기 서라고!"

이형석이 그녀를 붙잡고 말렸다.

"아우, 지혜 씨가 참아요. 저 사람 저런 거 어디 하루이틀 봐요?"

"씨이……! 씨이……! 진짜 나이 많고 선배라서 엄청 참고 있었는데. 뭐? 어우, 내가 진짜 저 인간을……!"

"진정. 진정해요. 상대해서 좋을 거 없어요."

가만히 진정을 하던 김지혜는 밀착해서 자신을 안고 있는 이형석을 빤히 쳐다봤다.

묘하게 숨소리가 가깝고 가슴도 크게 느껴진 그녀.

그녀가 올려다보자 이형석이 환하게 웃고 있었다.

살짝 얼굴이 화끈거린 그녀는 시선을 피하며 말했다.

"근데 이거 뭐예요? 좀 떨어지죠. 너무 가까운데. 누가 보면 오해하겠어요."

"아, 미안해요. 나도 모르게 말리다 보니까."

떨어진 그에게 김지혜가 물었다.

"음음, 그나저나 점심도 먹어야 하는데. 같이 나가서 뭐 좀 먹을래요?"

"그럼 사무실이 비는데……."

"어차피 일도 없는데 누가 연락이나 하겠어요? 와도 과장님한테 바로 가겠죠. 싫으면 말고. 나 혼자 가면 되니까."

"아뇨! 갑니다. 갈게요. 우리 뭐 먹을까요?"

"우리?"

"우리……라는 말이 좀 이상한가요?"

"아니, 뭐. 둘밖에 없는데요, 뭘. 아무튼 점심은 형석 씨가 골라 봐요."

"좋습니다. 가시죠. 오늘 저녁은 제가 사겠습니다."

"좋을 대로."

5. 발라스를 장악할
생각입니다

빙의로
최강요원

초밥집에선 다행히 튀김도 팔고 있었다.

"그렇게 많이 먹어요?"

최소현은 내가 돈가스에 새우튀김까지 시키는 걸 보며 눈을
크게 떴다.

"하하, 오늘따라 좀 많이 먹고 싶네요."

두 사람 몫 식성까지 책임져야 할 나의 상황을 그녀가 알기나
할까.

당연히 알면 안 된다.

만약 내 몸에 두 사람의 영혼이 더 있다는 걸 안다면 앞으로
애정 행각에 많은 거부감이 있을 것이다.

항시 다른 누군가에게 비밀스러운 부분을 드러낸다는 것에 어쩌면 소름끼쳐 할지도 몰랐다.

그걸 알기에 나도 사후에서 얻은 능력이 마법과 무술이라고 말할 뿐, 두 사람의 존재를 말하지 않는 거였다.

"자, 그럼 먹어 볼까요?"

식사를 하는 동안 우리는 대화를 나누었다.

"근데, 신임 국가정보원 원장으로는 누가 오게 될까요?"

현재 세간의 관심사이긴 했다.

"대통령이 바뀌게 되면 금방 다시 바뀌게 될 텐데, 몇 달 만에 바꾸는 것도 그렇고, 잠시 공석으로 두지 않을까요? 국가정보원 원장이 없다고 해서 국가정보원이 안 굴러가는 것도 아니고요."

"그런가. 하긴, 좀 복잡하긴 하겠네요. 아, 근데요. 기조실장님도 갑자기 행방불명되셨다고 하지 않았어요?"

박명훈 기조실장.

신우범 원장의 명령을 받고 김종기 의원을 죽이라는 지시를 내린 인물.

심문을 목적으로 강마석 회장이 즉시 납치했던 모양이다.

그렇지만 신우범이 죽은 이상 그는 더 이상 필요치 않았다.

발라스를 배신한 존재이니 그의 처분은 이미 정해진 거나 다름없었다.

아마도 시체가 되어 어딘가로 묻혔거나 산 채로 묻혔을 것이다.

그런 부분에선 가차 없는 발라스니까.

"아무도 그 행방을 모른다고 해서, 어쩌면 신 원장님과 관련된 뭔가가 있지 않았을까 하는…… 그런 억측들이 많더라고요."

"뭔가 우리가 모르는 일들이 뒤에서 벌어지고 있는 건 아닐까 하는 생각에, 약간 소름 끼치는 느낌도 있네요."

식사를 마친 우리는 잠시 소화도 시킬 겸 길을 걸었다.

근데 검은 정장의 두 사람이 길을 걸으니 뭔가 좀 어색하고 그림이 안 사는 것 같았다.

"옷, 불편하진 않아요?"

"좀 빳빳한 부분이 없지 않아 있지만, 그래도 안전을 위해서니까 나쁘진 않아요. 방탄 소재라는 것에 은근히 믿음이 가는 부분도 있고요."

"그런 뜻으로 물은 게 아닌데……."

근처에는 음식점도 많았지만 상점도 많았다.

옷가게가 눈에 띄었고, 나는 곧장 그녀의 손을 잡고 그곳으로 향했다.

"안 되겠다. 자, 우리 옷부터 갈아입읍시다."

"지금요? 이렇게 갑자기요?"

옷가게로 들어서자 점원들이 환한 미소로 다가와 맞이했다.

"어서 오십시오, 손님."

상당히 고가의 명품을 취급하는 곳이라 그런가, 손님의 대우가 문을 들어서면서부터 확실히 달랐다.

물론, 최소현은 무척 부담을 느끼는 중이지만.

"자, 마음에 드는 거로 하나 골라 봐요. 놀러 다닐 건데, 그런 옷으로 다니기엔 좀 딱딱하잖아요."

"여기 엄청 비쌀 텐데……."

"내가 하나 사 줄게요. 나, 최근에 돈 많아진 거 알고 있죠? 어쩌다 보니까 이쪽 일을 할 때마다 재산 증식이 엄청 빨라지는 것 같긴 한데, 아무튼 여유는 넘치니까. 부담 가지지 말고 하나 골라 봐요."

"아무리 돈 쉽게 벌었다고 해도 너무 막 쓰는 남자는 별로인데."

"자기 여자한테 짜게 구는 건 괜찮고?"

"그것도 좀 별로긴 하겠다. 헤헷."

"그러니까 가서 예쁜 옷으로 한 번 골라 봐요. 그사이 나도 편한 옷으로 갈아입을 테니까."

나는 점원들의 추천을 받아 갈색 바지에 노란색의 화사한 셔츠를 골라 입었다.

움직임에 여유도 있고, 신축성이 좋아 무척 편했다.

"괜찮은데."

그러던 중 최소현이 어색한 모습으로 옷을 갈아입고 걸어 나왔다.

하늘색과 흰색이 결합된 화사한 모습의 원피스였다.

"와……."

"괜찮아요?"

"엄청 예뻐요."

"치, 너무 기계적인 대답 아닌가?"

"아뇨. 진짜 예뻐서요. 연예인을 했어도 충분했지 않나 할 만큼."

점원들도 우리를 향해 칭찬을 쏟아냈다.

"두 분, 정말 멋있고 예쁘세요~! 이렇게 멋진 분들이 입으니까 저희 매장 옷들도 확 생기를 찾는 것 같아요."

"하핫, 그런가요?"

돈 안 드는 칭찬은 얼마든지 환영이다.

"그럼 나가 볼까요? 우리 어디로 갈까요?"

"아……! 나, 해 보고 싶은 거 있어요."

종이 가방에 챙겨 준 방탄 정장은 차에 처박아 두고, 우린 놀이공원에 왔다.

"해 보고 싶은 게 이거였어요?"

"솔직히 이런 취향은 아닌데, 남자 친구 생기면 꼭 한 번 와 보고 싶었거든요."

버킷리스트 같은 것일까.

아무튼 나도 예전 여자 친구들과도 이런 곳에는 와 본 적이 없다.

매일 만나면 차 마시고, 영화 보고, 술 마시고.

그러다가 말았던 기억만 있었다.

"혹시 이런 거 싫어하나요?"

"훗, 아뇨. 저도 새롭고 좋긴 하네요. 자, 그럼 어디 화끈한 거로 좀 타 볼까요?"

"좋죠! 우리 저거 타러 가요!"

뚝 떨어지고, 날아가고, 빠르게 쏘아지고.

스릴 넘치는 것들은 남기지 않고 모두 탔다.

케라에 의해 훈련된 나의 몸은 그런 놀이기구 따위에 멀미가 나거나 힘겨워하지 않았다.

오히려 그 속도감과 하늘을 나는 느낌이 후련해지는 느낌이었다.

그런데 최소현도 무척 즐거워하는 모습이었다.

환하게 웃는 그녀를 보고 있자니 너무 즐겁고 매 순간이 황홀하게 느껴졌다.

이런 여유와 행복이 내게도 찾아오다니, 정말 어쩌다가 내가 이렇게 되었을까.

신비한 일을 겪으며 바쁘게 살아오다 보니 정말 인생이 완전히 달라져 있는 것 같았다.

그래서 싫으냐고?

그럴 리가.

이렇게 예쁜 여자와 이만큼의 여유를 즐길 수 있는데 천국이 따로 없지.

정말 더 바랄 게 없을 지경이다.

-최강아.

그런데 언제부터인가 신경 쓰이는 시선이 하나 있었다.

"압니다, 저도."

최소현이 아이스크림을 사러 갔다 온다고 할 때, 나는 모습을 감췄다가 한 사내의 뒤에서 나타났다.

"누가 몰래 보는 걸 그다지 즐기지 않는 편이라서. 용건을 좀 듣고 싶은데."

등 뒤에서 갑자기 이런 말이 들려오면 놀랄 법도 할 텐데, 상대가 피식 웃더니 뒤돌아 나를 쳐다봤다.

"새로운 원로위원이 생겼다는 말에 어떤 분일까 해서 조용히 살펴보고 싶었던 건데. 들키고 말았네요. 안녕하십니까, 발라스에서 정리담당을 맡고 있는 이진석이라고 합니다."

이진석.

일명 이 실장.

얘기는 들어 알고 있었다.

일전에 나와 정이한을 잡으러 다녔던 발라스의 처리반.

발라스 내부에서 일어나는 골치 아픈 일들은 이 실장을 거치면 말끔히 해결된다는 말이 있었다.

"당신이 내게 무슨 용건이지?"

원로위원은 발라스에서 최상위 계급.

그에 비하면 그는 하부조직이었다.

나이가 나보다 많아 보이긴 했지만, 하대는 당연했다.

"그런 거 없습니다. 그냥 순수한 저의 호기심일 뿐이죠. 운이 좋아 인사를 드릴 수 있으면 그것도 좋겠다 싶었고요."

"다시 말하지만, 감시는 좋아하지 않아. 앞으로는 누군가를 시키는 것도, 본인이 직접 하는 것도 하지 마. 다시 이런 게 내 눈에 띄었을 땐, 그땐 그게 누구든 숨을 쉬고 있진 않을 거야."

"어우, 무서워라. 대단한 분인 건 익히 알고 있었지만 너무 겁을 주시는군요. 저는 그저 명령에 따라 움직이는 사람일 뿐입니다. 언제든 필요할 때 연락을 주시라는 말을 전해드리고 싶을 뿐인 건데, 이렇게 적대적으로 나오시면 곤란하죠."

나는 그를 예리하게 쏘아봤다.

"김종기 의원한테 듣자 하니, 때에 따라선 원로위원에게도 협박을 한다던데?"

"그거는…… 뭔가 큰 오해가 있었던 모양이네요. 당시엔 그저 회주의 눈 밖에 나지 말라는 조언을 드린 것뿐이었는데."

"시킬 일이 있으면 부를 거야. 그러니까 그 전까진 내 앞에 나타나지 마."

이진석이 쓴웃음을 머금으며 고개를 숙였다.

"네, 알겠습니다. 앞으로는 조심하도록 하죠. 그럼 좋은 시간 보내십시오."

나는 멀어져 가는 그를 한참 쳐다봤다.

이 실장은 발라스에 방해가 되는 인물은 가차 없이 제거하는 자라고 들었다.

물론, 원로위원의 가족이 저지른 지저분한 일들까지도 그 뒤처리를 워낙 깔끔해 원로위원들이 좋아한다고 말이 많긴 했다.

가진 게 많은 만큼, 자식들의 마약이나 여자 문제는 늘 골치 아픈 부분이니까.

"의도했든 하지 않았든 마음에 들지 않는 놈이네요."

케라가 말해 왔다.

-앞으로 네가 만들려는 발라스의 변화에는 불필요한 놈이지 않을까.

"변화를 거부한다면, 도려내야죠."

하지만 그는 나에게 있어 나중 문제였다.

어떻게든 윗물부터 바꾼 후에 깨끗한 물을 흘려보내도록 하자.

구정물이 내려오는데, 아랫물이 바뀔 리는 없는 거니까.

* * *

이진석은 차에 오르기 전 무척 불쾌한 표정으로 놀이공원을 슥 하고 쳐다봤다.

그의 그런 표정은 오랜만이어서 운전석에 있던 양충렬은 무척 의아해했다.

"무슨 안 좋은 일이라도 있으셨습니까?"

"들켰어."

"네? 정말요?"

이진석은 발라스의 훈련받은 요원 중에서도 가장 우수한 인물이었다.

은신도 으뜸이지만, 마찬가지로 추적과 감시에도 일가견이 있었다.

감시를 하더라도 다른 이가 알아차릴 수 없는 기술이 있는 것이다.

그런데 그런 그가 들켰다고 하니 양충열에게도 적잖은 충격이었다.

"시선 한 번 주는 것 같지도 않더니. 대체 어떻게 안 건지. 오히려 내가 당했지 뭐야. 후후, 내 뒤에서 말을 걸기 전까지 전혀 알아차리질 못했거든."

"무서운 놈이라더니, 생각보다 더 위험한 놈이군요."

"어허, 말조심해. 이제는 그자도 어엿한 발라스의 원로위원이야."

"아, 네. 그렇지요. 죄송합니다."

"거기다가 회주까지도 단번에 제거해 버린 선수란 말이지. 영향력만 있는 원로위원이면 어떻게든 구린 구석을 긁어 주며 맞춰 주면 되는데, 지략은 물론, 다가갈 엄두조차 못 낼 능력까지 갖췄으니 이걸 어떻게 상대해야 할지."

"사람을 붙여서 약점이라도 캐어 볼까요?"

"아니. 최강한테는 아무도 붙이지 마. 한 번은 넘어갔지만, 두 번은 안 참을 거야."

곰곰이 생각하던 이진석이 흘러가듯 물었다.

"최강한테 어머니가 한 분 계시다고 하지 않았던가?"

"그게 일전에 최강이 누명을 벗은 일 이후부터는 행방이 묘연한 거로 압니다."

"아무래도 일이 많았으니까. 똑똑한 놈이니 보호 차원에서 꽁꽁 숨겨 두었겠지. 한번 찾아보고, 저 같이 다니는 여자. 저 여자에 관해서 좀 알아봐."

"네, 알겠습니다."

원로위원에게 약점이 되는 존재가 있거나, 위협이 되는 존재가 있다면 그 역시도 파악하여 관리하는 것도 그의 일의 한 부분이었다.

물론 그런 의도와는 다르게 자신의 위치를 지키기 위한 수단에 불과하지만, 최강이란 존재에게 있어 약점이 있는지 정도는 알고 싶었다.

"아무래도 김종기 의원 때문에 나한테 부정적인 인식을 지니고 있는 것 같은데⋯⋯. 떨어져 나갈 거라고 생각해서 함부로 대했더니, 잘못했다간 독이 되어 돌아오겠어. 후우⋯⋯ 김종기 의원이라도 만나서 달래줘야 하려나⋯⋯. 그건 좀 굴욕적인데."

그렇지만 김종기 의원은 점차 발라스 내에서 영향력을 키워 가고 있었다.

거기다가 신흥 세력이 될 수 있는 최강과 함께하고 있는 모양새여서 이대로 안 좋은 감정으로 계속 지내기에는 부담이 컸다.

하여 그는 내키지 않음에도 김종기 의원을 만나고자 했다.

발라스에는 여러 곳의 유흥 장소가 존재했다.

발라스의 간부들이 서로 정보를 공유하거나, 외부에 알려져선 안 될 만남이 있을 때 종종 이용하고는 했다.

그 외에도 원로위원들의 친목을 도모하기 위한 장소가 필요하여 이런 곳을 만들어 둔 거였다.

미리부터 와 있던 김종기 의원에게 뒤늦게 온 민족통일당 김철주 의원과 우리화목당 안현기 의원이 다가왔다.

"김종기 원로위원님, 안녕하십니까?"

"아, 김철주 의원, 안현기 의원. 사석에서 보는 건 오랜만이군."

"최근에 안 좋은 일을 겪으셨는데, 몸은 괜찮으십니까?"

"어, 괜찮아. 보다시피 아주 건강해. 그나저나 두 사람도 이번 대통령 선거에 나온다지? 아직 등록 전인가?"

"저희야 그저 들러리일 뿐인 걸요. 고작 지지율 2%로 뭘 할 수 있겠습니까? 원로위원님 가시는 길에 양념이나 보탤 뿐이지요."

"둘 사이에 네거티브가 꽤나 격렬하던데, 괜찮겠어? 그러다가 뭐 하나 걸려서 떨어져 나가는 거 아닌가 걱정되던데."

"서로 적당한 선을 유지하려고 노력하고 있습니다. 이렇게 서로 술도 마시러 오는데, 설마 저희가 막장까지 가겠습니까?"

"그래야 정치가 보는 맛이 있다지만, 쇼도 적당히 해. 과하면 곤란해."

"네, 그래야지요. 그럼 좋은 시간 보내십시오."

"어, 그래."

두 사람이 인사를 마치고 자리를 잡은 후, 이진석이 다가와 허리를 깊숙이 숙였다.

"의원님, 안녕하십니까. 먼저 와 계셨군요."

그러나 그를 바라보는 김종기 의원의 시선은 곱지 않았다.

"건방지게 굴 땐 언제고, 왜 갑자기 태도가 바뀐 거지? 하던 대로 해. 안 어울리니까."

"일전엔 의원님의 신변을 걱정하는 마음으로 다소 언행이 거친 부분이 있었습니다. 이번에 일어난 일처럼, 신우범 회주가 언제든 손을 쓸 수도 있는 상황이어서 저 나름대로도 강한 조언을 드리고자 했던 건데. 그게 의도치 않게 의원님의 심기를 불편하게 해 드린 것 같습니다. 제 행동에 노여움이 있으셨다면 풀어주십시오. 이렇게 정중히 사과드립니다."

"처세 빠른 거 하고는. 왜, 이제 내가 함부로 대하면 안 될 것 같은 모양이지?"

여전히 삐딱한 그였다.

이진석은 이렇게까지는 하고 싶지 않았지만 결심을 굳히고 무릎을 꿇었다.

"한 번만 용서해 주십시오. 다시는 의원님의 심기를 건드리는 짓은 하지 않겠습니다."

"뭐 하는 짓이야? 뭘 그렇게까지 하나? 말 한 번 실수한 걸 가지고."

"아닙니다. 충분히 이렇게 용서를 구해야 할 일이라고 생각합니다."

그의 굴욕적인 모습을 보는 게 흡족했을까, 김종기 의원의 표정에 만족감이 드러났다.

"됐으니까 일어나서 술이나 따라. 이제 흐름을 읽었으면 대처할 방법도 들어야 하지 않겠어?"

잠시 뒤, 김종기 의원이 주는 술을 끝도 없이 받고 온 이진석을 정말 죽을 맛이었다.

"크흐……."

일부러 골탕을 먹이려고 쉬지 않고 술을 준 것을 그도 알고 있다.

하지만 이렇게라도 풀어야지, 앙금을 남겨 두고 싶진 않았다.

물론 이걸로 끝은 아닐 테지만, 조금씩 달래 놓는다면 차차 풀리게 되지 않을까 하는 게 그의 생각이었다.

"실장님, 정말 괜찮으시겠습니까?"

"어, 괜찮아."

양충열이 데려다주는 차를 타고 집까지 온 이진석.

꽤나 좋은 주택에 사는 그는 양충열을 보내고 집 안으로 들어왔다.

현관을 들어오는데 눈앞이 핑핑 돌았다.

당장에 쓰러져서 자고 싶은 마음이 굴뚝같았다.

하여 씻지도 않고 방으로 들어가려 하는데, 거실의 불이 켜지질 않았다.

"뭐야⋯⋯."

바로 그때, 어둠 속에서 누군가가 달려들더니 그에게 칼을 들이밀었다.

휘익-!

푹!

그 순간 바닥으로 피가 주르륵 흘러내렸다.

하지만 복부에 찔린 건 아니다.

찔리기 직전 그가 손으로 잡아낸 거였다.

"크윽! 너 뭐야⋯⋯. 누가 시켰어?"

같은 시간, 김종기 의원은 술을 기울이며 미소를 머금고 있었다.

"멍청한 새끼⋯⋯. 날 어떻게 보고 말이야. 개가 주인을 물었으면 죽어야지. 다시 꼬리를 흔든다고 봐주면 쓰나. 후후후."

이진석은 다른 곳에서도 또 다른 누군가가 달려들며 칼을 쑤셔 오자 가장 먼저 김종기 의원부터 떠올렸다.

"진창 먹이더니, 이러려고 그런 거였어? 김종기, 이 개새끼⋯⋯!"

* * *

저녁까지 실컷 놀다가 집으로 돌아오는 길에 나는 최소현의 얼굴을 힐끔거렸다.

몇 번이나 반복되어서일까, 그녀가 앞을 본 채로 웃었다.

"뭔데요."

"뭐가요?"

"아까부터 자꾸만 나 쳐다봤으면서?"

그녀가 내 앞을 가로막고서 나를 올려다봤다.

"나한테 무슨 할 말 있어요?"

"그게…… 좋아서 이렇게 만나고 있기는 합니다만, 이쯤 되면 우리 서로에 관해 뭔가 좀 더 알아가야 하지 않을까 하는 생각이 들어서요."

그녀가 어색하게 웃었다.

"역시 이런 시기가 오긴 하네요."

"네?"

"서로를 좋아하게 되면 자연스러운 게 아닐까 싶어요. 가장 본질적인 집안 사정부터 가족 구성원까지. 상대가 살아온 그 속사정까지 들여다보고 싶은 거잖아요."

그녀는 아무래도 이런 시기가 오지 않았으면 싶었나 보다.

드러내고 싶지 않은 무언가 때문에.

그렇지만 거리가 가까워질수록 보일 수밖에 없는 게 존재한다.

지금이 아니었으면 싶어도, 나는 그게 숙제를 미루는 것뿐이라고 생각했다.

"누구나 감추고 싶은 부분은 있다고 봐요. 그렇지만 내가 모르는 부분은, 언젠가 이해할 수 없는 순간이 생깁니다. 서로 알아야 무엇 때문에 기분이 안 좋은지, 가족 때문인지, 소중히 생각하는 지인과 의 문제인지 생각하고 감안해서 배려라는 걸 할 수가 있다는 거죠. 아마도 소현 씨도 내 어머니에 관해선 궁금한 게 존재한다고 보는데. 아닌가요?"

"그거는……."

잠시 머뭇거리던 그녀가 웃으며 솔직히 말했다.

"훗, 네. 사실 좀 궁금하긴 했어요. 납치까지 되셨던 분이라서…… 최강 씨가 많이 걱정하고 곁에 두고 싶어 할 것 같았는데, 의외로 한 번도 안 보이셨던 것 같아서."

"그럼 내 얘기부터 해 볼까요? 자, 궁금한 거 있으면 먼저 물어봐요."

"어머니는…… 어디에 계세요?"

"지방에 계세요."

"혼자 계시게 해두고 걱정은 안 돼요?"

"왜 걱정이 안 되겠어요, 밥은 잘 챙겨 드시는지, 아픈 곳은 없는지, 괜한 일에 휘말려 곤란하지는 않은지 늘 걱정이죠."

"근데 왜 한 번도 안 만나러 가요? 그러고 보면 전화 통화하는 것도 한 번도 못 본 것 같아."

질문은 계속 쏟아졌다.

이렇게 할 말이 많으면서 그동안 어떻게 참은 건지.

어쨌거나 나는 나의 사정을 자세히 설명해 주었다.

"전화통화는 가끔씩 따로 숨겨둔 대포폰을 이용합니다. 다른 곳에서 추적이 되면 곤란하니까. 알다시피 전문화되어 있는 조직은 그 수신이 어디로 되는지까지 다 파악할 수 있어서 여러 보안을 거친 후에 어렵게 전화를 걸죠. 그리고 식사나 건강 상태는 어머니 곁에 설치해 둔 카메라로 늘 살펴보고 있답니다. 심지어 다니시는 경로도 전부 추적할 수 있게 해 두었죠."

"그렇구나. 나는 몰랐는데. 신경을 쓰고 있기는 했네요."

"엄마는 나에게 있어선 너무 강력한 약점이거든요. 엄마에게 무슨 일이 생기면, 그때부터 난 아무것도 할 수가 없죠. 이미 엮인 것들이 있어서 풀기는 어렵고, 그렇다고 언제까지 엄마를 위험에 노출시켜 둘 수는 없으니까. 어쩔 수 없이 이렇게 떨어져 지내야만 하죠. 그래서 엄마한테 너무 미안해요. 아들 때문에 고생이 많은 것 같아서."

고개를 끄덕이던 그녀가 다시 물었다.

"그럼 형제는요?"

"외동이에요. 내가 여섯 살 때에는 둘째도 생각하셨던 것 같은데, 아버지가 갑작스레 교통사고로 돌아가시는 바람에. 결국 형제는 없게 됐죠."

"아, 그래요……. 많이 힘들었겠다. 한창 아버지가 필요할 나이였을 텐데."

"초등학교에 들어갔을 땐, 정말 많이 보고 싶었죠. 놀이터나 공원에 갈 때면, 다른 아이들에겐 항상 아빠가 붙어서 같이 놀아 주고는 했으니까. 심지어 운동회에도 아빠와 함께 하는 종목에선 끼지도 못했어요."

"보통 그러면 어머니가 대신하지 않나요?"

"그래야 하는데. 엄마는 나 먹여 키우느라 늘 일을 해야 해서요. 그 덕에 여러 행사에선 늘 혼자였고, 아이로서 크기보단 한 여자와 함께 사는 한 남자로서 커 왔죠. 돈 한 푼에도 힘들어하시는 엄마를 조금이라도 도와드리자! 하는 생각으로요."

"철이 빨리 들었겠네."

"살아야 하니까. 육아와 일을 도맡아 하는 여자의 삶이 쉽지는 않으니까."

최소현이 하늘을 보았다.

"정말 많이 외로웠겠다. 나처럼……."

"그럼 이제 소현 씨 얘기를 해 줄래요? 뭔가 사연이 있는 것 같긴 한데, 늘 묻기가 어려웠거든요."

그녀는 고개를 끄덕인 후에 자기 얘기를 천천히 꺼내놓았다.

"우리 아빠하고 나하고 사이 안 좋은 건 이미 알고 있죠?"

"그거야……. 분위기상……."

"나 중학교 때, 엄마가 알츠하이머였어요."

"아……."

"그래서 학교 갈 때면 늘 문을 잠그고 다녔죠. 엄마가 혼자 밖을 다니시면 큰일 나니까. 그래서 다른 애들이 흔히 다니는 학원도 한 번 못 가 봤어요. 하교 후에 엄마를 챙기는 건 늘 저의 일이었거든요."

그녀의 표정은 어느덧 슬픔에 젖어 들었다.

"근데 어느 날은 서둘러 집에 왔는데, 문이 활짝 열려 있지 뭐예요. 집 안이 텅 빈 걸 보고 깜짝 놀란 나는 온 동네를 안 찾은 곳 없이 다 뒤지고 다녔어요. 아빠한테 전화를 걸었지만 받지 않으셨죠. 숨은 턱까지 차오르고, 날은 어두워지고, 시간이 갈수록 무섭더라고요. 이대로 엄마를 못 찾을까 봐. 근데 동네를 조금 벗어났을 때, 교통사고 현장이 보이는 거예요. 가 봤더니 엄마가…… 거기에 피투성이로 쓰러져 있었죠. 후우……."

눈물을 흘리는 그녀를 보며, 나는 어떤 위로의 말을 건네야 할지 몰라 살며시 안아 주었다.

내 어깨에 고개를 기댄 그녀는 말을 이어 갔다.

"알고 봤더니 낮에 아빠가 옷을 갈아입는다고 다녀갔대요. 급한 수사 때문에 문을 잠그는 걸 깜빡 하신 거죠. 내가 전화했을 땐 살인 용의자 잡느라 전화를 못 받으셨고……."

[너 뭐야……. 엄마가 이렇게 되었는데 왜 전화를 안 했어! 아빠한테는 연락을 했어야지!]

[했잖아……! 내가 백 번도 넘게 했어……! 근데 안 받았잖아. 아무리 해도 안 받는 걸 나더러 어쩌라고!]

"엄마가 사고 난 직후부터는 아빠한테 더는 전화하지 않았어요. 정말 가장 필요한 순간이었는데…… 그 어느 때보다……. 근데 3일장 마지막 날 찾아와서는 날 탓하는데 그때 그게 얼마나 원망스러웠는지……."

"그랬군요. 마음이 많이 아팠겠습니다."

"바쁘다 보면 그럴 수도 있다고는 생각하지만, 여전히 아빠 때문에 엄마가 죽었다는 생각을 지울 수가 없어요. 지금도 내 가슴의 상처는 예전 그대로여서…… 아빠한테는 열리지 않는 문이 되어 버렸죠."

뭔가 이 부녀를 도울 방법은 없는 걸까.

섣불리 뭔가를 제시했다간, 오히려 그녀의 미움만 살지도 몰랐다.

내가 보기엔 최소현의 아버지인 최경준 서장님도 딸의 상처 입은 문을 열고자 수 없이 두드려온 것 같았다.

그녀가 7과로 왔을 때도 딸을 잘 부탁한다는 그 말에선 딸을 걱정하고 사랑하는 감정이 매우 짙게 느껴졌었기 때문이다.

뭔가 계기가 필요할 것 같긴 한데.

도화선 같은 두 사람의 감정에 관여한다는 게 참…….

옥상으로 올라가 맥주를 마시기 시작하자, 꼭 닫혀 왔던 그녀의 속마음은 활짝 열려 버렸다.

"그 집에 중학생인 나를 데려다 놓는데, 내가 이상하게 생각 안 하겠어요? 그런데 웬걸, 나 고등학교 올라가고 나니까 둘이 재혼을 하는 거 있죠. 옛 파트너의 부인하고 말이에요. 들어 보니까 저 초등학교 때부터 종종 그 집에 드나들었던 거 있죠. 와, 엄마를 두고서…… 그거 알고부터는 정말 이젠 나한테 아빠는 없다. 차라리 혼자 살자. 그렇게 해서 아빠가 재혼한다고 말한 그 날 바로 집을 나와 버린 거예요."

"그래서 그때부터 혼자 지낸 거예요?"

"그랬죠. 아빠는 학교까지 찾아와서는 집으로 들어오라고 하는데, 정말 끔찍하게 싫더라고요. 그래서 그동안 모아둔 돈으로 반지하 월세를 얻고, 지독하게 알바 해 가면서 공부했죠."

"근데 왜 하필 경찰이 된 거예요?"

"알고 싶었거든요. 대체 얼마나 바쁜 일인데 가족이 죽어도 전화 한 통 못 받나 싶어서요."

그녀의 말을 들으며 나는 이런 생각이 들었다.

아빠를 끔찍하게 미워하면서도 어쩌면 조금은 이해해 보고 싶었던 게 아닐까 하고.

서로를 그리워하지만, 열리지 않는 문을 두고 마주 보고 서 있는 두 사람 같았다.

오해와 실수라는 이름의 그 문은 들을수록 정말 큰 장애물이란 생각이 들었다.

술에 취한 최소현을 집으로 잘 데려다가 재워 두고 나도 집으로 돌아와 잠자리에 누웠다.

"가족 간에 끼인 상처가 저렇게 심할 줄은 몰랐는데. 듣고 나니까 왠지 제 마음까지 무거워지는 것 같네요."

-가족 일이란 게 원래 그런 거다. 더없이 소중했다가도, 그 구성원의 죽음에 가족이 책임이 있을 땐 그 원망을 지우기란 쉽지 않지.

어쩐지 경험에서 나오는 말인 것 같은 건 왜일까.

"혹시 케라 형님도 그와 비슷한 일이 있었나요?"

-전쟁이 일어나서 두 형제가 참전했는데, 나 혼자만 살아 돌아왔지. 그날 이후 두 부모님의 시선은 늘 차가웠다. 나더러 왜 지켜주지 않았냐며 원망하셨지. 형님은 문무를 겸비한 가문의 촉망받던 후계자인데 반해, 나는 무식하게 무예만 파던 칼잡이였 거든. 두 분께선 나 대신, 형님이 살아 돌아오길 바라셨던 게지.

몇 마디 더 들어 보는데, 케라의 어린 시절도 그다지 밝지는 못했다.

눈앞에서 형의 죽음을 보아야 했던 끔찍함과 슬픈 상처도 있었을 텐데, 집으로 돌아와선 그 모든 원망을 한 몸에 받아야 했단다.

누구 하나 기댈 사람이 없었던 만큼, 그는 자신에게 더욱 혹독해져 스스로를 단련시키는 것에 일생을 보냈다고 한다.

지난번에 들어보니 자식도 억울하게 이용을 당하여 죽고, 그 때문에 케라도 귀족에서 왕의 암살자로 전락했다고 하던데.

인생 참 암울하구나 싶었다.

자기 가정을 꾸렸으면 최소한 거기서만큼은 행복했어야 했는데, 그 마지막까지 파멸이었으니 말이다.

"나부터도 그런데……. 누구 하나 평탄하게 산 사람이 없네요. 역시 세상 누구나가 혼자만 힘든 건 아닌가 봅니다."

* * *

며칠 후 원로 회의가 결정되었다.

그런데 회의가 진행되기 하루 전. 강마석 회장은 뜻하지 않은 사람의 방문을 받았다.

"뭐? 누구라고?"

"자신이 최강이라고 했습니다."

비서이자, 자신 밑으로 있는 수하 중에 가장 실력이 좋은 이자중의 말에 그는 곰곰이 생각에 잠겼다.

"같은 조직 사람이라면서, 그렇게 말하면 알 거라고 했습니다. 헛소리로 치부하기엔 입고 있는 옷 하며, 시계와 구두까지 전부 명품인지라 보통 사람은 아닌 듯하여 보고 드리는 것인데요. 아는 사람이 맞으십니까?"

"미친놈. 인식이 부족한 거야, 뭐야? 그런 걸 함부로 지껄인다고?"

같은 조직.

발라스의 테두리를 말하는 걸 거다.

그렇지만 그것은 결코 밖으로 꺼내서는 안 될 비밀이었다.

한데 그 테두리를 거론하며 찾아오다니.

강마석 회장이 황당할 만도 했다.

"어찌할까요? 손 좀 봐서 쫓아낼까요?"

"관둬. 그러다 아까운 내 새끼들만 잃지."

이자중은 의아한 듯 표정을 바꾸었다.

보기엔 호리호리해 보이고 어딘가 재벌가의 자제처럼 보였는데.

자신이 모시는 보스가 왜 이런 말을 하나 싶었다.

"들여 보네. 아는 놈이니까."

"네, 회장님."

강마석 회장은 서랍에서 권총 한 자루를 꺼내어 총알을 확인하고는 책상 위로 올려다 놓았다.

그리고는 곧 올 최강을 기다리며 중얼거렸다.

"과연 나를 얻을 강단이 있을까? 그게 아니면, 네 놈의 진실을 오늘 파헤쳐 주마."

그사이 최강은 화려한 장식의 복도를 걸어 이자중의 안내를 받았다.

타일은 온통 황금빛으로 가득하여 눈이 부셨다.

두 걸음마다 양쪽으로 서 있는 경호원들의 기세도 꽤나 기세등등해 보였다.

그러나 최강은 조금도 위축됨 없었고, 그런 그를 힐끔거리는 이자중도 점차 그를 예사롭지 않게 보기 시작했다.

터걱.

곧 문이 열리며 최강이 강마석의 사무실로 들어섰다.

넓고 꽤나 고풍스러운 분위기에 최강은 미소를 머금었다.

"바깥과는 분위기가 상당히 대조되는군요. 세련된 분위기보단 점잖은 걸 좋아하시는 모양입니다."

그사이 강마석 회장은 이자중에게 시선을 보냈다.

그러자 이자중이 입구 가까이 있던 둘을 들어오라고 손짓하였고, 두 사내는 문을 닫고는 최강의 양쪽으로 서서 압박을 주는 모습이었다.

최강은 그들의 행동을 보며 피식 웃었다.

'사전에 얘기가 오간 것 같진 않고, 눈빛만으로 알아서 수행할 만큼 서로에게 익숙하다는 건가?'

강마석의 조련에 관해선 충분히 감탄할 만했다.

부리는 사람이 이만큼 하기까지 행해 온 행동들이 얼마나 혹독했을까.

물론, 거기에는 공포와 사람의 고름도 톡톡히 역할을 했을 것이다.

'발라스 내에서 가장 영향력 있고, 누구도 함부로 할 수 없는 자. 이자를 얻으면 발라스의 반은 얻는다고 하던데. 과연?'

최강이 책상에 있는 권총을 바라보는 가운데, 강마석이 먼저 말했다.

"용건에 앞서 몸수색을 좀 했으면 하는데."

"의외로 겁이 많으시군요."

그 비웃음 섞인 말에 표정을 싸늘하게 굳힌 이자중이 즉시 허리에서 긴 칼을 꺼내 들려 했다.

그는 어린놈이 자신이 모시는 분께 함부로 하는 걸 참을 수가 없었다.

물론, 최강도 그걸 알아차리고는 고개를 스윽 돌렸지만, 강마석의 말이 빨랐다.

"가만!"

이자중은 그 말이 떨어지기 무섭게 즉시 칼을 넣고 원래 있던 자리로 두 걸음 떨어졌다.

최강은 피식 웃더니 말했다.

"경고하는데, 너 다시 한번 거기서 움직였다간 그걸로 죽는다. 궁금하면 한 번 더 움직여 보던가."

이자중이 최강을 죽일 듯이 노려봤다.

어디서 생판 모르는 놈이 나타나서는 회장님께 건방진 말투는 물론, 자신까지 위협을 했다.

그는 강마석 회장이 왜 이런 놈을 가만히 두고만 보고 있는지 도무지 이해할 수가 없었다.

곧 강마석 회장이 최강에게 말했다.

"요구를 듣지 않으려거든, 이대로 돌아가도 좋고."

최강은 희미한 미소를 보이더니 양팔을 올렸다.

"대화에 응하는 조건이 그거라면 어쩔 수 없죠."

곧 양옆으로 선 이들이 최강의 몸에서 무기를 하나씩 꺼냈다.

왼쪽 가슴에 있는 총과 오른쪽 품에 있는 칼이었다.

거기에 허리 뒤쪽에 있는 비수 네 개까지도 모두 가져갔다.

"이제 되었습니까?"

"충분하군."

강마석 회장은 무기가 없는 무방비 상태에서 옆으로 사람을 두면 그래도 압박이 되지 않을까 싶었다.

전혀 그런 모습은 보이지 않았지만, 내심은 안 그럴 거라고 믿으며 최강에게 물었다.

"그래, 용건이 뭔가?"

"조직 내의 얘기를 하려고 하는데, 이대로 괜찮겠습니까?"

"내가 믿는 놈들이니까 괜찮아. 그러니 신경 쓰지 말고 해."

"그럼 용건부터 간단히 말하죠. 곧 있을 회장직 선출에 김종기 의원을 밀어주십시오."

"후후후, 내가 왜 그래야 하지?"

최강은 그 비웃음에서 이미 그가 자신을 깔보고 있다는 인식을 느낄 수 있었다.

하여 최강도 마주 웃었다.

"그러는 게 당신의 안전에 이로울 테니까."

"젊은 혈기 때문인지는 모르겠다만, 그 발언 자체가 발라스의 규율에 위배되는 위험한 발언이란 것쯤은 이미 알 텐데? 신회주와 박 실장이 그렇게 된 걸 보았으면 말이지."

최강이 눈가를 긁적이다가 가볍게 말했다.

"나에 관해 김종기한테 대충 언질을 받았을 거라고 생각했는데. 그걸로는 부족했던 모양이군. 꼭 무서운 걸 봐야 정신을 차리는 타입인가 봐, 당신."

강마석 화장이 비웃음을 흘렸다.

"흘흘흘, 아무래도 그 시답지 않은 영상 하나로 뭔가를 해보려 한 모양인데, 그딴 얕은수로 나를 겁주려고 했다면 오산이야. 우리 세계가 그렇게 어설프게 굴러가는 곳이 아니거든."

"믿지 않는 자에겐 믿음을 줘야겠지."

곧 강마석 회장이 눈앞에 놓인 권총을 들어 보였다.

"그 영상이 진짜라면 이것도 괜찮다고 보는데."

강마석 회장이 총구를 최강에게로 향하게 하며 물었다.

"내가 쏘는 총을 맞고도 무사하다면, 아니, 이걸 피할 수 있다면 너의 그 말에 따르도록 하지. 어때? 그때 그 영상에선 무슨 유령처럼 움직이던데."

최강의 머릿속에서 케라의 음성이 울렸다.

-내게 재밌는 생각이 있다. 그렇게 해 봐라.

최강은 그의 생각을 듣고는 강마석 회장에게 제안을 했다.

"좋아. 대신, 내가 피하거나 막으면 옆에 있는 이 둘의 영혼을 가져가지."

강마석 회장은 잠시 무슨 헛소리인가 싶다가 웃었다.

"이걸 받아들이겠다고?"

"그래, 받아들일게. 쏴. 근데 그전에 이놈이 가진 칼은 돌려줬으면 하는데. 그걸로 막아 보일 거라서."

"이 거리에서 쏘는 총을, 기껏 그 칼 하나로 막는다고? 흐하하하!"

"믿어 봐. 돈 드는 것도 아니잖아?"

그 어떤 속임수도 안 통하는 이곳에서 저런 자신감이라니, 강마석은 최강을 어리석거나 미친놈이라고 여겼다.

"좋아. 그렇게 하지."

강마석 회장이 즉시 명령을 내렸다.

"이 비서는 증거 영상 찍도록 하고, 칼도 돌려줘."

"네."

곧 영상이 찍히고 최강이 칼을 되돌려 받은 가운데, 강마석 회장이 최강을 향해 총을 겨누었다.

"이거 아나? 난 말이지, 정말 네가 미친놈이라고 생각해."

"난 인간의 어리석음은 무지에서 나온다고 믿지. 그리고 당신 같은 인간을 보면 그걸 더욱 확신하게 돼."

"멍청한 새끼…… 자기 죽을 자리인 줄도 모르고 객기를 부리더니……. 잘 가라, 애송이."

타앙-!

* * *

합의된 검증이었다.

아무리 원로위원을 죽이는 거라지만, 이 영상을 발라스에 보이면 그 누구도 문제 삼지는 않을 것이다.

아니, 오히려 저마다의 의문을 지니고 있었기에 잘했다고 할지도 몰랐다.

김종기 의원이야 속앓이를 하겠지만.

하여 강마석 회장은 자신의 심중에 있는 의문을 풀어내기 위해, 어리석은 애송이를 벌주기 위해 가차 없이 방아쇠를 당겼다.

타앙-!

팅!

퍼억!

"아니……!"

그런데 믿을 수 없는 결과가 나왔다.

방아쇠를 당길 찰나 최강이 칼날을 살짝 빼는가 싶더니 정확히 날아오는 총알을 팅겨내어 오른쪽에 있는 사내의 *머리에 박히게 만든 거였다.

털썩.

"하나는 갔고. 한 번 더 볼 텐가?"

왼쪽에 선 사내는 조금 전 최강이 했던 말을 떠올리며 표정이 새하얗게 질리고 말았다.

["좋아. 대신, 내가 피하거나 막으면 옆에 있는 이 둘의 영혼을 가져가지."]

정말 말도 안 되는 상황이지만, 방금 전 얘기한 게 이런 의미라면 어쩌면 이번엔 자신의 차례가 아닌가 싶었다.

"회, 회장님…… 저기……."

사내가 불안해하건 말건, 도저히 믿을 수 없었던 강마석은 불신을 담아 다시 한번 총을 쏘았다.

"이잇-!"

타앙-!

팅!

퍼억!

그 총알 역시도 어김없이 최강이 움직이는 칼에 *팅겼다.

털썩.

그리고 최강이 말했던 것처럼 왼쪽에 있던 사내 역시도 머리가 꿰뚫려 쓰러지고 말았다.

"이럴 수가……."

강마석 회장도 놀라 동공이 흔들렸지만, 영상을 찍고 있던 이자중도 손이 다 흔들렸다.

"말도 안 돼……. 저걸 쳐 낸 것도 모자라서, 팅겨낸 걸 원하는 방향으로 정확하게 튼다고?"

묘기도 속임수도 아니었다.

그저 눈앞에 있는 이 존재가 평범한 존재는 아니라는 생각뿐이었다.

강마석이 총 든 손을 내리며 중얼거리듯 물었다.

"대체 넌…… 뭐지?"

"후훗, 김종기가 이건 말을 안 한 모양이지? 내가 악마라는 사실을……."

"뭐……? 악마라고……?"

바로 그때, 최강이 오른쪽 손목을 잡는가 싶더니 그대로 밑으로 쑥 하고 사라졌다.

너무 놀라 몸을 움찔한 이자중은 핸드폰을 떨어뜨리고 말았다.

"사라졌어……!"

그리고 이어 최강이 강마석의 책상 위로 머리부터 천천히 올라오는데, 그걸 바라보는 강마석 회장은 숨이 멎을 것만 같았다.

"허억!"

최강은 발끝까지 올라와서는 살짝 무릎을 구부려 강마석 회장을 노려봤다.

"이래도…… 믿지 못하겠어?"

최강이 씨익 웃더니 그를 향해 손을 내밀었다.

"선공을 양보했으니, 그럼 이제 내 차례로군."

화아아앗-!

* * *

뭔가 이상한 주문을 들은 것도 같았다.

그런 후에 눈을 떴을 땐, 물방울이 떨어지는 이상한 폐건물이었다.

"뭐야……! 내가 왜 여기에 있어?"

그런데 의자에 묶인 채로 있는 게 자신만이 아니었다.

"강 회장, 정신이 듭니까?"

"음? 뭐야, 공 회장? 정 회장하고 이성구까지? 당신들 뭐야? 왜 여기에 있어?"

"최강, 그자가 찾아왔었습니다. 그리고는 정신을 차려 보니 이 꼴이지 뭡니까?"

강마석은 총을 쏴도 소용없고, 땅으로 꺼졌다가 책상 위로 올라왔던 최강을 떠올리며 몸서리를 쳤다.

"말도 안 돼…… 악마라니……! 그런 게 정말로 존재한다고?"

공인모 회장이 질린 얼굴로 말했다.

"강 회장! 강 회장도 본 겁니까? 최강 그 사람, 내가 씻고 있는데 거울에서 튀어나왔습니다. 놀라서 뒤로 넘어졌던 것 같은데, 제안을 거절한 후로 눈을 떠보니 여기가 아닙니까?"

정우찬 회장도 말했다.

"나도 방금 전에 침대에 누웠는데, 갑자기 땅으로 꺼지는 느낌이 나더니 뒷산 꼭대기의 정자에 있었습니다. 그리고는 최강이 나타나 그러더군요. 이번 회주 선출에서 김종기 의원을 밀라고요. 거절했더니 이렇게 되어 있었소이다."

이성구도 말했다.

"저도 술을 마시고 막 차에 올랐는데, 최강 그자가 옆자리에 타서는 그럽디다. 김종기 의원을 밀라고, 마찬가지로 거절했더니 눈을 뜬 순간 여기였습니다."

모두는 혼란과 두려움으로 가득했다.

"대체 뭡니까, 그자는?"

"우릴 어떻게 한 겁니까? 여길 데려올 때까지 아무것도 기억이 나질 않아요!"

"감히 원로위원인 우리한테 이런 짓을 하다니……! 이건 용납할 수 없는 일입니다!"

강마석 회장이 크게 외쳤다.

"모두 조용!"

그는 이제야 뭔가 이해가 간다는 듯한 얼굴로 말했다.

"다들…… 잊었습니까? 김종기 의원이 최강을 그분이라고 말했던 거…….

"그거야…….

"이제야 알겠습니다. 그건 처음부터 인간이 아니었던 겁니다……. 우린 지금 악마의 손아귀에 놓인 거란 말입니다. 그러니까 다들…… 입조심 하고 시키는 대로 하십시오. 김종기 그 인간이 그랬던 이유가, 바로 이것이었으니까…….

한편, 최강은 어두운 곳 멀리서 그들의 대화를 듣고 있었다.

-저대로 놔둘 생각이냐?

"글쎄요. 자기들끼리 서로 겪은 걸 얘기하면서 공유하는데, 잠깐 놔둬도 되지 않을까요?"

-후후, 사악한 녀석.

이때 제라로바가 말했다.

-여기서 환상을 섞어 효과를 내어 보는 게 어떨까?

"효과요? 어떤 효과요?"

-네가 너를 악마로 소개하였으니 주변 환경을 지옥으로 만들고, 너의 모습도 악마와 같이 변화시키면 재밌을 것 같은데.

"오오~ 그런 것도 가능해요?"

-잠깐 원하는 상상의 설정만 끝내면 충분히 가능하지. 이제 3단계에 진입할 수준까지 왔으니 꽤나 생생할 것이다.

최강은 재미있겠다 싶었다.

물론 저대로도 충분하리라 믿었지만, 제라로바가 말하는 것을 자신도 보고 싶단 생각이 들었다.

주변 환경까지 바꾸는 환상 마법은 그도 처음 보는 것이기 때문이다.

"속이려면 꽤나 리얼해야 할 건데요. 괜찮겠어요?"

-흘흘, 두고 보기나 해라.

의자에 묶인 채 서로 얘기를 나누던 네 사람은 갑자기 들려오는 소리에 깜짝 놀랐다.

쿠궁! 쿠궁!

쿠구구구구구……!

커다란 충격음과 함께 갑자기 천장이 마구 무너져내렸기 때문이다.

이대로 깔려 죽는 줄 아는 그들은 비명을 질러댔다.

"으아아아악!"

"살려 줘! 살려 달라고!"

"누가 이것 좀 풀어줘 제발!"

놀라던 것도 잠시, 그들은 눈이 휘둥그레지고 말았다.

보이는 저만치부터 땅이 푹푹 꺼지더니 그 밑으로 새빨간 용암이 활활 타오르고 있는 게 보였다.

그리고 푹푹 꺼지는 땅은 산산이 부서져 자신들이 묶인 곳까지 다가오고 있었다.

"으어어어어……!"

"안 돼……! 으아아아악……!"

뜨거운 열기가 얼굴 가득히 느껴졌다.

다행스럽게도 부서지던 땅은 자신들이 있는 곳만 멀쩡했다.

그렇지만 묶인 채로 감당하기에는 주변의 광경은 매우 충격적이었다.

상상으로만 보던 불지옥.

그와 똑같은 광경이었기 때문이다.

"아아아아아악-!"

"아아아아아악-!"

저 용암 속 아래를 보니 사람의 형체를 가진 수많은 것들이

고통에 몸부림치는 게 보였다.

거기까지 본 이상, 그들 네 사람은 자신들이 지옥에 와 있다는 것을 믿지 않을 수가 없었다.

그런데 바로 그때였다.

하늘 위로 무언가가 날개를 펄럭이며 날아오는 존재가 있었다.

거대한 박쥐 날개를 지니고 뿔을 두 개 단 악마!

그 악마가 다가와 자신들을 노려보고 있었다.

"아직도 내 제안을 거부하는 것이냐? 이대로 저 불길에 내던져 줄까?!"

모두는 넋이 나가서 소리쳤다.

"따르겠습니다!"

"뭐든 하겠습니다! 할 테니 살려만 주십시오!"

"뭐든 하겠습니다! 그러니 제발……! 살려 주십시오!"

원하는 답은 얻었다.

질린 모습도 충분하다 싶었다.

곧 악마가 손을 휘젓자 떨어져 내렸던 바닥이 솟아올라 정상으로 돌아오고 천장도 본래의 모습으로 돌아갔다.

그리고 악마는 점차 모습이 작아져 최강의 모습으로 변해갔다.

"방금 전 그 말, 번복은 없겠지?"

강마석 회장이 식은땀을 잔뜩 흘린 얼굴로 고개를 조아렸다.

"당신이 뜻하는 모든 것에…… 따르겠습니다……."

그의 눈빛엔 아까의 기세란 조금도 남아 있지 않았다.

뿐만 아니라, 10년은 더 폭삭 늙은 듯 보였다.

최강은 질려 버린 그들의 표정을 만족스럽게 바라봤다.

"좋군. 그렇게 좋은 말로 말할 때 듣지 그랬어. 후훗."

최강은 그들에게서 등 돌려 그곳을 벗어나며 손가락을 튕겼다.

딱!

그와 동시에 묶인 네 사람의 밧줄이 풀어졌다.

그러나 그들은 앉아 있을 힘조차 남아 있지 않은지 저마다 의자에서 떨어져 쓰러졌다.

그런 그들을 놔둔 채 최강은 유유히 그곳을 빠져나가며 미소를 머금었다.

"하루 만에 깔끔하게 정리 끝. 내일 회의는 걱정 없겠네요. 후훗."

-내가 보여 준 환상이 어땠느냐?

"말해 뭐합니까?"

최강은 엄지를 추어올리더니 어느 순간 감쪽같이 사라져 버렸다.

* * *

김종기 의원은 회의를 마치고 최강을 따라가며 웃음을 지우지 못했다.

"쉽게 선출될 거라고 하시더니, 정말 말씀대로 되었습니다. 그래도 설마 만장일치라니……. 으하핫! 역시 최강 님 이십니다."

그가 굽실거리며 물었다.

"대체 뭘 어떻게 하신 겁니까? 강마석 회장이나 공인모 회장을 설득하는 게 쉽지 않았을 텐데요."

"데려다가 겁을 좀 주었지."

"네에?"

"궁금하면 그들에게 직접 물어봐. 선거 때문에 바쁜 거 아니었어? 그만 따라오고 일 보도록 해. 누가 달라붙는 거 딱 질색이니까."

"아, 예. 그럼 살펴 가십시오."

허리와 고개까지 푹 숙인 그는 강마석 회장과 공인모 회장을 따로 불러 얘기를 나누었다.

"어흠, 이렇게 찬성표를 주어서 정말 고맙습니다. 사실, 두 분께서도 후보로 나설 줄 알았는데 이렇게 찬성표를 주어 얼마나 놀랐는지 모릅니다."

강마석이 내키지 않는 표정을 드러내며 답했다.

"음음, 그럼 어찌합니까? 그분께서 바라시는 일인 걸."

김종기 의원은 최강을 부르는 그의 말투가 확 바뀌었다는 것에 신기해하며 조심스럽게 물었다.

"듣자하니 그분께서 겁을 좀 주셨다는 것 같은데……. 대체 무슨 일이 있으셨던 겁니까?"

공인모 회장은 잠시 고개를 들어 무언가를 상상하더니 고개를 휘저었다.

"생각도 하기 싫으니까 묻지 마십시오. 살아생전에 그런 지옥을 직접 보게 될 줄은 꿈에도 몰랐으니까."

"지옥이라고요?"

강마석 회장이 대신 답했다.

"수많은 종교에서 그리는 딱 그 모습 그대로의 지옥이었습니다. 그리고 그분께선 악마의 모습으로 현신하여 우리를 내려다보시는데……. 후우…… 정말 그 소름끼치는 위압감을 잊을 수가 없소이다."

김종기 의원은 그들이 자신이 보고 믿었던 것 이상으로 실감나는 걸 목격했음을 알 수 있었다.

"지옥…… 허어, 지옥에 데려가셨다니, 겁을 집어먹을 만도 했구먼. 음음."

그는 최강이 자신에게만큼은 그러지 않은 것에 오히려 감사할 따름이었다.

그리고 무엇보다도 뿌듯한 것이 있었으니, 자신을 회주의 자리에 올려 줬다는 것이었다.

그렇다는 건 그만큼 자신을 신임한다는 뜻.

하여 그는 앞으로 더욱 그를 잘 모시기로 깊이 마음먹었다.

* * *

　정이한은 자신의 계좌를 보며 쓴웃음을 머금었다.

　"스위스 은행에 계좌를 개설하고서 미친 척하고 100조를 넣어 둬 봤는데. 그 돈이 빠져나가고도 세상은 조용하고. 참 신기한 일이라니까. 정말로 아무도 모를 줄은 몰랐는데."

　그로부터 1년 가까이 지나고 지금에 이르기까지.

　그동안 정말 수많은 사람을 만나고 위험을 거쳐 왔다.

　아무리 많은 액수의 돈이 있다고 하지만, 단신으로 조직을 규합하기란 쉬운 일이 아니었기 때문이다.

　하지만 자신은 해냈고, 그 결과로 이렇게 골드 킹이란 연합체 조직을 결성시킬 수 있었다.

　"근데 그렇게 많던 돈이 벌써 반 넘게 줄어들다니, 세력을 이끈다는 게 참 쉬운 일은 아니로군."

　돈으로 돈을 번다고 했던가.

　그는 남은 돈을 어떻게 하면 다시 불릴까 고민하던 차였다.

　한데 바로 그때, 그의 사무실을 두드리는 손이 있었다.

　똑똑똑.

　책상 옆의 화면을 통해 자츠윈 청의 모습이 보였다.

　버튼을 누르자 문은 자동으로 열렸다.

　츠으읏…….

　"한동안 개발에 몰두하는 것 같더니, 어쩐 일입니까?"

"지난번에 사라진 그자에 관해 상의코자 합니다만."

"아, 최강."

"마스터도 보았다시피, 그자는 뭔지 모를 신비한 능력을 지니고 있었습니다."

"흠, 과학기술이라고 보기엔 조금 믿기 힘든 부분이 있긴 했죠."

"제가 은밀히 아는 세력 중에 헌터라는 자들이 있습니다."

"헌터요?"

"초자연적인 현상을 쫓아 제거하는 기이한 조직이지요. 마녀는 물론이고, 그와 비슷한 힘을 사용함으로써 세상에 해를 끼치는 자들을 용서하지 않는 자들입니다."

정이한은 갑자기 그런 말을 들어서 조금 황당했다.

"무슨 오컬트도 아니고, 진짜 그런 사람들이 있다고요?"

"죽은 자들의 영역은 물론, 신화적인 부분에서도 매우 오랫동안 이어 온 조직입니다. 뿐만 아니라 그들이 지금까지 모아온 귀물들은 수를 헤아리기 힘들 만큼 많다는 말이 있지요."

"귀물은 또 뭡니까?"

"토르의 망치라던가, 옛 신들이 써 왔다는 그런 무기나 물건들을 뜻하지요."

정이한은 곰곰이 생각하다가 말했다.

"그런 게 정말로 존재한다면, 우리가 차지해 보는 것도 좋지 않을까요?"

"후후, 그들 조직은 오랫동안 명맥을 이어 온 만큼 그 규모도 엄청날뿐더러, 추적하는 것도 쉽지 않습니다. 그리고 귀물을 노리는 자들에 대한 처분은 매우 확실하죠."

"그래도 우리 조직이면⋯⋯."

"안 됩니다. 서로가 넘지 말아야 할 영역이 있음을 잊지 말아 주십시오."

"그들이 그렇게나 무서운 자들이란 겁니까?"

"그렇습니다."

그렇다고 하는데, 더 할 말이 없었다.

정이한은 본론으로 되돌아갔다.

"후우⋯⋯. 그건 그렇고, 그래서 뭘 어쩌자고요?"

"그들에게 최강 그자를 맡겨 보심이 어떠십니까? 만약 그들의 영역에 있는 자라면, 그들이 알아서 처리해 줄 것입니다."

"최강을 헌터에게 맡겨 보자⋯⋯."

"허락만 하신다면 곧바로 의뢰를 넣겠습니다."

"의뢰? 그럼 의뢰금도 든다는 겁니까?"

"꽤나 비싼 값을 치러야 하죠."

그는 고심했다.

최강.

분명 그도 발라스에 계획이 있다고 했었다.

자신이 보기엔 발라스의 아래에서 아무것도 모르고 그 놀음에 놀아나고 있는 것 같았지만, 그리 말하는 걸 보면 필시 자신이 아는 것보다 많은 걸 알고 있다는 게 된다.

"적의 적은 아군인 것인데."

"네?"

정이한은 자츠원 청의 제안을 보류토록 했다.

"말씀하신 내용은 잠깐만 미루는 거로 합시다."

"어째서입니까?"

"최강, 그 녀석을 한번 만나 봐야겠습니다. 만나서 녀석이 가지고 있는 계획이 뭔지 그것부터 들어 봐야겠습니다."

* * *

양충열은 앞뒤 복도를 예리한 시선으로 살피고는 1403호 방으로 들어갔다.

내부로 들어간 그는 거실을 지키는 몇몇 사내들을 확인하였고, 다시 방으로 들어갔다.

"실장님, 접니다."

그곳엔 이진석이 있었다.

몸 곳곳에 붕대를 감고 있는 그는 상태가 그다지 좋지 않아 보였다.

"어떻게 됐어? 그 새끼들, 찾았어?"

"주변 카메라라는 카메라는 다 뒤지고 행적을 쫓고 있습니다만, 감쪽같이 자취를 감춘 것 같습니다. 이 새끼들, 프로입니다."

"후우, 칼 쓰는 솜씨도 그래 보였어."

"정말로 김종기 의원이 보낸 놈들이 맞는 겁니까?"

"후후, 앞뒤 정황을 봐서는 너무 확실하잖아. 하필 딱 그 시기에…… 용서하는 척 뒤통수치는 것이 딱 그 인간 수법이야."

"되갚아 주고 싶긴 한데, 이걸 어찌합니까?"

"왜, 또 무슨 일인데?"

"오늘 회주의 선출로 원로회의가 진행되었다고 하는데, 하필이면 김종기 의원이 회주로 선출되었다고 합니다."

"뭐?! 그게 정말이야?"

"네."

이진석이 허탈한 표정을 머금더니 쓰러지듯 뒤로 몸을 눕혔다.

"크으……. 일 한 번 개떡같이 굴러간다. 회주로 김종기가? 아니, 강마석도 있고, 공인모도 있는데어떻게 그놈이 회주가 되지?"

"듣기로는 김종기 외에는 아무도 후보로 나오지 않았고, 투표도 만장일치로 이루어졌다는군요."

이진석은 아무리 생각해도 이해가 가지 않는지 고개를 저었다.

"말도 안 돼……. 그 욕심 많은 자들이 그 자리를 쉽게 포기할 리 없을 텐데. 대체 내가 이 지경이 되어 있는 사이에 무슨 일이 벌어진 거야?"

"이제 어쩌면 좋을까요? 실장님을 재끼라고 시킨 게 김종기 회주라면, 이렇게 무사하다는 것도 전부 알고 있을 텐데요. 그리고 김종기가 회주라면 밖에 있는 놈들도 더는 믿을 수가 없게 됩니다."

"그렇겠지. 아무래도 회주의 명령이 절대적일 테니까."

"차라리 몸을 피하시죠?"

"피하면, 어디 갈 곳은 있고? 이렇게 이탈하면 나는 곧바로 사살이야. 내가 아는 비밀이 얼마인데…… 발라스에서 날 살려 두겠어?"

"그렇지만 이대로는……!"

이진석이 자리에서 힘겹게 일어나 옷을 걸쳤다.

"내가 알아서 해. 너는 운전이나 해."

"실장님, 겨우 죽다 살아났습니다. 이 몸으로 어딜 가시려고요?"

"김종기. 회주에 선출되었다니까 축하해 주러 가야지."

* * *

늦은 저녁, 나는 김종기의 자택을 찾았다.

"휴~ 많기도 하다. 저 정도면 진짜 개미 새끼 한 마리도 못 지나가겠군."

그는 예전에 살던 곳으로 돌아와 있었다.

그렇지만 혼자는 아니었다.

그동안 일도 많고 탈도 많았던 만큼, 경호원의 수도 무척 많았다.

당에서 고용한 경호원 말고도, 발라스에서 보낸 경호원들도 있어 그가 사는 저택은 그야말로 철통 보안이었다.

그럼 저들을 거쳐서 김종기를 만날 거냐?

물론, 그건 아니다.

대선을 코앞에 둔 지금, 사소한 만남까지도 쫙 깔린 기자들이 죄다 퍼다 나를 게 분명한데, 거기에 나까지 포함시키진 말자.

해서 나는 모습을 감추고 유유히 들어가 김종기 의원을 만나고자 했다.

김종기 의원은 샤워를 마치고 나오더니 넓은 베란다 밖을 만족스럽게 바라봤다.

"후후, 권력이라는 게 바로 이런 거지. 나를 위해 모두가 떠받드는. 이 맛에 하는 거 아니겠어."

내가 소파에 앉아 있는 것도 모르고 아주 좋다고 지껄인다.

하여간 탐욕스러워가지고는.

"그래서 좋아?"

"허억!"

그가 깜짝 놀라며 뒤로 나자빠졌다.

철퍼덕!

"거 조심 좀 해. 귀한 몸이 될 사람이 다치면 쓰나?"

김종기가 벌떡 일어나 추켜세웠던 턱을 낮췄다.

"어, 언제 오신 겁니까? 오셨다는 말도 못 들었는데……."

"설마 내가 문으로 다닐까 봐?"

"아, 그렇지……."

"보는 눈이 많다는 것쯤은 나도 아는데. 그렇게 들어올 리가 없잖아."

"그렇죠. 그러실 리가 없는데. 근데 무슨 일로……."

나는 그를 찾아온 이유를 말해 주었다.

"이제 회주까지 되었으니 내부의 모든 권한을 차지한 셈이잖아."

"그렇죠."

"그럼 발라스 내부의 모든 명단, 그걸 좀 보고 싶은데."

"발라스의 모든 명단을 말입니까?"

"왜, 안 돼?"

"아, 아뇨! 그런 것이 아니오라, 그 명단의 공개는 원로위원 모두의 찬성이 있을 때면 열리는 것인지라……."

그런 거였어?

그건 또 몰랐네.

하긴, 누가 누구의 밑에 있는지도 모르는 점조직의 활동상 각자의 허락은 구해야 할 일이지 싶기는 했다.

"그럼 회의를 열어. 그리고 얻어내, 허락."

"그렇지만 뭔가 합당한 이유를 명확하게 말씀해 주셔야……."

"발라스를 바꿔 버릴 생각이야. 그동안 해 왔던 일들 전부."

"개편을 하신다는 것입니까?"

"아니. 본질 자체를 바꾸려는 거지. 앞으로 발라스가 하게 될 일은 완전히 달라질 거거든."

"그게 무슨 말씀이신지……."

"아무튼 이유는 이거야. 발라스의 변화. 그러니까 회의 열고, 모두의 동의를 얻어내. 나의 정체를 아는 다른 넷의 도움을 받아서라도."

난감해하는 김종기 의원이었지만, 거부란 없었다.

"네, 알겠습니다. 그렇게 하겠습니다."

그런데 그때, 경호원 하나가 밖에서 문을 두드린 후에 급하게 들어왔다.

"의원님, 쉬시는데 죄송하지만……! 음? 뭐야! 당신, 누구야……! 여기 어떻게 들어왔어?!"

경호원은 보고차 들어왔다가 나를 보고는 깜짝 놀라는 모습이었다.

나는 김종기 의원에게 알아서 하라고 턱짓을 했다.

그러자 그가 설명했다.

"내 손님이니까 신경 쓸 거 없어. 할 말이나 하고 나가."

"끄음, 알겠습니다. 지금 밖에 이 실장이 와 있습니다. 당장 의원님을 만나야겠다고 하는데, 어떻게 해야 할지……."

"이, 이 실장? 이 실장이 왜?"

뭔지 모르지만 은근히 내 눈치를 보는 게 수상하다.

용건이 끝나서 가려고 했지만, 좀 더 있어 보기로 했다.

근데 경호원이 이 실장을 아는 걸 보면, 이 사람 도 발라스에서 보내 준 경호원이란 거겠지?

"나, 나중에 내가 찾는다고 해. 지금은 손님이 먼저 와 계시니까."

나는 웃으며 허락했다.

"나는 괜찮으니까 들어오라고 해."

"네? 아니요, 지금은 굳이 만날 필요가…….''

"괜찮다니까?"

"하지만……. 그게…….''

경호원의 표정이 살짝 놀라고 당혹스럽게 변해 갔다.

발라스의 회주임과 동시에 이제 곧 대통령까지 될 사람이 이렇게 젊은 사람에게 끙끙대고 있으니 이해가 안 갈 수밖에.

누구라도 이 상황이 황당할 것이다.

"자꾸 둘러대면 내가 더 수상하게 생각하게 돼. 그게 아니면 어디 그 속마음 좀 들여다볼까?"

다시 말하지만 그런 능력은 없다.

하지만 김종기라는 사람 자체가 은근히 똥꼬를 긁으면 저절로 실토하는 종류의 사람이었다.

곧 그가 포기하며 고개를 숙였다.

"네, 알겠습니다. 이 실장 들어오라고 해."

곧 경호원이 나가고 이 실장이 들어왔다.

근데 이게 웬걸?

뭐야, 이 새끼?

꼴이 왜 이래?

그런데 이 실장도 내가 함께 있는 게 의외인지 살짝 놀라는 눈치였다.

"최강 원로위원님께서 여긴 어떻게……."

나는 곧 두 사람을 번갈아 봤다.

뭔지는 몰라도 이 실장이 저 꼴인 데에는 김종기가 연관이 있는 것 같았다.

"훗, 내가 모르는 사이에 뭔가 재밌는 일이 있었나 봐? 그렇지?"

초조해진 김종기는 이진석을 보며 왜 하필 이때에 찾아왔냐는 표정을 짓고 있었다.

이진석 역시도 좋지 않은 때임을 인식하는 것 같았다.

해서 나는 이진석을 보며 미소를 지어 보였다.

"자, 그럼 말해 볼까? 무슨 용건일까나?"

"다른 것이 아니라 회주가 되셨음에도 축하 인사를 제대로 드리러 오질 못했습니다. 해서 축하드린다는 말씀을 전하고 싶었습니다. 아울러 주신 교훈도 감사하게 느낀다는 말씀을 드리고 싶었고요."

여기서 포인트는 역시 교훈이 아닐까 싶다.

나는 김종기를 쳐다봤다.

"내가 말할까, 아니면 당신이 말할래?"

"그것이……."

"후, 아무리 나라고 해도 모든 걸 내다볼 순 없어. 나도 하고 다니는 일이 있는데, 딴짓하고 있을 때 당신이 무슨 짓을 하고 다니는지 무슨 수로 알겠어."

자리에서 일어난 나는 이진석에게 다가가 손을 펼쳤다.

"그렇지만 언제든 내가 원하면, 당사자에게 직접 들을 수는 있지."

제라로바 할아버지는 내가 무엇을 원하는지 알아차리고 곧장 마법을 펼쳐 주었다.

"아쉴레나 미레우라 카뮤쉐리."

이진석이 순간적으로 초점을 잃고 몸을 떨었다.

최면 마법을 걸면 살짝 경기를 일으키는데, 딱 그 현상이었다. 그래도 넘어지진 않고 잘 버텼다.

"자, 이제 말해 봐. 너에게 무슨 일이 있었지?"

"3일 전, 김종기 의원님을 뵙고 술을 많이 마셨습니다. 제가 잘못한 것이 있어 사과를 드리고 싶은 마음에 마련한 자리였습니다. 그런데 만취해서 집으로 돌아가니 괴한들이 저를 기다리고 있더군요. 용서하신다고 하셨지만, 저는 그들을 보낸 것이 김종기 의원님일 거라고 생각하고 있습니다."

손가락을 튕기자 이진석이 최면에서 깨어났다.

그는 무척 당혹스러워하는 표정을 지었다.

"뭐야……. 방금 저한테 무슨 짓을 하신 겁니까?"

"일종의 최면. 내 나름의 심문 방법이기도 하고, 누구든 이거에 걸리면 자기가 아는 얘기를 술술 털어놓을 수밖에 없지."

나는 이번엔 김종기에게 다가갔다.

"이 실장의 말은 이렇다는데, 과연 이게 오해일까?"

김종기는 내가 다가가자 벌벌 떨었다.

나는 그의 주변을 맴돌며 손가락으로 그의 목 주변을 쓸었다.

그는 소름이 끼치는지 몸을 잔뜩 움츠렸다.

"내가 똑같은 걸 당신한테 굳이 해야 하나? 아니면 본인이 스스로의 입으로 말할래?"

이쯤 되면 아무리 자신이 숨기고 싶어도 결코 숨길 수 없다는 걸 알아차릴 만했다.

역시나 김종기는 모든 걸 내려놓은 얼굴로 답했다.

"크윽! 제가 그랬습니다. 제가 그런 게 맞습니다!"

"죽이려고 그런 건가? 왜 그런 거였지?"

"일전에 회주 자리를 신 원장에게 빼앗겼을 당시, 저놈이 제게 찾아와 모욕감을 준 적이 있습니다. 매우 건방진 말투는 물론, 저를 위협하기까지 했죠. 언제든 회주의 명령이 떨어지면 나를 제거할 수도 있다는 듯이요."

"그래서 사람을 보냈다? 이 실장은 그걸 교훈이라고 말하며 다시 굽히러 온 것이고?"

이 실장이 그 자리에서 무릎을 꿇었다.

"잘못했습니다! 벌을 더 주신다면 달게 받을 준비도 되어 있습니다! 그러니 제발 용서해 주십시오, 회주님!"

나는 김종기를 쳐다봤다.

"자, 대답을 해야지. 진심을 담아서……."

"그래, 받아주지. 그러니까 이제 그만하고 돌아가."

"저, 정말입니까?"

"그렇다니까! 그 꼴을 보니 나도 충분히 되돌려준 것 같기는 하니까. 그러니까 그만하고 돌아가!"

"감사합니다. 정말 감사합니다!"

"가, 어서. 가라고."

"네, 회주님."

이진석이 나가는 걸 보며 나는 김종기를 빤히 쳐다봤다.

"그럼 이제 우리 얘기를 좀 해 볼까? 내가 변화시키려는 발라스 와는 완전히 반대되는 당신의 행동에 관해서."

이번엔 김종기가 나에게 무릎을 꿇었다.

"죄송합니다! 잘못했습니다!"

"아니지. 당신도 이 실장의 사과를 곧이 받아들이진 않았잖아? 그러니 일단 벌은 받아야겠지?"

"히익! 살려 주십시오……! 제발……!"

* * *

이진석은 정원으로 나오며 몸을 돌려 집 쪽을 쳐다봤다.

"뭐야, 도대체……. 저 둘은 무슨 관계인 거야?"

아무리 축소해서 생각하려 해도 분명히 김종기 의원이 최강에게 쩔쩔매는 모습이었다.

거기에다가 쉽지 않을 거라고 생각했던 용서까지 이렇게 쉽게 받아냈다.

하지만 그것은 최강의 강압에 의한 것처럼 보여서 더욱 혼란스러웠다.

"회주가 최강에게 약점이라도 잡힌 건가? 그리고 방금 전에 나한테 최면을 걸었다고 했는데, 그게 그렇게 금방 되는 거라고?"

아무튼 바짝 엎드려 용서를 구해냈다.

"뭐 어찌 되었건 시간은 벌었으니까, 어떻게든 이번 기회를 잘 살려 봐야지. 김종기, 두고 봐라. 지렁이가 어떻게 꿈틀대는지 확실히 보여 줄 테니까."

그는 곧장 강마석 회장을 찾아갔다.

강마석 회장은 요즘 부쩍 누가 찾아왔다고 하면 깜짝 놀라고는 했다.

"뭐? 누가 찾아와? 이 실장이?"

"네, 일전에 봤던 이진석 실장이란 그 사람이었습니다."

비서인 이자중이나 주변 인물들은 발라스의 사람이 아니었다.

언제든 뒤통수를 맞을 수 있다는 생각에 순수한 자신의 사람으로 주변을 채워 놓은 강마석 회장이었다.

그래서 그의 주변 인물들은 발라스의 사람들에 관해 자세히 알지 못했다.

"들여보내. 음음, 요즘 왜 이렇게 찾아오는 사람들이 많은 건지."

무슨 일일까 싶어 기다리고 있을 때, 이진석이 들어왔다.

역시나 그의 꼴을 보며 강마석이 표정을 굳혔다.

"이 실장, 뭐야? 자네 괜찮은 거야?"

"아, 네. 간신히 목숨은 건졌습니다."

"능력도 좋은 사람이 어쩌다가 그 꼴이 됐어?"

"술에 잔뜩 취해서야, 저라고 별수 있나요. 목숨을 건진 것만도 다행이었죠."

"흠……. 누구야? 어떤 놈이 그런 거야?"

"도망친 놈들을 쫓고 있는 중입니다."

둘은 함께 소파에 앉아 대화를 나누었다.

"제가 괴한의 습격을 받고 누워있는 사이 회주가 선출되었더군요."

"음……. 맞아. 김종기가 됐어."

이진석은 그의 얼굴에 맺힌 불편함을 발견했다.

역시 자신의 생각대로 그 역시 그것에 대한 불만이 가득해 보였다.

왜 아니겠어, 누구보다도 회주의 합당한 인물이 자신이라고 생각하고 있을 강마석일 텐데.

"유력한 대선 후보라는 것 말고는 별달리 세력도 없는 그자가 어째서입니까? 제가 보기엔 능력으로 보나, 다른 원로위원님들

사이에서의 영향력으로 보나 당연히 강 회장님이 유력하다고
생각했는데요."

"흘흘, 그야 그렇지."

"듣자하니 후보로 나서지도 않으셨다고 하던데요. 대체 왜
그러신 겁니까? 나서기만 하셨으면 선출은 당연했을 텐데요?"

그가 쓸쓸한 표정을 머금더니 한숨 섞인 말을 뱉어냈다.

"어쩌겠나. 모든 게 다 그분의 뜻인 것을. 아무리 많이 가졌어도,
결국 그분의 힘 앞에서는 아무 소용없는 거야."

"그분이라니……. 대체 누굴 말씀하시는 겁니까?"

이진석은 순간적으로 김종기가 최강에게 쩔쩔 매던 광경이
떠올랐다.

그는 그럴 리가 없다고 생각하면서도 혹시나 싶어 물었다.

"설마, 최강! 그자를 말씀하시는 건 아니시죠?"

"음……."

그 침묵은 누가 봐도 긍정처럼 느껴졌다.

"저, 정말입니까? 아니, 왜요?"

"원로위원이니까 그럴 일은 없겠지만, 자네도 그분 앞에서는
행동을 조심하도록 해. 우리야 발라스의 운영에 필요하니까
남겨 둔 거겠지만, 자네는 쥐도 새도 모르게 사라질 수 있어.
내 말 명심해."

밖으로 나온 이진석은 넋이 나갔다.

곧 정신을 차렸지만, 그는 강마석 회장의 업소를 보면서도

믿기지가 않았다.

"최강, 그가 대체 뭐라고……. 왜들 저렇게 두려워하는 거야?"

원로위원들은 발라스를 다스리며 보이지 않는 권력을 휘두르는 무서울 게 없는 자들이었다.

모든 것의 위에 군림하며 모든 호화를 다 누리는 자들이었다.

그런데 지금은 달리 보였다.

마치 그들 위로 군림하는 다른 거대한 그림자가 존재하는 것 같았다.

"미치겠군. 그가 뭐라고……. 대체 일이 어떻게 굴러가고 있는 거야?"

이이제이를 노렸지만, 다른 거대한 존재로 인해 그조차 불가능하다는 걸 깨달은 이진석은 자신이 느끼는 이 혼란을 쉽게 거둘수가 없었다.

* * * ·.

나는 책상 위로 늘어져 전날에 있었던 일을 떠올렸다.

"뒤에서 그렇게 나쁜 짓을 일삼아서야. 제 버릇 개 못 준다고, 해 오던 습성을 쉽게 고칠 수 있을까요?"

-체계를 잡자면 오래 걸리는 일이겠지.

케라에 이어 제라로바가 자신의 생각을 말했다.

-차차 따라오는 자들도 있을 것이나, 필시 불만을 가지고

뒤에서 야합을 하는 이도 있을 것이다.

"일단 명단을 뽑고 나면 신정환이 거느린 조직을 통해 감시를 붙일 생각입니다. 그리고 추려서 도저히 변화가 안 될 것 같은 자들이 있다면······."

-있다면?

케라의 물음에 나는 단호하게 말했다.

"제거해야겠죠. 발라스를 벗어난 그들은 여전히 같은 짓을 하며 살아갈 테니까요. 돈을 받고 누군가를 없애는 그런 일들이요."

-너 치고는 의외의 답이구나. 갱생을 위한 노력을 기울인다, 그런 소리나 할 줄 알았더니.

"무조건 잡아들여서 죽인다. 뭐 그런 건 아닙니다. 제가 무슨 도살자도 아니고 그렇게 하겠어요? 무슨 일을 하건 명분은 있어야 합니다. 그에 합당한 일들에 쓰면서 서서히 줄어들게 만들어야죠."

-그러자면 전쟁이 필요할 텐데?

"기억 안 나세요? 지난번에 정이한을 만났을 때요. 뭔가 발라스를 향한 적대적인 계획을 꾸미는 것 같았습니다. 그 조직 규모도 상당한 것처럼 보였고요. 그럼 전쟁은 필연적이지 않을까요?"

-흠, 그걸 생각하고 있었을 줄은 몰랐군.

-그나저나 그놈들은 대체 무슨 짓을 꾸미고 있는 걸까? 설마, 네가 끊어 놓은 그 약을 다시 만들 생각은 아니겠지?

왜 아닐까 싶다.

"원래 가장 불안한 건 꼭 그대로 진행이 되는 거 있죠. 아무튼 명단을 받고 발라스의 정리가 끝나면 그쪽에 관해서 알아보자고 요. 전쟁이 될지, 상생이 될지."

점심시간이 되자 나는 직원들과 함께 근처 백반 집으로 가 식사를 했다. 돌아가는 길에는 커피숍도 들러서 커피도 샀다.

그런데 갑자기 도로 건너편에서 누군가가 쳐다보는 시선이 느껴졌다.

누군가 싶어서 빤히 쳐다보는데, 순간 절로 경계심이 솟아올랐 다.

"정이한……."

"네?"

최소현이 옆에 있다가 물어왔다.

나는 얼른 미소를 지으며 둘러댔다.

"아뇨. 그냥 뭐가 잠깐 떠올라서요."

"방금 정이한이라고 하지 않았어요?"

아이고, 그걸 또 들었어?

"하핫, 비슷한 사람을 본 것 같은데, 아무래도 제가 잘못 봤나 봐요."

"그래요?"

나는 주변을 둘러보는 그녀를 막고서 모두에게 말했다.

"혹시 케이크 생각나는 분 없을까요? 저는 좀 땡기는데."

"제가 다녀오겠습니다."

끼어들지 마라 형석아-!

잠시 자리를 피하려는 건데, 그것도 모르고 상사에 대한 충성심을 발휘하니 살짝 난감하다.

"아뇨. 괜찮아요. 제가 먹고 싶은 가게가 따로 있어서. 금방 들어갈 테니까 먼저들 가요."

같이 가겠다는 최소현을 겨우겨우 말린 나는 동료들과 간신히 떨어질 수 있었다.

정이한은 멀지 않은 곳의 커피숍에 들어와 있었다.

나는 그를 찾아 그의 맞은편에 앉았다.

"날 찾아온 것 같은데. 무슨 용건이죠?"

"그사이에 추격해서 쫓아오는 것도 잘하고. 많이 변했어, 최강."

"일도 많았고, 저도 성장이란 걸 하니까요."

"누가 그러지 않아? 그 성장 너무 빠른 거 아니냐고?"

"남다른 능력을 얻기는 했죠."

"그게 내가 생각하는 그건 아니었으면 싶은데."

"무슨 말을 하고 싶은 거죠? 왜 찾아온 겁니까?"

차가운 물음에 그가 어색하게 웃었다.

"훗, 이렇게 날을 새우는 걸 보니 얼른 본론부터 말해야겠군."

나와 시선을 마주친 그가 입을 뗐다.

"발라스에 대한 너의 그 계획. 그것에 대해 알고 싶어."

"왜죠?"

"그래야 나도 너를 적으로 볼지, 아군으로 볼지 선택이란 걸 할 수 있으니까."

"그러는 당신은 대체 무슨 계획을 가지고 있는 거죠? 썬아이즈, 그들을 보호해서 뭘 어쩌자는 겁니까? 그들이 무슨 짓을 벌이려고 했는지 알기나 해요?"

"약 좀 실험해 본 걸 가지고 뭘 또 그렇게 심각하게 여기나?"

"약 좀 실험한 게 아닙니다. 그 약, 위험한 거였다고요. 그들이 그 다음에 퍼트리려고 했던 약은 위험한 수준을 넘는 거였고요."

"흠, 꽤나 많이 알고 있군. 곤란하게 말이야."

"말해 보시죠. 대체 무슨 일을 벌이려는 겁니까?"

"그럼 서로 주고받도록 하자고. 자, 내 질문부터 답해 봐. 발라스에 대체 뭘 하려는 거야?"

이 사람하고 이런 대화를 할 건 아닌데.

내 의도를 말해 줘도 되나 싶다.

그렇지만 정이한이 오로지 발라스에 대한 복수만을 꿈꾼다면 어쩌면 이 대화를 통해 마찰은 피할 수 있을지도 몰랐다.

뭘 꾸미건 그의 일을 포기하게 만들 수도 있을 테고 말이다.

그래서 말했다.

"발라스를 장악할 생각입니다."

"발라스를 장악한다고? 미쳤군. 지금 그게 말이 된다고 생각해?"

"이미 반 이상 진행 중입니다. 발라스에 들어가 원로위원도 되었고요."

"네가? 네가 진짜 원로위원이라고?"

"원로위원 중엔 제 뜻대로 움직이는 자들도 있습니다. 곧 이 나라에 있는 발라스의 모든 명단을 받아낼 것이고, 그 뒤엔 완전한 변화 작업에 착수할 생각입니다."

"그 변화라는 것 좀 들어 볼까? 발라스로 뭘 하려는 거야?"

"수호자."

"뭐?"

"어둠 속에서 악행이란 악행은 죄다 저질러 오던 조직이라면, 다른 악행을 저지르려는 자들의 습성도 누구보다 더 잘 알겠죠. 해서 전 이들을 통해 악행을 저지르려는 모든 악인들을 막을 겁니다. 세상을 청결하게, 무엇도 두려워하지 않아도 되는 그런 세상으로 만들 겁니다. 발라스가 그에 앞장설 거고요."

"이상주의자였어? 죽이는 훈련만 거친 그놈들이 그걸 따를 것 같아?"

"따르지 않는 자들은 도려내야죠."

"허⋯⋯. 많이 변했구나, 최강."

잠시 종업원이 와서 주문을 받아 갔다.

종업원이 사라지고 난 뒤, 나는 정이한에게 물었다.

"그럼 이제 말씀해 보시죠. 대체 뭘 하고 있는 겁니까?"

잠시 웃음을 머금던 그가 말했다.

"처음엔 나를 찾아 없애려는 발라스를 산산조각 낼 생각, 그것뿐이었어. 근데 사람들이 모이고⋯⋯ 뭔가 큰 힘을 얻어 가다 보니까 욕심이 생기더군. 그동안 발라스가 누려온 그 모든 걸 내가 대신 누려 보는 것도 좋겠구나 싶었지."

"발라스는 더 이상 정이한 씨를 찾지 않을 겁니다. 그리고 이 나라를 넘어 세계 곳곳에 있는 발라스도 변화하게 만들 겁니다. 그러니 여기서 그만두세요."

"훗, 안타깝게도 멈출 방법은 없어. 나와 함께하고 있는 이들이 전혀 그럴 생각이 없을 거거든. 원대한 계획 앞에 브레이크를 걸면⋯⋯ 오히려 나를 제거하려 들지 않겠어?"

"그래서 이미 쏘아진 총알이다?"

정이한이 내게 제안을 해 왔다.

"어렵게 바꿀 생각 말고, 차라리 내게 와. 나와 함께 발라스를 쓸어버리고 세상을 가지자고. 그게 더 빠를 거야."

나는 단호하게 거절했다.

"당신이 가려는 세상은 내가 가려는 세상과 완전히 반대됩니다. 해서 거절하겠습니다. 저는 발라스를 변화시킬 것이고, 만약 당신이 거기에 걸림돌이 된다면 당신과 싸우겠습니다."

"후회할 텐데……."

"후회는 당신이 하겠죠. 당신은 지금 누구를 적으로 만들려는지 전혀 모르고 있으니까."

"그렇군. 그럼 협상은 결렬된 것인가……. 후훗, 나중에 서로를 보면 이제 총을 겨누게 되겠군."

"다음에 보았을 땐 살아서는 못 갈 겁니다. 대화를 목적으로 온 사람이라서 그냥 돌려보내 주는 줄이나 아세요."

정이한이 자리에서 일어났다.

그는 고개를 주억거리며 몇 걸음 내딛더니 할 말이 남았다는 듯 뒤돌았다.

"저기 말이야. 그 자신감, 아마도 네게 있는 그 신비한 힘을 믿고 그러는 모양인데. 그간의 정을 생각해서 충고 하나 해 두지. 넌 결국 그것 때문에 너의 모든 걸 잃게 될 거야. 그러니까 자만하지 마라. 한순간도……."

그가 그 말을 내뱉고 몸을 돌리기 무섭게 갑자기 오른손이 허리춤으로 가 비수를 하나 꺼내 들었다.

휘익!

느닷없이 비수를 던지는 통에 나는 케라가 그를 죽이려

는 건가 싶었다.

"엇!"

이 대낮에?

사람이 이렇게나 많은데?

하지만 그 비수에는 마법 문양이 그려져 있었다.

비수는 정이한의 머리를 살짝 스치고 돌아왔고, 뭔가 싸한 느낌을 받은 것인지 그가 살짝 돌아보기는 했지만, 대수롭지 않은 듯 다시 밖으로 나가는 모습이었다.

"무슨 짓이에요? 깜짝 놀랐잖아요?!"

-저놈이 멈춰 섰던 자리를 가 보아라.

시키는 대로 가 보니 거기에 정이한의 머리카락이 떨어져 있었다.

그것도 한 뭉텅이나.

대략 오십 가닥도 넘어 보였다.

"설마……!"

-아무래도 저놈이 남긴 말이 꺼림칙해서.

"그래서 만일에 대비해 언제든 추적할 수 있는 여지를 남겨 둔 거군요."

케라가 제라로바를 칭찬했다.

-잘했다. 당장에 쫓아가 제거하고 싶은 생각이 굴뚝같았는데. 이렇게 기회를 만들어 둔다면 나중에 놈을 쉽게 잡을 수 있겠지.

그래, 장치를 심든 뭘 하든 옷 한 번 갈아입으면 소용없게 된다.

그렇지만 마법이라면 얘기가 달라진다.

신체의 일부가 있다면 언제든 추적 마법을 통해 정이한이 어디에 있는지 전부 알 수 있을 것이다.

"근데 마지막에 했던 말은 대체 무슨 의미였을까요?"

아무튼 그냥 하는 말 같지는 않았다.

그래서인지 그의 마지막 말은 한참을 뇌리에서 맴돌았다.

〈5권에서 계속〉

동아
COMMUNICATION
GROUP

동아
COMMUNICATION
GROUP

동아
COMMUNICATION
GROUP

동아
COMMUNICATION
GROUP